点击人生

翁礼华 著

经济科学出版社

快乐在于计较的少

　　《点击人生》一书在2004年5月出版以来，受到了各方面的欢迎和好评，有不少读者还为此书的完美提出了宝贵意见。经济科学出版社的领导不仅非常重视这些书面和口头的意见，而且为了再版特地委托社领导刘明晖先生于今年10月中旬，专程从北京来到杭州，商议有关事宜。期间，我和明晖先生还在中国财税博物馆俯瞰西湖的小楼上就如何点击人生，追求快乐进行了一次饶有趣味的探讨。本来《点击人生》初版已有刘仲藜先生2003年8月所作的序言，由于出版社要求新编版再有一个序言，于是我就把与刘明晖先生交谈的部分内容写成短文，权充本书的代序。

　　人生在世不是为了追求痛苦而来，而是为了快乐来到人间。出生时，婴儿都是哭着出来的，长辈们却是笑着看下一代来到人世。婴儿出生后都会捏紧拳头，蹬蹬小腿，拼命在哭，内心世界充满着长辈的期望，不但攥紧双手希望把人世间的一切美好都握在手心，更希望征服世界，成为国家的栋梁，祖辈或父母则怀着殷切的期望把他们取名为"征宇"、"兴国"、"国栋"、"国梁"……几十年、一百年过去了，人们才知道世界是征服不了的，成为国家栋梁的人也只是少数，大多数人只能起着砖头瓦片、泥巴沙子的作用，希冀获得人世间一切美好的愿望也只是痴心妄想。最后，所有的人无一例外地松开拳头，把腿伸直，安详地撒手西去，等待着身边的小辈恸哭着给他们送行，这就是人生的过程。无论是帝王将相还是庶民百姓，在人生这一过程中的起点和终点都是相同的，所不同的只是其中的过程而已。与双程休闲旅游不同的是人生的过程只是单程旅游。也就是说，人生只能往前走，不能倒回来重过。因此如何在这几十年，最多一百来年的人生旅程中过得快乐几乎是每个人的共同愿望。因为我们是为了快乐和幸福，而不是为烦恼和痛苦来到人间的。那么，我们又如何获得快乐呢？

由心而生的快乐既是物质的更是精神的，它不是得到的多，而是计较的少。有人想发财，的确也赚了不少钱，但他老是想成为首富。成了乡首富想成为县首富，成了县首富又想成为市首富，成了市首富又想成为省首富，成了省首富又想成为全国首富，成了全国首富又想超过拥有500亿美元资产的比尔·盖茨，成为全球首富；有人想当官，当了乡长想当县长，当了县长想当市长，当了市长又想当省长，当了省长又想当国家领导人；有人希望自己脸蛋更漂亮，不但要用高档化妆品，把黄皮肤抹成白皮肤，把黑头发染成黄头发，还要想通过整容使自己更像高鼻深目的老外，如果这种追求永无止境，他一生的烦恼也就挥之不去。因为他总是感觉自己生不逢时，怀才不遇，生活在一个上苍不公，无法让人满意的世界里，名利与自己无份，富贵与自己无缘，要想得到的东西不是失之交臂一无所获，便是七折八扣不能尽如人意。我们这个世界之所以难以让他满意，并不是他缺衣少食，生活无着，而来自于他无时无刻都忘不了与人攀比的欲望。

"人比人，气死人"。早在三国时代，东吴水军大都督周瑜，因胸襟狭窄，心眼儿小，嫉妒诸葛亮的雄才大略，又屡遭失败，怒气填胸，以致箭伤复裂，在"既生瑜，何生亮"的比较中被气死，死时年仅三十六岁。自古以来，人们常把"心眼"两个字放在一起，说明人的眼睛与内心气度有关。有趣的是，后世竟有人对此进行考证，称周瑜长得脸白眼小，是一种特别会计较的长相，如果是白脸皮、大眼睛，或者是黑脸皮、小眼睛都不会计较到气死的程度。

　　"成于欲，败于欲"。合理的欲望是推动人类不断进步的动力，人类之所以能从动物界里脱颖而出，成为雄视自然界的衣冠望族离不开欲望的推动。反之，难以企及的欲望则是让人陷入痛苦的根源，例如，官吏的贪赃枉法、毒贩的冒险运销、炒家的挪用公款、骗子的买空卖空……无不是落得一个人财两空，身陷囹圄，甚至失去生命的下场。其实，人的生理需求很少，家有华屋千间，也无非是六尺床一张；家有佳肴盈屋，也只能一日三餐；求官求富亦有尽头，生不带来死不带去，到头来谁也逃脱不了在熊熊烈火中，化为一缕青烟，乘鹤西去的相同结局。对短暂的人生来说，万贯家财，高官厚禄无非是过眼烟云而已！

　　人生在世，"谋事在人，成事在天"。如果你能从自己的实际出发，努力学习，积极工作，就对得起自己，对得起社会。至于能不能出人头地，则有很多自己无法左右，更难以把握的客观因素。也就是说，努力的人，不一定都能成功；但不努力的人，肯定不会成功。所以，只要你清醒、准确地认识自己所处的客观环境，认识自己的长处、弱点和成绩，舒心地做自己想做的事，过自己想过的日子，还会有什么想不开呢！"想得开"加上"自得其乐"，胜过一切"快乐秘方"。

心态是人生的镜子，快乐来自积极的心态。只要你心胸宽广，遇事乐观、仁善知足，就会拥有良好的心态。在怡然和谐的心境中，你不但容易认识自己，还能发现自己身边的美好。感激他人，报答他人会让你更好地看到别人存在的价值，从而以积极的心态面对人生，不断思考自身价值的实现，把你想做的事情做得更完美。心存感激的人会为他人着想，并乐意帮助他人，因此更受欢迎，从而获得更多的肯定。别人的肯定往往是自己进步和快乐的助推器，会激发你不断取得进步，产生和感受到更多的快乐。

人处文化中，文化在心中。为了给人们带来快乐，也为了使本书更臻完美，罗志荣先生、刘明晖先生一起商定将原有50多篇文章扩展为百余篇，以飨读者。祝愿诸君读后能张大自己的心眼儿，控制住自己计较过多的欲望，有张有弛地学习，有声有色地工作，有情有义地交往，有滋有味地生活，有苦有乐地体验，终身与快乐相伴！

作者2007年10月于杭州·中国财税博物馆

原 版 序 言

作者作为我相知多年的熟人，是一个学理科，干工科，再从政，由县长到浙江省政府副秘书长转任浙江省财政厅厅长兼省地税局局长的20世纪60年代大学毕业生。

由于作者平时爱好读书，善于观察、勤于思考、勇于实践和注意积累，10多年来逐渐成为财税专家，作为中国作协会员，他还融会贯通地把枯燥的财税知识用文学的笔触写出来，使之既有知识性和实用性，又有趣味性和可读性。作品不仅那些不搞财税工作的人愿意看，搞财税工作的人更愿意读，而且读而有用，受到人们的广泛欢迎。笔耕不辍的作者平时竭力摆脱应酬，见缝插针挤出时间写作，已出版的著作有《中国历代赋税和当前税制改革》、《财政·赋税·官吏·俸禄——中国历史漫谈》、《五十知天命——财税改革随笔》、《以经济视角面对历史》（上、下册）、《礼华财经历史散文》、《长河东去》、《古今中外话财政》、《千里河西》、《通灵之鸽》、《西出阳关》等11部，近400万字，在业余作家中著作如此之丰实为罕见。

最近，作者应经济科学出版社邀约，撰写了《点击人生》一书，全书有短文50余篇，10余万字，围绕着读书学习、工作方法和为人处事等诸多方面谈论了自己的感悟和见解。由于文字洗炼，见解精辟，又多属一生之中的经验之谈，我以为涉世不深的年轻人读后会有所教益，经验丰富的中老年人读后则会产生共鸣，迷茫者读后更会豁然开朗，因此，我为之作序，郑重地把它推荐给读者。

刘仲藜

二○○三年八月

目 录 MULU

第一章　品味人生

1. 拆解人生终极目标 / **001**

2. "人"字与人性（共性篇） / **003**

3. "人"字与人性（差异篇） / **008**

4. 人生"一二三四五" / **012**

5. 人生有无之变 / **014**

6. 人生远近之变 / **015**

7. 追求过程 / **018**

8. "是"人，还是"做"人 / **020**

9. 解读女性 / **023**

10. 解读老年 / **025**

11. 潜能无限 / **027**

12. 有思想的动物 / **030**

13. 最危险的动物 / **033**

14. 佛国春晓 / **035**

15. 羁縻 / **042**

16. 古镇人生 / **048**

17. 寻归人生韵味 / **052**

18. 转折的艰难　/ **055**

19. 随时随地准备死　千方百计争取活　/ **056**

20. 在享受中变傻　/ **058**

21. 相互依存比竞争更重要　/ **059**

22. 人生进步的动力　/ **062**

23. 快乐不能一步到位　/ **063**

24. 爱是快乐的源泉　/ **065**

第二章　探究幸福

1. 幸福三思　/ **067**

2. 人生的美好　/ **069**

3. 智能开启福门　/ **072**

4. 成功是一种感受　/ **074**

5. 最美是想像　/ **075**

6. 平淡是真　/ **076**

7. 出世之心　/ **078**

8. 让心理更年轻　/ **079**

9. 欲望的尺度　/ **081**

10. 受罪与享福 / **084**

11. 性格决定命运 / **085**

12. 命运与心态 / **087**

13. 实难圆满 / **090**

14. 自我超越 / **093**

15. 胸怀的力量 / **095**

16. 信仰的力量 / **098**

17. 平衡比运动更重要 / **099**

18. 人种·皮肤·忧郁 / **101**

19. 来自食物的差异 / **104**

20. "七不"延年 / **106**

第三章　洞明世事

1. 人与言 / **111**

2. 心虚与虚心 / **113**

3. 有用与无用 / **114**

4. 谋事与成事 / **116**

5. 铺垫与完美 / **118**

6. 可能与可行 / **119**

7. 身子与椅子 / **121**

8. 青蟹与草绳 / **122**

9. 人走与茶凉 / **123**

10. 饮茶随想 / **125**

11. 放弃也是效益 / **127**

12. 次优化与最大化 / **129**

13. 甘于寂寞 / **131**

14. "学坏一阵子" / **135**

15. 调节有度 / **136**

16. 有得必有失 / **138**

17. 别让自己迷失在细节中 / **141**

18. 学会简单 / **142**

19. 最后的礼物 / **144**

20. 智慧比聪明更重要 / **145**

第四章　颖悟历史

1. 从历史中开悟 / **147**

2．五世而斩 / **150**

3．德昭千古 / **152**

4．得益诚信 / **156**

5．用人之道 / **158**

6．瓦当庇椽 / **159**

7．才华与际遇 / **161**

8．要有机会 / **163**

9．扬长避短 / **166**

10．退半步海阔天空 / **166**

11．厚葬之祸 / **167**

12．小人物做大事 / **169**

13．如意与不求人 / **171**

14．财神爷 / **172**

15．钱的来历 / **174**

16．修理什么 / **176**

17．《岳阳楼记》与公款吃喝 / **178**

18．与民休息任发展 / **179**

19．宽猛相济 / **183**

20．保存古物便是财富 / **187**

第五章 驾驭知识

1．读书明理 / **189**

2．学习的思索 / **197**

3. 反思思维 / **200**

4. 启迪心智 / **202**

5. 两种教育 / **203**

6. 使人聪明的学问 / **204**

7. 觉悟与制度 / **210**

8. 可怕的集体无理性 / **211**

9. 超越知识的力量 / **212**

10. 管人管事管协调 / **213**

11. 有德有才有表率 / **217**

12. 两种经济学 / **224**

13. 理财十要 / **227**

14. 经营十识 / **231**

15. 管理九别 / **234**

16. 人才三用 / **235**

17. "栈道" 功夫 / **236**

18. 迂回而成 / **237**

19. 效益选择体制 / **239**

20. 综合就是创造，渗透就是突破 / **242**

附录一 立身莫被浮名累 涉世应干本色事 / **245**

附录二 翁礼华：中国财政文化的大写者 / **266**

附录三 新人本主义实践、第三种经济学、大写一个 "政" 字 / **273**

附录四 行走的心灵 / **295**

第一章
品味人生

1. 拆解人生终极目标

CHAIJIE RENSHENG ZHONGJI MUBIAO

追求自由和财富是人的天性。由于创造财富是需要多人协作的，一个人不可能创造大量的财富和社会文明，因此便有了建立和谐社会的要求，从而使自由、财富与和谐成了人类的三大终极目标。

第一个终极目标是追求自由。所有的动物都是追求自由的，没有一匹马希望自己被马络头套住，没有一只小狗希望有一个项圈把自己的脖子圈住，人也一样，也希望自由，所以让人坐监牢就成为一种刑罚。

第二个终极目标是追求财富。这是人还有少数动物所拥有的天性。羊是不追求财富的，它在大草原吃完草以后就跑了，没有想到要把草带点回去。人不光想把草带回去，而且还要把它变成钱，进而变成信用卡。

也有少数动物跟我们人差不多，经常跟我们住在一起，我们互相感染，共同成长，所以也追求财富。比如说老鼠，以前我们住的砖木房子里，老鼠老是紧紧地跟随着我们，哪里有我们人类，哪里就有老鼠。它们的作息时间恰好与我们相反，我们睡觉的时候，它就开始了追求财富的活动。还有一些动物也在跟随着我们。我们如果把饭粒掉在地上，你就会看到蚂蚁会把这些饭粒搬走。但是老鼠和蚂蚁追求财富与我们人类不同，它们只是追求自然财富，而不会创造财富。人是能创造新财富的唯一动物。

创造财富，一个人能创造吗？不能创造，比如说我们要把山上砍伐下来的木头搬下来，这个大木头一个人的肩膀扛不了，得好多人来扛，扛那个木头的时候，肯定有人来喊口令"一二，一二"，才能步调一致，把木头扛下来。

经济学告诉我们，资源永远是有限的，而人的欲望却是无限的，对有限的资源得进行恰当的配置，才能产生效益，这是我们经济学所研究的主要问题。进而就提出一个新的问题，人跟人有着协调的问题，这个问题就是如何处理人际关系。于是，就有了第三个目标。

第三个终极目标是追求和谐。这是人类从追求自由和财富两个天性里派生出来的。因为所有人都喜欢自由，而创造财富又不能让大家太自由，得有约束、规范和协调，所以才产生了"和谐"这个中国人一直在追求的理想境界。象形汉字和谐的"和"左边是"禾"就是粮食，右边是个"口"，就是人人有饭吃。"谐"左边是个"言"右边是个"皆"，就是人人能讲话。人人有饭吃，是生存权，人人能讲话，有民主权。有了这两条，社会就和谐了。中国的社会主义是初级阶段，中国的文字也是初级阶段。它有好处，不管全国各地有多少种方言，对同一个字的发音都存在差异，但只要是中国人看到同样的方块字都能理解，从而扩展为对国家的认同感，保证了中国两千多年来的基本统一。尽管使用象形字给中国人带来了很好的形象思维，但毕竟是初级阶段的文字，千百年来影响了中国人的逻辑思维能力，进而影响了中国的科学技术发展，因为科学技术是对自然界的一种抽象。

2. "人"字与人性（共性篇）

RENZI YU　RENXING(GONGXINGPIAN)

古代仓颉造字，从最重要的字造起，所以越重要的字笔画越简单，如一、二、三，大、中、小，人、犬、牛……尤其是人很重要，因此"人"字仅仅只有一撇一捺两个笔画。龟、鳖之类的动物与人相比显得不那么重要，所以笔画繁多，繁体龟字（龜）有18画，而繁体鳖字（鱉）竟有24画之多。而唐诗名句"两个黄鹂鸣翠柳，一行白鹭上青天"中的"鹂"字繁体（鸝）有29画，"鹭"字繁体（鷺）也有24画之多。

"人"字一撇一捺，说明人要互相支持，没有一撇，一捺要倒掉，没有一捺，一撇也要倒掉。"人"字的结构是一撇一捺连在一起，人和人之

间是有许多共同之处的，这就是人的共性。我认为人的共性表现在下面这十六个方面：

第一，人是万物之灵长。 自然界动物的单项技能如狗的嗅觉、跳蚤的弹跳、马的奔跑、青蛙的游泳能力都会超过人类，但在综合技能和智力上没有一种动物会比人更有优势、更具竞争力。

第二，人是有思想的动物。 人作为地球上两百多万种动物之一种，有着与其他动物相似的趋利性，而且不断追求自身利益的最大化，远比其他动物执著，贪婪之心可谓有过之而无不及。同时人也具有其他动物所不具备的思想性，有着超越其他动物的修养自觉，如周代产生的周礼、汉代的儒学、宋明的理学等等，都是不同时代对人们的修养要求。

第三，人是群居的动物。 与大雁、蚂蚁相似，与寡居的老虎、熊猫不同。正因为群居，人才能互相学习，共同提高，所以创造了无与伦比的社会文明；也正因为人的群居特点，产生了处理人际关系的和谐及其管理问题。

第四，人是环境的产物。 在不同的环境，产生不同的人。我有个同事的独生子，在家里从不动手干活，去了英国留学，白天读书，晚上打工，艰辛之极，却也撑了下来。其母闻儿吃苦，不禁潸然泪下。我说人是环境的产物，你们不要心酸，这是一种历练，也是人生的进步。

第五，人是文化的沉淀。 一个人的所作所为与他的文化素养有关。文化素养涵盖学历，但学历并不能完全反映文化素养，所以，那些在浓厚的小农经济思想熏陶下形成了贪欲弱点的干部，尽管学历不低，却极易在经济上犯错误；有些人尽管自己当了干部，文化素养有了提高，但由于家属文化素养没有提高，仍然会帮倒忙，犯错误。由此可见，孙中山与宋庆龄的结合极为顺理成章，他要领导民主革命，能由一个农村卢氏老太太做助手吗？虽然她不会贪污受贿，但至少没有能力协助中山先生投身革命，处理国事。

第六，人是自己观念的产物。 一个人属于个人形象的发型、服饰、行为举止是自身观念的反映。其工作思路、工作方法、工作作风，乃至专业技术人员的设计思想、审美观点，也是观念的反映。甚至审视住房的装饰风格，也能窥见主人的气质风貌。

第七，人是最敏感的动物。人不但对事物具有审视分析能力，还能凭语言、举止、表情等各种外在形式对他人作出的辨别、判断和预测。

第八，人是有时间观念的动物。人以外的动物没有时间观念。在大草原上，蓝天白云下的牛羊悠游自得，不知老之将至，更不知死期不远，毫无紧迫感可言。人则有时间观念，以至于孔夫子在江边对着川流不息的江水叹息："逝者如斯夫！"古人的一首《长歌行》咏叹："百川东到海，何时复西归？少壮不努力，老大徒伤悲。"更是深刻地反映了人生苦

短、时不再来的生命紧迫感。

第九，人拥有趋利避害的本性。人在危急的关头，都会表现出保护自身安全的本能。在有利可图的时候，多数人都会趋之若鹜，只是有的人能够将趋利行为控制在法律和道德界限内，而有些人却不能。

第十，人是嫉妒的动物。嫉妒是人发奋图强的动力，但嫉妒有两种：一种是我要争取干得比你更好，这是一种积极的嫉妒；另一种是千方百计把你拉下来，这是"我不提高也会比你强"的消极嫉妒。在中国固有文化中，消极嫉妒史不绝书，还往往成为嫉妒的主流。

第十一，人的活力在于危机。没有危机就没有活力，所以人总是在烦恼中度过他的一生。有一个例子，叫做鲶鱼效应。据说有一个外国船长专事运输活鱼，但每次到码头交货，活鱼的死亡率都很高，后来实在没办法，船长只好把鱼界"老虎"——鲶鱼放进鱼箱里做试验，结果使船长喜出望外。把鲶鱼放进去以后，这些鱼看到鲶鱼都很紧张，怕鲶鱼咬死它们，为了活命只好不断地躲避，"生命在于运动"，死亡率反而大大降低。可见，"危机"一直包含着"危险"与"机会"两方面的内容，只是我们习惯性地看"危险"而看不到其中的"机遇"罢了。反观这几年社会上为什么有那么多的官员出问题，其根本原因就是我们的体制权力过分集中，没有必要的制衡，当权者养尊处优缺乏危机感所致。

第十二，人是最可爱也是最卑鄙的东西。爱之可以给予一切，甚至不惜殉以生命，恨之则必去之而后快。春秋战国孟母三迁、汉代上虞烈女曹娥投江寻父皆为爱的典型，而当代金华逆子徐力杀母乃是毫无人性的卑鄙典型。

第十三，人的道德是恐惧的产物。人除了有修养性的一面，也还有动物性的一面，动物要生存、发展，必然要追求利益最大化，所以司马迁早在两千多年前就曾指出，"天下熙熙，皆为利来；天下攘攘，皆为利往"。我们远的不说，就说夫妻结合，也是优势互补的功能利益结合，一旦失去功能互补作用，夫妻关系就会处于紧张乃至破裂状态。有些家庭尚能维持，也无非是囿于人伦道德，不好意思解体罢了。由此可知，为何古代中国有纳妾制，西方有情人制（基督教强调实行一夫一妻制）作为补充的渊源所在了。那么，为什么人作为利益的动物，却具有道德呢？因为追求超越规定的利益，要受到惩罚，包括舆论的谴责、纪律的处分和法律的制裁，最终权衡利弊，要得不偿失，人才不敢这样做罢了。

第十四，人是适于"四两拨千斤"的动物。人的需求无非是实现自身价值而已。古人曰："家有良田千顷，日食白米一升；家有华屋千间，仅需六尺之床。"说明一个人的个人生理性物质需求是有限的，容易满足。人的名誉需求更是虚拟成分不少，如幼儿班小朋友只要老师口头表扬和奖励小红花即可使其欢呼雀跃；年长者只需给一个"理事"、"委员"、"代表"、"贵宾"一类的头衔即可令其不远千百里来参加会议，甚至是来参加一个烈日暴晒的露天会议。而一个人能创造的财富及其破坏力却极其强大，如诺贝尔发明的TNT炸药用于战争可导致千百万人死亡，用于建设能使整座山头定向爆破。居里夫人对原子能的研究成果更是威力无穷，用于建设可推动科技进步和工农业生产，如原子能发电站即是一例，用于战争只需小小一弹即可使一个城市如日本长崎、广岛一样毁于一旦。可见人的个人需求与其发挥的潜力相比，完全是"四两拨千斤"的关系。

第十五，人是自然界唯一躯体结构设计与功能应用不配套的动物。人之初，作为灵长类动物其力学设计是爬行，后来为了腾出前腿改造为手，才有了"人猿相揖别"的进步，站起来变成了立行动物。由于当时没有对人体结构作相应改变，以至于今人的颈椎、腰椎、心脏、血管壁还不能完全适应人体直立行走的需要，引发了诸多结构性疾病。

第十六，人依靠本能直觉的抗灾害能力在减退。随着科学技术的进步和现代化的发展，人借助仪器设备预测和防范自然灾害的能力在增强，而依靠自身本能直觉的预测和防范自然灾害的能力则在不断减退。2004年底印度洋海啸事件中人类受灾死亡数逾20万，而其他动物都能依靠自身直觉，觉察预兆事先逃逸，生命几乎没有受到威胁，就是最有力的证明。

3. "人"字与人性（差异篇）

RENZI YU RENXING(CHAYIPIAN)

从"人"字的结构看，一撇一捺开始相连，而后就分开了，到最后，相去甚远。这说明，人们之间开始的时候差距很小，随着岁月的推移，有人成一撇，有人成一捺，人的差距就逐渐拉大，越到后面差距越大。六七十岁的老人倘是名人，事业生活仍如日中天，若是普通百姓，则赋闲在家烧茶煮饭，聊度晚年，两者差别何等巨大。可见人类既有共性，也有差别，尤其是人与人个体之间的差别远远超过所有同类动物之间的相互差别。

首先是男女有别。

第一，在对待生活上，富于理性的男人容易把生活当成戏，富于感性的女人则容易把戏当成生活，极容易进入角色。

第二，在交谈表现上，善于观察的女人专注于对方的表情，较为细腻；比较粗放的男人则关心对方谈话原则，疏于观察。

第三，在思维方式上，女性一般长于形象思维，男性则长于逻辑思维。因此，女性多富语言天赋，男性则擅长理工创新；到陌生处女性多喜找人问路，男性则常常借助地图自行查找。

第四，在脾气秉性上，男性大多较为沉稳，不擅发泄；女性则易激动、喜唠叨、爱发泄，常被小事烦恼，免不了出现"女人脾气好像天气"的突变情景。

第五，在选择与占有的表现上，女性喜选择，男性重占有。例如，女人不仅大多喜购服饰，而且很少有人会心满意足，这就是人们常说的女人永远缺少一件自己满意的衣服。而中国传统的一夫多妻制，则是男性注重占有的典型表现。

其次是中西有别。

第一，在个性上，西方人主张张扬个性争先不恐后，中国人则提倡凡事低调恐后不争先。晚清名臣曾国藩即为其中之"低调不张扬"的典型，以至于有人说西方人为自己活着，中国人为别人活着。令人哭笑不得的是在中国，不表露心迹、口是心非还成了有修养、有觉悟的表现。

第二，在形式与内容上，西方人重视内容，中国人讲究形式。例如，西方人的沙发和席梦思以人为本，讲究舒适；中国古人的红木家具和"千工床"，只讲究形式美，不重视人的舒适。

第三，在等级和平等上，中国儒家文化按"长幼、男女、尊卑"将人划分为不同等级，西方基督教文化则讲究人与人的平等。

第四，在家与国的问题上，中国人将社会家庭化，不仅把国与家两个字合称为"国家"，而且在社会上将领袖称为"爷爷、父亲"，将友好城市称为"姐妹城市"，将当兵的称为"子弟兵"，当官的称为"父母官"，河流称为"母亲河"。西方人不但在文字上将国与家严格分开，称国为"country"、"state"、"nation"，称家为"familiy"；而且在社会生活上，也不会以家庭化来衬托人治思想，将国与家混为一谈。

第五，口与心。西方人比较直率，大多不隐瞒自己的观点。中国人讲究客气，往往出现心口不一。例如，中国人到他人家里拜访，当主人提出倒茶时，客人往往推辞再三，要求不要倒茶，倘主人真的不倒茶，客人事后则会私下非议主人不客气，表现出典型的心口不一。

第六，人情与变通。西方人重视法治，讲究原则。中国人受儒家文化社会家庭化的思想影响和山水画神似形不似的美学思维的熏陶，讲究人情，善于变通。因此，中国社会常常表现为熟人社会，西方社会则更多地表露出陌生人社会的特征。

第七，急功近利与立足长远。古代西方常用石头作为公用建筑的材料，中国却习惯采用砖木结构，两者分别反映了着眼长远和希冀立竿见影的不同观念。前者建一教堂要绵延数百年时间，花费数十代人的努力才建成，而后者的建筑若干年便能享用。所以西方有上千年历史的教堂，中国很少有数百年以上未经重修的寺庙。

第八，传统中国的司法观念是有罪推定，西方的司法观念是无罪推定。所以，中国人对有关他人之诽谤谣传往往容易采取宁可信其有，不可信其无的态度。

第九，征服自然和改造思想。在人与自然关系方面，西方人讲究征服自然，中国人则重视改造人的思想。

第十，在文字差别上，中国的象形文字反映并影响着中国人的思维。悟性是一种境界，只有少数人才能达到；科学发展和法制建设所需的逻辑讲究推演，每个正常人都能做到。世界各国的初始文字都是象形字，经过相当历史时期后，大多数都抽象为符号，而中国的文字仍然是象形字，而且作为象形字延伸的书法还成为一种艺术，有人甚至倾毕生之力为之奋斗成为书法家。这对中国人逻辑思维的形成产生了极为不利的影响，导致强调悟性成了中国特色并且渗透到从印度传入中国的佛教中，将其改造为中国化的禅宗，成为无数中国人的信仰。

第十一，食物链与性格形成。一步到位的食物链影响中国汉人的性格。世界上多数民族都选择二次食物链作为自己食用的起点，即让牛、羊等动物食用植物性食物并进行转化后再用于人的食用，而中国人中的汉人则以直接食用植物性食物为主，采用一步到位让人体自行深加工的办法，从而使中国汉人容易产生出血性中风和性格上不喜外露的温文尔雅。

第十二，以人为本与以道（理）为本。西方人自文艺复兴以来，强调以人为本，而中国人自古以来讲究以道（理）为本，认为一个人要透过政治为实现崇高的理想不惜牺牲自己的生命。

第十三，居住上的差别。在山区居住的欧洲人常将住房建在山上，地种在肥沃的山间盆地里，而认为只有死人及强盗才住在山上的中国人却往往反其道而行之，常将地种在贫瘠的山头上，而将住房建在盆地里，这反映了两者认识上的巨大差异。

第十四，在对问题的认识上，西方人认为是就是是，非就是非，犹如一个圆用直线划为两半，一半是"no"，另一半是"yes"；中国人则认为，是并不全是，非并不全非，犹如太极图中间用"S"形曲线分割出阴阳两鱼，阳鱼有阴眼睛，阴鱼有阳眼睛。

上述人性的种种差异，决定了不同的人在不同的情境中的不同表现，也决定了社会生活的丰富多彩。

4. 人生"一二三四五"

RENSHENG "YIERSANSIWU"

　　清明时节，我与几位大学教授、专家乘坐一辆牌照尾号为"12345"的旅行车前往浙中一著名城市参加研讨会。一路上，车外春光明媚，景色如画；车内欢声笑语，煞是热闹。此时有人突发奇想请大家围绕着有趣的车牌号码说出人生的"一、二、三、四、五"。在短暂的冷场之后，

气氛迅速升温。

　　一位女教授首先发言，她说：人生的"一"意味着单程旅游，一去不复返，出生时痛哭而来，死亡时撒手而去，充满了痛苦。为了摆脱痛苦寻找幸福才开始了一生的行程，无论是帝王将相，还是庶民百姓，其起点与终点几无差别，有差别的仅仅是从起点到终点的中间那一段经历，因此人生经历犹如旅游之观景，心灵之游走，越丰富越好，其间既有成

功，也有失败，既有愉悦，也有坎坷。一位"文化大革命"中"有幸"坐过冤狱的老先生甚至说即使去坐牢亦不失为一项苦其心志劳其筋骨的历练，对平衡自身心态尤其对忍受磨难大有益处，如张学良先生当年不被监禁就很难寿过百岁。

一位王姓教授若有所思地说，在中国，人际交往中常常会发生当面客气背后非议的双重人格，以及中西方的其他不同认知，是否可统称差别人性归纳为人生之"二"。

我紧接着说无论人生有多少种经历，其贯串始终的还是要有价值。一个人不是利用自己，便是被人利用，有条件的还要利用别人，而其中能够和善于利用自己则是一切利用的基础。利用自己分为两个方面：一是利用自己的动手能力；二是利用自己的动脑能力。前者小至衣食住行的自我料理，大至巧夺天工的创造；后者小至一言一行的慎独，大至惊世文章的问世。总而言之，利用自己便是最大限度地发掘自己的潜能，体现人异于其他动物的崇高。

而一个人是否能被人利用，是有没有能力的标志，也是一个人有没有价值的反映，只要不践踏人格，不触犯法律，被人看中并接受利用不啻是一种光荣。因为被人利用才能有作用，有作用才会受人重视，受人尊敬，说到底，一个人是否能引起人们的重视完全取决于其本人发挥作用的程度。

至于利用别人则取决于客观条件，如有权力者可以指挥部属，有金钱者可以雇人服务，博导亦可利用研究生做各种课题。然而一旦失去所能依赖的条件，如当官者失去了官位，富豪失去了金钱，从业者失去了岗位，那就只能望洋兴叹，无法利用别人了。

这时一位满头白发且一直在沉思的老教授，突然若有所悟地挥舞着右手，画龙点睛地说：这人生的三个"用"字说的精到！一个既不能利用自己，也不能被人利用，更没有条件利用别人的人便是无用之人。这可以称作人生之"三"吧！

我说，即使有用之人在内涵气质上也有"四"个不同的层次：最低一层是知识，比知识高一层的是文化，比文化高一层的是思想，比思想更高的是境界。李教授说，"这四个层次我不十分明白，是否请你举例说明？"我当即举起手中的茶杯，解释道，"以茶为例，种茶、采茶、制茶是知识，当成品茶叶进了茶馆，和水结合施以茶艺便成了文化，唐宋时佛教徒通过品茶冥思苦索产生了顿悟的禅宗则进入了思想层次，若一个人进一步提高到以出世之心，行入世之事，做到宠辱不惊，那便进入了最高层次——境界。"可见人生不仅要拥有知识，更要超越知识。至于艺术的境界又分为"四"个层次：最低层次为"欲"，比欲高的是"意"，比意高的是"情"，比情高的是"性"。中国的山水画写意，西洋画写情，若能达到性的层次便能进入"写真率性，物我两忘，随心所欲"的最高境界了。

最后一位心理学教授概括性地说，至于人生之"五"，是人的需要由低到高分为：生理需要、安全需要、归属与爱的需要、自尊与他人尊重的需要和自我实现的需要"五"个层次——这是美国著名的人本主义心理学家马斯洛的研究成果。

5. 人生有无之变

RENSHENG YOUWU ZHIBIAN

一个人在降生之前什么都没有，包括自己的生命。出生后赤条条地来到人世，也是两手空空，一无所有。后来人们运用自己的双手和智能渐渐创造财富。由于机会和能力的差异，有人成富翁，有人成贫民，而大多数人都成了普通百姓，过着日出而作、日入而息的普通生活。这就是从"无"到"有"的过程。

随着岁月的增长，人们渐渐有了病痛和苍老，直到撒手西去，化作

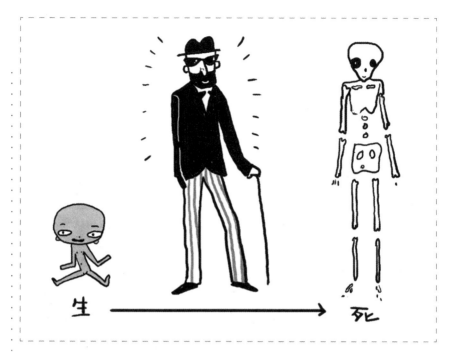

生 ⟶ 死

一缕青烟，剩下一点骨灰，又是赤条条地走，这就是人从"有"到"无"的过程。

由此可见，人的始与终都与"无"相联系，"有"仅仅是始与终之间的短暂过程。在这个过程中只要生活无虞就要过得轻松愉快，不要欲望太多，自己与自己过不去，更不要贪得无厌，以至于身陷囹圄，丢掉性命。

有些商人做得很成功，为了赚更多的钱，拼命在"有"字上做文章，结果连笑都不会了，活得太紧张，那就太对不起自己了！

6. 人生远近之变

RENSHENG YUANJIN ZHI BIAN

初秋，在清幽的大清谷，一边品茶，一边凝视着青山绿水的德籍华人海杰先生对身边的刘先生说，我出生在浙江青田船寮，小时候就常常坐在山坡上看着飞机从头顶上呼啸而过，那时我多么盼望能登上飞机，"乘长风，破万里浪，俯瞰广袤的大地"，但那时飞机离我实在太远了。后来，我旅居德国并从事国际贸易，不但天天乘飞机，来往于五大洲，而且乘得我一看到飞机就厌烦起来，因为飞机离我实在太近了，由于我住在繁华的西方城市，原本离我很近的青山绿水却与我的生活越来越远，致使我今天对这里的一草一木、一山一水的自然环境都备感亲切。

颇有同感的田先生连连点头称是，他说，这几十年人类的生活确实发生了翻天覆地的变化，过去离我们远的东西变近了，而离我们近的东西反而远了。以前走路、爬山、挑担是我们这些普通人的家常便饭，甚至连大学生到大城市上学，为了便于搬运行李，也非得带上一根小扁担不可。现在可不一样，人们几乎天天乘以前离普通人生活很远的汽车、火车，至少也是骑自行车，以前离人们很近的走路、跑步、爬山则退出了日常生活的领域，成了人们锻炼身体的一种方式，尽管词义相当于承担

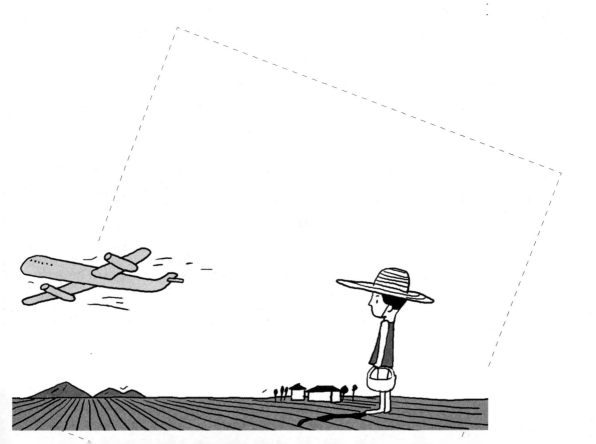

责任的"挑担子"在日常生活中仍然广泛使用，但在城市里正儿八经的挑担搬运早已绝迹，即使偶尔出现也成了少见多怪的稀奇。

1960年前后饥饿的中国人为了不得浮肿病尽量多饮食，少运动，多休息，把自己养胖一点，而今天远离饥饿的中国城市居民却尽量少吃饭多运动，把减肥作为自己的奋斗目标，以致吃鱼吃肉成了人们的负担。原先贬义的"挑肥拣瘦"和"挂羊头卖狗肉"反而成了褒义词，因为现在肥肉比瘦肉便宜，狗肉单价远远高于羊肉。自古以来，肥头大耳为富人的标志，在今日反而成了穷人的形象。几十年前穿布衣、吃粗粮、食野菜是穷人的苦难，作家写小说为了形容穷人的痛苦，不惜将书定名为《苦菜花》；而今天却反其道而行之，布衣、粗粮、野菜成了富人的衣着和食谱，而穿化纤、吃细粮、食大鱼大肉成了穷人的苦难，尤其是以前只有神仙菩萨才能在供桌上吃得到的肥猪头也成了肉店向穷人推销的主要品种。以前人们因饥饿而得病，现在因为吃得太多而致疾，过去离中国人很远的糖尿病、高血脂、高胆固醇等富贵病悄然而至，不仅老人得病，中青年也比比皆是；而且随着工业化社会的迅速到来，人们的生活节奏加快，忧郁症等精神疾病，也由远及近，向我们大步走来，比例急剧上升，成了人们的灾难。

自古以来，中国人所津津乐道的三百六十行，从来不包括游山玩水的旅游业，而今天引导人们游手好闲的产业却成了不少地区的经济支柱和新的增长点。而且西方人到海滩晒太阳的健美方式，也慢慢为部分中国人所接受，不久的将来以皮肤黝黑为健美的西方观念，说不定会在中国逐渐传播。古人常用"君子之交淡如水"来形容人们交往的清白和崇高，而今天在风景旅游区一瓶矿泉水的价格已远远超过1斤大米，今天水已经不是唾手可得的资源了。随着社会物质财富的日益增长，人们对实实在在的东西，如柴、米、油、盐、酱、醋的需要量日渐减少，而对上网、影视、通信、信用卡等虚拟的东西则形影不离，需求日趋旺盛，今天一味强调"求真务实"的消费者，竟成了不思进取远离现实社会的老保守了。在中国历史上，"孔融让梨"和"三顾茅庐"是人们广为传播的谦逊美谈。而在倡导竞争的今天，这些都成了不屑一顾的陈词滥调，孔融和诸葛亮更是典型的"傻子"，尤其是诸葛亮有官不当还推辞再三，今天有人甚至花大钱还买不到这么大的官呢！

可见，随着当今社会的转型，尤其是对效率为主导的市场经济的认同和推行，不仅使人们的生活发生了急剧的变化，而且在精神生活上也不断产生新的理念，以前离我们远的东西正向我们走来，以前离我们近的东西正离我们而去，渐行渐远，尽管有人不愿它远去，但"青山遮不住，毕竟东流去"，留下的仅仅是少数文物古镇，让人们偶尔去怀旧聊以自慰罢了。

7. 追求过程

ZHUIQIU GUOCHENG

金秋十月，齐鲁大地一片丰收景象。我们从济南东去青岛，顺道参观了位于淄博市淄川区的蒲松龄故居。蒲松龄，明崇祯十三年（1640年）出生于蒲家庄，幼时聪颖，19岁时即以县试、府试和院试三试第一取得了秀才资格。蒲家多少年来梦寐以求子弟中举的希望似乎已在咫尺之遥，唾手可得了。为了考中举人，蒲家上下及蒲松龄本人不惜血本刻意追求，结果历时半个多世纪的长途跋涉，多次往返济南赴省赶考仍未与举人名号沾边，"有心栽花花不发"，蒲松龄痛苦之极。尽管在晚年他曾获得选拔为"岁贡"的安慰称号，但仍无法抚平他心灵的悲怆。

也许是追求过程胜过追求结果，一生对撰写鬼怪小说情有独钟的蒲松龄，通过奔走各地搜集民间传说，以茶引客，用请路人讲述鬼怪故事等办法积累了丰富的素材，以一生之笔耕写成了《聊斋志异》，而对此书是否能流传于世，蒲松龄在世时并没有过多考虑，因为对他来说这仅仅是一种兴趣而已。直至清乾隆三十一年（1766年），即蒲松龄去世后的第51个年头，一个偶然机会，浙江严州府的赵杲知府发现了此书，他读后对蒲松龄的文学造诣赞不绝口，而且出资在衙门（今建德梅城严州古衙）后花园青柯院组织班子将《聊斋志异》手稿编校刻印成书，广为发

行，称为"青柯亭本"。结果蒲松龄名播九州，誉满全球，其影响远远超出一个举人、进士，甚至状元。

我猛然想起20世纪50年代湖南老乡请毛泽东题写岳阳楼匾额，毛泽东认为他的草书不适宜题匾，改请郭沫若题写。由于是领袖嘱托，郭沫若思想负担很重，难免过分追求结果的完美，花费很多时间，写了不少"岳阳楼"的条幅供人挑选，结果人们挑中的竟然是他在不经意间写在信封上的"岳阳楼"三个字。

可见，人生只能追求过程，不可强求结果，也就是古人常说的"谋事在人，成事在天"。当踏着古老的毛石路，步出蒲家庄圆洞形的石砌庄门，我不禁感慨万千。

8. "是"人，还是"做"人

"SHI"REN HAISHI "ZUO"REN

在英国曾发生过这样的故事，一位英籍东方血统的大学生在一家知名的会计师事务所实习，所长见此人业务水平不错，便动员他报名参加当年的全国注册会计师职称考试，此人只怕公开去报名万一考不进被人耻笑，便推说今年做准备争取明年去考。而实际上他却悄悄地去报了名，结果发榜时竟然一举高中，这时激动万分的他兴奋地到所长处报喜，所长不但不表示祝贺，反而告诉他不能接受他来所就业的要求，因为他太做作了，作为全国知名的会计师事务所应该接受的是具有健全人格的人。听完这个故事的中国会计界访英代表团团员都对这位大学生深表同情，因为在中国这样谦逊又不事张扬的人属于善于做人的人，唯有大力表扬才对，哪有拒之门外的道理。其实这两种截然不同的认识来自于东西方不同文化的差异。

文化是人类历史在社会发展过程中所创造的物质财富和精神财富的总和。人类创造了文化，也就创造了自己的历史，创造了一个文化的世界。

西方文化源于希腊文明，由于古代希腊人生活在地中海之滨的多山地区，居民大多以捕渔和狩猎为生，个人的技能和奋斗精神在征服自然的谋生中起到了举足轻重的作用，从而使人们产生了极强的个体意识。他们普遍认为先有个体，后有群体，群体是由一个个单独的个体组成，没有这些单独的个体就没有群体。因此，只有每个人个体都自由发展了，群体才会发展；只有每个个体的利益都满足了，群体利益才会有可靠的保障，也就是俗话所说的各人都把自己的门前雪扫干净了，也就不会有他人的瓦上霜劳驾你去操心了。既然西方文化把人首先看成是人格独立的个体，那么群体就不是天然存在，而是人为地组织，即通过契约将诸多的个人组织起来才成为群体的。这种契约既有商业契约、婚姻契约，也有上升到全民契约的法律。在契约面前任何个人都有权利，也都承担相应的义务，诸如夫妻关系、邻里关系、租赁关系、上下级关系，甚至基督教里人与神的关系也是这种享有平等权利的契约关系，其中人与神的关系就叫做《新约》与《旧约》，是所有信教者必读之书。

在中国，由于文明源于黄河流域的农耕文化，从上游到下游的水利灌溉，既需要处理上下之间的自流灌溉关系，也要处理同一平面之间水量的分配关系，为此在商周时代政府就把农民组织起来耕种井田。其办法是 8 户成一井，并开沟引水，当中一块土地为公田由 8 户人家联合耕种，收获后归公家作为税收上交；周边每块同样面积的土地为私田，分别由各家各户自行耕种。每块地的面积在商代为 70 亩，周代为 100 亩，这种平均主义的集体耕作方式及其上下游水量分配的权威使人们自然而然地形成了集体主义的群体意识和崇拜权力的仆从习惯。因此中国文化认为，先有群体，后有个体，群体是天然形成，个体是群体的一员，一个人不能脱离群体而单独生存。

人，力大不如牛，行速不如马，而牛马为我所用；牙锐不如豹，爪利不如虎，而虎豹无奈我何。究其所以就在于人能"群"。众口铄金，众志成城，一根筷子一折就断，一把筷子却拧不弯，所以只有群体存在，个体才能生存；只有群体发展了，个体才有出路。而群体又以遵守秩序、和顺共处的家庭为单位，于是就自然而然地产生了社会家庭化的儒家学说，即国只是家的外延和放大，治国如治家，从而使"君为臣纲、父为子纲、夫为妻纲"和"尊尊亲亲"成了根深蒂固的道德规范。这种缺乏"自我"的人格组成中包含着很大的他人成分，强调"做"一个人而忽略"是"一个人。"做"一个人与"是"一个人是两个截然不同的观念。在"个体意识"发达的基础上产生的西方文化强调"是"一个人的人格独立性，他们认为"是"人就要首先面对自己，使自己以本来的面目在世人面前展现，在世俗关系里保持人格的完整性与独立性；而"做"人犹如演戏，是为了别人才去表演，"做"一个人的角色，意味着社会公众对自己的看法比自己对自己的看法更重要。强调"做"人是人格不独立、不完整的表现，讲究"面子"与"人品"，追求价值的取向注重的是外在的东西而不是内在的东西。所谓"面子"是摆给别人看的；所谓"人品"那也是给别人品的。如此"做"人，就要学会"察言观色"，下级对上级不仅要看"眼色脸色"行事，还要学会揣摩意图；对"有头有脸"的人就需要给足"面子"，即使他错了也不能使他丢面子；平时"做"人很在乎人家怎么说，惧怕自己的行动会"贻人口实"、"留为话柄"、"引人非议"，甚至怕在别人眼中"有点出格"、"太不像话"等等。

由于"个体"被弱化，独立的人格很难形成，"逆来顺受"被当成"美德"，口是心非被推崇为有修养，对自己的权利抱无所谓态度。这种自我压抑的人格认为"吃亏"就是"便宜"，任人利用、摆布与控制是有觉悟的表现。从而使没有独立人格的"个体"组成的"群体"犹如一盘散沙，人与人之间仅靠世俗人情建立关系。这在熟人圈子里尚有一定约束，长幼尊卑分明，一般不敢胡作非为，在圈子外面则"宁可我负天下人，不可天下人负我"，露出一副霸道嘴脸。如在公共场所只要是熟人便客客气气争着买票付钱，若是生人，则斤斤计较，分文不让，哪怕稍微触碰了一下也会大发雷霆，出言不逊，甚至还会拳脚相加，引发事端，以显示自己不可一世为荣。至于大型的社会公益活动，除非单位或政府去组织，个体根本不感兴趣，甚至在别人没有看见时，胆大妄为，竟敢干那些包括随地便溺、高楼扔垃圾等不文明行为在内的种种丑事。在紧急关头，更是首先想到的是社会对自己的照顾和安排，而很少想到自己要有主动和自律，对社会对群体以及人类生存环境缺乏应有的负责精神，与张扬个性、提倡平等竞争、实现个人价值的市场经济精神更是背道而驰。因此，在全球大多数国家认同并推行市场经济的历史性时刻，作为从计划经济向市场经济过渡的中国有必要正视传统"做"人文化的缺陷，大力提倡"是"人文化，促进主动和自律的公共精神在神州大地的普及与发展。

9. 解读女性

JIEDU NÜXING

　　人都需要交谈，这是人和其他动物的区别之一，但男性与女性对交谈所追求的目的却存在着很大差异。男性的交谈是提出问题、辩论是非以及找出解决的办法，极具逻辑性。女性更多的是将交谈看作与听者分享其感情的一条渠道，她们常常说个不停，直到她内心感觉好受为止，极具感情色彩。

　　爱情来自男女双方的相互爱慕和追求。男人追求成功，女人则喜欢追求成功的男人。男性喜欢寻找年轻漂亮的女性；而女性更着眼于择偶的实际考虑，比如要求伴侣不但诚实、有才华和富有同情心，而且得是一个有责任心且靠得住的人。所以她们会在采取行动前反复考虑：这个男人，值得我托付终生吗？

　　真正珍惜爱情的女性，一般对贵重礼物持审慎态度。因为一件过于贵重的礼物会让她想到，这个男子在试图收买她的感情。恰当的、量力的、显示关爱和体贴的一般礼物，使女姓有温馨感而没有沉重感。可见，女性对爱情的追求，比男性更实际，更执著。

女性有着与男性不同的特殊心理需求。例如，已婚育有子女的妇女很怕人老珠黄，非常需要男人用一句特别让她感动的话来赞美她。比如，长得那么年轻漂亮，真看不出你的年龄；这身衣服配上你的身材和美丽真是太合适了。女性也容易生气和烦躁，因而在丈夫和男友面前常常会提出让自己单独呆一会儿的要求，有时也会通过逛商店、听音乐以及其他方式自我调节。可见女性有着区别于男性的心理需求。

古代的女性在家庭中的角色在于相夫教子，而当今的女性很清楚，没有事业的成就和职业的收入就谈不上男女平等。因此，她们希望丈夫和男友认真重视她们的工作，尊重她的长处，分享她们的成就，友善地对待她的弱点，成为平等相待的朋友，相敬如宾的伴侣。崇拜丈夫的妻子甚至甘愿充当丈夫的"妈妈"、秘书或佣人。成功的婚姻大多与夫妻双方视婚姻如鲜花培育、善于相互交流、时时刻刻注意给对方新鲜感和对无关紧要的事情能做到"难得糊涂"有关。

女性的爱可以通过言语、动作、思念和看不见的心灵感应来实现。结婚后，在没有孩子时，精力几乎都集中在丈夫身上；有了孩子，精力便转移到孩子身上；孩子长大成家后，方知女儿是人家的媳妇，儿子是人家的女婿，精力才慢慢转回到丈夫身上。

夫妻关系，从青年、中年、老年，一般人都会经历性、情、心三个阶段。青年夫妻，由于涉世不深，人生感悟不多，而恰逢青春年少，精力充沛，因此，大多侧重于"性"的关系；到了中年阶段，涉世渐深，人生感悟不少，内心情感世界日益丰富，情开始重于性；进入老年时期，儿女成家，别居他处，身体渐衰，两老为伴，人生感悟到了接近透彻的顶峰。正所谓"少时夫妻老来伴"，此时方知人生是一个过程，"心心相印，形影不离"、相伴到老才是自己的最后归宿，从而走到了心重于情的最后阶段。

10. 解读老年

JIEDU LAONIAN

青年人有朝气，中年人有能力，老年人有经验。在社会变革极其缓慢的农业社会，老年人的经验对后辈极具指导意义，所以有"不听老人言，吃亏在眼前"的谚语。随着现代中国进入工业社会，其方方面面的变化速度明显加快，尤其是近30年的改革开放，社会瞬息万变，超过了以往几百年乃至上千年的变化。这样，老年人早年的经验对后辈的指导意义就难免要打上折扣。由于不是每个老年人都能体会到这种变化，因此他们往往还会从自身经验出发，感到后辈很多方面不如自己，还离不开自己手把手的教导。

　　首先是用自己的标准来衡量后辈的所作所为。诸如儿女的大小事，孙辈的吃穿用，都要说、都要管、都要干预，处处不放心，件件要操劳。对儿孙的学习、工作和健康过分牵挂，不但使自己经常处于紧张、焦虑状态，而且往往效果不佳，吃力不讨好，惹得儿孙烦。其次是不甘示弱。人进入老年，体力和精力都不如从前，但不少人还是"人老心不老"，推己及人，"常思八九，不想一二"，老与别人比高低，经常闷闷不乐，闲气丛生；与人闲聊，常为一点小事而喋喋不休，闹得不欢而散；为一盘棋的输赢、一个球的得失长吁短叹甚至大发脾气。再次是为他人活着。老年人非常重视别人的议论，老是喜欢倾听闲言碎语，尤其看重别人对他的看法，听到不顺心的议论就不开心，自找烦恼。又再次是渴求回报。在青壮年时期自己为后辈做了不少事，进入老年后很想得到回报，甚至把不少梦想都寄托在别人身上，没有太多地想靠自己的努力来实现人生目标。实现目标的希望一旦放在别人身上，与自己的实践和能力的提高无关，目标就变成了无法掌控的奢求，甚至成了对别人的困扰，自己也就不可能活得兴致盎然了。

　　说到底，人是为了追求快乐来到人间的。活在世上，活的就是个精

气神。有道是，快乐是一天，烦恼也是一天。老年人要快乐地活着，就要学习和懂得生活的智慧。所谓生活的智慧就是为人处世的心智和能力，是一种学问，一种修养，也是一种境界。

老年人认为管闲事是为儿女好，听闲话才能主持公道，其实不然。一个人走过少年、青年和中年，进入老年，毕竟到了需要别人照顾的年龄，生理和心理都很难适应不断变化的社会环境，生理上随着人体器官的老化，各项身体指标都与健康人有了差距；心理上随着与年轻人接触和交流的减少，难以感触到社会跳动的脉搏，对社会的诸多方面也有了脱节。在这种情况下，老年人如果能明白自己的不足，注意照顾好自己的身体，明白"老来万事等闲看，圆缺阴晴顺自然"的道理，不自以为是地瞎操心，给儿孙添麻烦，就是替后辈造福。对于流言蜚语，唐代文人刘禹锡就曾说过："长恨人心不如水，等闲平地起波澜"。生活中的口舌是非既不可避免也不能小视，所以老年人能记住"闲聊莫论是非"和"流言止于智者"的古训非常重要。对闲言碎语不听不传，言论不涉及别人隐私，这不但是一种人格品位，也是一种境界。让自己在闲聊中对他人多一些理解，多一些友情，也就能够增添自己的生活情趣和生命弹性。

人生目标的实现都需要过程，因此人到老年，既要热爱生活、追求幸福，还要学会生活的智慧。想自己所想，做自己所做，宠辱不惊，去留无意，在喧嚣浮华的尘世间，追求安逸超脱，愉悦身心，理智地选择人生道路，让自己的心灵回归"和谐"的圣境。

11. 潜能无限

QIANNENG WUXIAN

凡是动物，都具有潜能，其中人的潜能尤其难以估量。记得一位朋友曾告诉我一段街头奇闻。有位怀抱婴儿的妇女在马路上行走，突然发现一辆失控汽车迎面而来，在这就要遭遇车祸的千钧一发之际，这位妇女竟然于情急之中异乎寻常地抱着婴儿跳上旁边的矮墙，躲过了死神。据说事后叫她再重复一次，她却怎么都达不到当时的水平。这真算是临危挣扎，潜能无穷。那么人的潜能有多大呢？

为了有一个定量的概念，我曾经请教过浙江大学附属第二医院的院长江观玉教授。他说凭他的专业知识，只知道三个器官的潜能，那就是肝、肾和肺，至于脑的潜能，他不清楚，需请教生理学教授。两天后，治学严谨的江教授给我打了一个电话，告诉我一般人的肝、肾和肺功能只用了1/5，所以根据医学界的经验，将一般人的肝、肾、肺切掉3/4都没有问题，仍能维持生命；而人的大脑一般只开发了百分之几到百分之十几的功能，也就是说高级知识分子的脑子也只开发了10%多一点。后来，江院长又召集有关专家作了一次认真的研讨，神经内科专家陈怀红教授以书面形式正式告诉我："人的大脑约有100亿个神经元，平常应用1/10都不到。神经生物学证明，皮层区内有许多'睡眠神经元'只在特定刺激形式下才有反应，如能开发这部分脑组织的功能，有可能对智能的提高产生很大的影响。"可见从生理学的观点来讲，人的潜能是很大的，至少能扩大5～10倍。

从社会特征来看，人也有很多需要用开放和竞争来诱导和激发其潜能的特点。

首先，人进化为万物之灵长是潜能不断开发的结果。人是由非人通过长期劳动，不断由单纯适应环境的"被动"生存物，变成可适当改变环境的"主动"生存物，并且不断通过自己生产生活资料，走向了自由生存之路。从此人不止是环境的组成部分，而是使环境成为了人自我建构也就是人化的一部分。正是劳动使人具有了高度发达的大脑及大脑支配下的复杂行为，被称为万物之灵长，具有其他动物不可替代的高度创造力。比如手，人跟动物不同。人类的始祖从爬行演化为直立，走上了"人猿相揖别"之路，从而人能够站得高看得远，有了革命性的飞跃。至于人的手是动物的爪发展起来的，人的大拇指能与其他手指一二三四对起来，这就是人的对指功能。而动物的爪不能对起来，所以只能叫做爪，不能叫手。因此，唯有人才有手，唯有手才是人。可以说，手是人脑的延长和工具。没有脑，无法思维；没有手，则难以实践，两者缺一不可。如果偏废其一，则人类的理想和创造力统统付之东流，理论联系实际更是天方夜谭。

同样，一个人需要教育和培养才能更好地激发潜能。众所周知，如果一个人不接受教育，不与别人交流，就成为孤立的人，就不可能有创造力。我举个例子，一个人假如是个孤立的人，他不仅不可能发明火柴，连发现钻木取火都不可能，他只有在与很多人不断的交流、不断的实践中，然后才能懂得前人积多少年经验方才取得的钻木取火技术，在此基础上才能进而掌握火柴制造技术。又如我们经常用的回形针，是一根铁丝弯出来的，尽管结构和原理都很简单，但它毕竟是一种发明、一种创造，是人们在实践和交流中互相启迪而来的，其发明者也不愧是一位有成就的科学家。

由此可见，人只有接受教育，只有相互不断地交流、学习，不断地提高、发展，才有人类的科学、人类的进步、最终表现为生产力的发展。人的素质的提高，很大程度上表现为文化科学的进步，必须有人与人高度集聚的效应。

人的思想也是有潜能可激发的。人的动物性是一种本能，所以赚钱无须上级发通知、进行培训教育就能达到人人皆知的程度，甚至有人不择手段，招摇撞骗，牟取不义之财；而人的思想，即道德修养倒需要进行坚持不懈的教育，如周代有"周礼"，汉以后有"孔孟之道"，宋明有"理

学"……凡此种种不一而足，无非说明要使人有修养是一项十分艰巨的工程。

据医学专家说，男女具有各自不同的长处。如一对夫妻外出，一般男性善于辨别方向，女性善于记住具体位置，两者取长补短，就具有优势。人才是人中之杰，是推动生产力发展的主要因素，但人才是人，不是神，他们身上也存在着各种各样的缺点。例如，有才能的人不一定是个谦虚的人，我们有的领导就是容忍不了他们的骄傲，所以很多人才留不住。要知道你主要是用工资报酬换他的才能，不是买他的骄傲。所以对营造人才环境要有个很好的认识。记得清代林则徐曾书写过"无欲则刚，有容乃大"的联语，这副对联说的是，领导者要用好人，首先要出以公心，其次要有虚怀若谷的胸怀，唯有浩大的胸怀才能动员千千万万的人才为创造新财源作出贡献。

12. 有思想的动物

YOU SIXIANG DE DONGWU

人是有思想的动物，这就是说人是动物，而且是有修养有感情的动物。人与其他动物的差别不在于有感情，因为动物也具有感情，尤其是狗对于主人比一般人还忠贞不渝，以至于当年清代名人郑板桥仰慕明代绍兴才子徐文长的才能竟刻石一方，上镂"青藤先生门下走狗郑燮"字样，把自己与徐文长的关系譬喻为狗和主人的关系，而不是一般的门生与导师的关系。

人与动物不同之处在于有修养，人属于有修养的动物。为了规范人们的修养，周代制定"周礼"，宋明推行理学。中国共产党则早在1938年通过刘少奇的《论共产党员的修养》来规范党员修养，近年来党内一系列的廉政措施都反映了这一目的和要求。当然人的修养与人的道德相联系，人的道德是恐惧的产物，因为人除了有修养性的一面，也还有动物性的一面。动物要生存、发展，必然要追求利益最大化；就是夫妻结合，也是优势互补的功能利益结合，若一旦失去功能互补作用，夫妻关系就会处于紧张以至破裂状态。可见，汉代史学家司马迁当年关于"天下熙熙，皆为利来；天下攘攘，皆为利往"的概括，在2000多年后的今天仍不失其精辟。

那么，为什么人作为利益的动物却具有道德呢？因为追求超越规定的利益，要受到惩罚，包括舆论的谴责、党纪政纪的处分和法律的制裁，最终权衡利弊，要得不偿失，所以他不敢这样做。前段时间，我看到一个材料，说：道德来源于恐惧，是恐惧的产物。材料中还举了一个例子为证。在严寒的冬季倘把一群猴子关进一间房子里，房顶上挂着若干个桃子，若猴子伸手去摘，四面八方的冷水龙头就会铺天盖地喷出水来。第一次进屋时有五只猴子，它们心里都在想这些桃子太好了，于是不约而同地跳起来摘桃子，刚触及桃子，尚未摘下，倾盆冷水便喷涌而下，结果猴子们都冻得要死。如此反复数次，所有猴子都痛苦不堪，以致奄奄一息，生命垂危。于是有着刻骨铭心教训的猴子们就一致决议，以后谁再去摘桃子就打死谁，包括那些新进屋的猴子都要无一例外地照此执行。从此，不准随便摘桃子的规定就成了经过冷水房恐惧训练的猴子们的道德标准。反过来，如果付出的代价不高，就会出现另一个局面。日前，有一个杂志的内部版刊登了如何把腐败现象尽可能地遏制在最低限度的专稿，指出21世纪的前10年将是我国腐败现象的高发期，由于当前法律和纪律偏宽偏软，"案件一进门，就有说情人"，再加上七折八扣，定罪证据不多，即使被判刑，也是以轻判、缓刑、假释、保外就医等多种手段避重就轻，犯罪成本这么低，就难免一些人铤而走险搞腐败。可见恐惧力度达不到得不偿失的地步就不足以规范道德。同样，音乐也是恐惧的产物，这是原始人害怕野兽袭击，抵御恐惧而发出的号子声不断完善发展的结果。在现代，音乐除了供人们欣赏、消遣以外，也同样用于抵御恐惧。有位朋友告诉我，他读小学的女儿经常一个人在家做作业时将家中电视机、DVD 等音响设备开得个震天响，问她为什么这样做，她说是不放音乐害怕，放音乐就不害怕了。可见音乐对人来说不失为抵御恐惧的工具，至少对有些小学生来说能起到壮胆的作用。据医学专家分析，由于从小形成了一种条件反射，人往往到上中学、大学还要听音乐，因为这时的音乐不再是抗拒恐惧的武器，而是能促进大脑神经兴奋的工具，从而起到了开发人脑思维的作用。这和以前有一位将军在部署重要军事行动时务必吃炒黄豆才能开发思维是极其相似的。至于习惯抽烟者，无烟可抽几乎导致思维停顿更为普遍，因为香烟已成了他们触发思维的催化剂！

13. 最危险的动物

ZUI WEIXIAN DE DONGWU

"五四"以来，不少人力主对外国的东西采取"拿来主义"，就是要用西方的现代文明来对抗中华古代传统的封闭、落后、虚伪、平庸、俗气等，以使中国人获得生存、发展的机会。但在经过了市场经济初步洗礼之后，现实生活中出现了一个不容忽视的现象，那就是拜物主义、拜金主义日渐受到推崇，成为我们生活中的一面旗帜。"物"和"金"都不是坏东西，甚至是我们走向现代所追求的东西，但是一旦"物"和"金"成为崇拜的"主义"，钱成为"神"，社会问题就来了。西晋鲁褒曾作《钱神论》，指出"有钱能使鬼推磨"，时至今日，真是应验了：

金钱的威力渗透到包括买官卖官在内的各个角落。连我们的精神文化生活也无法抗拒市场化力量。金钱的魔鬼几乎无所不在。打开电视，不管你愿意不愿意，你得接受那铺天盖地的各色各样的商品广告。尽管你不是女人，你得看各种新式的例假用品广告；尽管你不需要隆胸，你得看各种隆胸术的宣传；尽管你不需要那些奇装异服，你还得忍受那些穿着奇装异服的女人在你面前扭来扭去。不但在电视广告中，而且在你阅读报纸的时候，在你上街漫步的时候，在你打开互联网的时候……你都无法拒绝这些东西。现实生活的许多方面都变得俗不可耐，人的浅薄与庸俗也达到前所未有的程度。

国人不愿生活在欺骗中，可又自觉不自觉地在欺骗中生活。如今，假的东西已像幽灵一般在我们的社会中游荡，不仅假烟、假酒、假医、假药、假文凭、假广告、假报表打不胜打，造假币、卖假货、说假话、办假事、考试作假、检查作假防不胜防，而且对相当一部分国人来说，作假以讨好上司，图谋升迁，不择手段制造注水肉、毒米、毒瓜子坑害百姓，昧着良心牟取非法暴利，已成为人性恶所常见的病症。许多人作起假来脸不红、心不跳，欺骗亲戚朋友得心应手，心安理得。不仅如此，甚至有人为一己之私利，不惜设计各种陷阱让他人跌落，直至置人于死地。正如德国艾科尔特野生动物园小木屋告诉我们的那样，什么是世界上最危险的动物？不是老虎，不是狮子，推开"答案之门"，你看到的是一面大镜子，镜子里的形象正是我们的尊容——人。

在这种浅薄、庸俗、无诚信可言的氛围下，有点思想的人，还有智者，就不愿拥挤在这条充满浅薄和庸俗的道路上。他们回头审视自己祖先所创造的文明，并从那"仁者爱人"的伦理中，从"己所不欲，勿施于人"的道德中，从"小人喻于利，君子喻于义"的教导中，从"天地之性，人为贵"的人文理想中，从"四海之内皆兄弟"的亲和中，从"民贵君轻"的政治理想中，从"无为无不为"的辩证思想中，从"与天地万物相往来"的自然观中，从风、雅、颂、赋、比、兴的诗性智能中，看

世界上最危险的动物

到儒雅而纯正的背影，或看到顺应自然的境界。为了更清晰地审视远去的中华文明，他们不得不连忙往回走，试图看到背影的正面，去领略那博大恢弘的中华古典文化的气象、精神、诗情和韵味，于是重新发现孔子入世之道，重新发现庄子出世之道，重新发现汉学的古朴之道，重新发现玄学的思辨之道，重新发现盛唐之音，重新发现宋明理学之理……

神往古代和谐理想，是人们试图摆脱现代社会俗气所做的一种努力。

14. 佛国春晓

FOGUO CHUNXIAO

人工智能专家潘云鹤先生与我多次相约，欲造访杭州灵隐寺方丈木鱼大法师，由于各种"忙"的原因，无数次延期，历时半年多才方如愿以偿。2002 年 2 月的一天上午，阳光灿烂，晴空万里，尽管立春只过去几天，摄氏 15 度的气温早已使湖山秀丽的杭州沐浴在初春的温暖之中。当我们沿着浓荫蔽日的灵隐路驱车越过流水潺潺的灵隐溪，抵达北高峰东麓的灵隐寺后门时，原省宗教局的老局长严紫娟女士正陪同云鹤先生和陈卫东秘书漫步在青翠欲滴的灌木丛中、繁花似锦的田间路旁，等候我和同行的朱忠明先生一起相聚进寺。

坐落在杭州市城区西北隅飞来峰对面的灵隐寺是中国佛教禅宗名寺。该寺始建于东晋咸和元年（公元 326 年），至今已有 1600 多年历史，五代吴越国鼎盛时期，全寺拥有 9 楼、18 阁、72 殿、1300 间僧房，逾 3000 僧众，到南宋理宗时更进一步被朝廷列名为天下禅宗五山之二，成为仅次于余杭径山寺的江南著名佛教丛林。康熙皇帝南巡时又赐名"云林禅寺"并亲笔题写了匾额，至今仍高悬在正门门首上方。当我们一行在年轻的接客僧导引下步入院内时，早已恭候在此、1992 年毕业于中国佛学院的年轻监院（即相当于世俗之办公室主任或秘书长）觉乘法师笑容满面地跟我们一一握手致意。我们迎着拂面而来的春风，沿着古树参天，花繁叶茂的坡道向灵隐寺的方丈寮走去。大约走了不到 100 米，我们就看到了一位身高大约在 1.60 米左右的老僧与一位小沙弥伫立在台阶之上。由于早在 1997 年 5 月我就曾在温州江心寺造访过这位当时担任该寺方丈的著名法师，所以尽管距离很远，他那瘦削而笔直的身躯还是被我一眼就认了出来。

　　木鱼法师系浙江平阳人，1913 年出生，1936 年毕业于厦门大学中文系，是著名文学家林语堂先生的高足。他俗名"束衡"，遁入空门后去"日"和"行"两个偏旁，法号"木鱼"。当我们拾级而上，踏上青石平台时，木鱼法师清癯的脸庞露出了欣喜的笑容。他双手合十，上身微微前倾，诚挚地欢迎我们的光临。在严紫娟女士就中作了一番简要的介绍后，我们便跟着觉乘监院鱼贯走进了高大宽敞的方丈寮。方丈寮是典型的江南四合院建筑，不仅整个紫红色的木结构房屋油漆一新，而且由于井井有条的寺庙管理更显得殿宇窗明几净，庄严肃穆。在透过天井进入室内的阳光照耀下，整个建筑呈现出一派灿烂辉煌的祥和景象。沿着天井左侧的楼梯，我们登上了二楼，在供奉释迦牟尼佛的会客室落座后，兴奋的木鱼法师首先对 1966 年夏天在"文化大革命"高潮中，为保护灵隐寺不受破坏而作出贡献的浙江大学师生表示全寺僧众的衷心感谢。作为现任浙江大学校长的潘云鹤先生一面谦逊地表示这是我们学校师生应尽的义务，一面深情地回顾了这一善举的经过。他说，1966 年 8 月 26 日，当一批杭州中学红卫兵包围灵隐寺，欲以"革命行动"砸毁佛像的千钧一发之际，有一位直到现在都还不知真实姓名的杭州市委工作人员立即打电话给浙江大学，要求浙江大学教师和学生阻止这一破坏文化的"革命行动"。当时接到电话的浙大工作人员立即用高音喇叭在广播中发出通知，于是数以千计的浙大师生涌向灵隐寺，高举毛主席像，将灵隐寺团团围住，与企图破坏者展开了激烈的辩论。与此同时，浙大将有人正准备破坏灵隐寺的严重事件电告国务院总理办公室，总理办公室经请示周恩来总理同意，于次日从北京发来电报，下令"灵隐寺暂加封闭"，才迫使那些企图毁佛的红卫兵从现场撤离。坐在木鱼大师左侧红木椅上的严紫娟女士出于职业的敏感，怀着感激之心说，浙江大学师生当年保护灵隐寺不受破坏的功绩，不仅灵隐寺的僧众铭记在心，就是全省佛教界的高僧大德也永志不忘，连原中国佛教协会会长赵朴初老先生在世时也经常提起此事，并不止一次地表扬浙大师生。尤其是当时省里有个人来传达中央文革关于"灵隐寺是否保护由群众自己决定"的电报时，浙大师生还坚定不移地顶住压力，实在是难能可贵，令人钦佩。此时，充满自豪感的潘校长风趣地接着说，浙江大学师生一定与佛祖和灵隐寺十分有缘，经常得到佛的庇佑，有好运气。比如我们1997年4月3日举行浙江大学建校100周年的庆典，当时庆典定于上午10时举行，由于4月2日晚上整整下了一夜春雨，直到上午9时多，天都还在下雨，以致我们不得不给每位来宾都发了一把雨伞，结果到9时半，天气突然放晴，使历时1小时的庆典在晴朗而愉快的气氛中顺利举行。庆典结束后半小时即11时半，天又重新淅淅沥沥地下起了春雨。以致从北京赶来参加庆典的中央领导都十分惊讶这天气的配合，大家也议论纷纷，怎么会出现这等奇事，难道果真是"善有善报"，灵隐寺菩萨显灵庇佑浙大了？

在小沙弥给我们大家倒过佛茶后，我们开始正襟危坐，听木鱼法师给我们介绍佛教及禅宗的要义。

法师说，佛教是古印度释迦牟尼在公元前6世纪所创立的宗教。释迦牟尼，姓乔答摩，名悉达多，成道以后称为佛陀，简称为佛，其含义为觉者。由于梵文称圣者为"牟尼"（即宗默），而他的家系又属释迦族，故又被尊称为释迦牟尼（意即能仁宗默），即释迦族圣者。在释迦牟尼创教之初，由于他对待不同的人有不同的教导，其后随着时代的发展，就成为不同的宗派，主要分为"大乘"和"小乘"两派。大乘派要求修持到觉行圆满，以成佛为最高目标。小乘派则要求自觉修持，以成为罗汉为目的。我们听了以后都明白大乘为最高目标，要解救全人类；小乘为最低目标，相当于初级阶段，仅仅解脱个人的生死之虞而已。木鱼法师接着说，佛教在公元前2年从印度传入中国后，曾产生过10个宗派。到唐代只剩下净土宗、律宗、天台宗、三论宗、贤首宗、禅宗、慈恩宗、密宗等8个宗派。如杭州南屏山的净慈寺属于净土宗，灵隐寺则属于禅宗。禅宗目前又分为临济、沩仰、云门、法眼、曹洞等5个宗派，如宁波鄞县天童寺就是曹洞宗的祖庭，在日本颇有影响。自唐以降，禅宗势力最大，直到现在，全国除了北京戒坛律寺、杭州昭庆律寺和浙江天台国清讲寺等少数律寺和讲寺外，汉族地区的诸多佛寺几乎都属于禅宗。

思维清晰的木鱼法师接着告诉我们，禅是梵语"禅那"的音译，意为"静虑"，就是用静坐思维的办法，以期彻悟自己的心性，故名禅宗。禅是一种境界，当一个人达到这一境界时将十分愉悦。云鹤先生迫不及待地请教法师：我们欣赏艺术表演和观看引人入胜的美术作品也获得了愉悦，是否与禅相通？木鱼法师答道："有相通之处，但这种愉悦是发自内心的由衷之感，难以言状。"我在旁边插话："恐怕要用忘身于外来形容。"木鱼法师含笑点头表示赞许，并强调这种是心是佛、非心非佛、即心即佛的感悟难以传授，全靠自己体悟而成，即使出家人也非朝夕可期。如唐代的马祖（俗姓马，法名道一，公元709—788年）开始学佛时总是关起门来坐禅，走错了禅悟之路。后来通过怀让禅师设定的敲门惊醒和磨砖制镜的两次启示，终于明白，磨得最光滑的砖头不能作镜，枯坐同样不能成佛，从此下定决心在南岳怀让禅师身边侍奉学习9年之久，才方得法成为著名的道一法师。得道后马祖道一法师先后在福建建阳和省会福州大弘禅宗，普度众生。此时有一位来自明州（今宁波）大梅山的法常和尚参拜马祖，请求开示"如何是佛？"马祖答道："是心是佛"。法常当即大悟，并回大梅山精进修行，禅定功夫。过了一段时间，马祖恐怕法常会犯自己以前犯过的枯坐错误，乃派一和尚去法常处，告诉他道一法师近来开示已改为"非心非佛"。法常叹了一口气说，"是心是佛，非心非佛，无非是即心即佛。"马祖听到这一消息后高兴极了，他当即说，"梅

子熟了"，也就是说法常已经禅悟心宗，功夫到家了。听了木鱼法师这番高论后，我半开玩笑半认真地对云鹤先生说，你们目前的信息技术恐怕难以产生能够感悟"禅"的人工智能。云鹤先生肯定地说，现阶段的确困难。

木鱼法师喝了一口茶后一边用手指在茶几上写着"禅"字，一边接着说，佛教有经、律、论："经"为佛祖的教导，也称经教；"律"为僧众的行为规范；"论"为高僧大德对佛语的论述。世俗有人说禅宗完全不需要读经书，那也是一种误会，修持禅宗的僧人也需要读一些精练的经书，即相当于语录式的经典，以提高自己的理论修养，促进"悟"的实现。宋以降，佛教诸宗逐渐融合，且以明清为最甚，就拿当今最流行的禅宗与净土宗等其他宗派的关系来说，也是互相渗透，你中有我，我中有你，可见禅宗也并非完全是以心传心，不立文字的教外别传。木鱼法师恐怕我们不理解，便打着手势告诉我们，一般佛寺内皆立有刻写着"南无阿弥陀佛"和"般若波罗密多"字样的石头经幢。"南无"梵文的含义为"尊敬"（皈依），东晋时慧远在庐山集道俗123人，以念阿弥陀佛名号求生极乐净土为宗旨创立了净土宗。"南无阿弥陀佛"就是净土宗的口头禅。"般若波罗密多"梵文的意思是"智慧到彼岸"，而其中"般若"梵文的含义为"智慧"，但般若的所谓智慧不完全等于一般的智慧，一般的智慧是外来的，而"般若"的智慧则是发自内心的"悟"。由于在佛经翻译中古人遵循五不译原则，即尊贵不译、多义不译、顺古不译、此地无不译、秘密不译等，例如曼陀罗花为印度有中国无不译；阿弥陀佛有13种意义，属多义不译；般若属尊贵不译；汉语含义为无上正事正觉的阿耨多罗三藐三菩提则属顺古不译。至于一些咒语属秘密不译。木鱼法师以极其虔诚的口吻告诉云鹤先生，"般若波罗密多"对佛教禅宗来说是最重要的。在座的小朱、小陈似乎一时还难以理解，焦急的我竟脱口而出："这是写在佛教禅宗旗帜上的口号，其意义非凡。如果将'般若'翻译成'智慧'，就会失去其丰富而且尊贵的含义。"此时在聚精会神听讲的诸君猛然间似乎一起产生了一种直指人心的领悟，大家竟然异口同声地说：

"噢，原来如此！"

木鱼法师打开话匣子，越说越精神，他神采飞扬，思路清晰，用高山流水般的流畅话语告诉我们，佛教没有偶像，也不崇拜"神"，同时，佛教禅宗又提倡独立思考，依靠自身的力量达到悟的境界，所以佛教其实不是宗教，至少不是完全意义上的宗教，更多的是哲学。佛教认为，人有六根，即眼、耳、鼻、舌、身、意。前五根具有物质属性，为色法，最后一个"意"根具有精神属性，为心法。物质的色法和精神的心法不分先后，这是佛教哲学与唯物论强调物质第一性、精神第二性在理论上的不同之处。木鱼法师指出，佛教教义之所以不如其他宗教广为人知，其根本原因是大众化的宣传太少，特别是佛经的"五不译"，再加上译文皆为难懂的古汉语，造成了佛学理论在民间传播上的困难，所以，中国佛教要发展唯有在佛学理论的宣传上有所突破。

中午我们就在方丈寮东侧的餐厅里就餐，木鱼法师一落座就指出，禅宗的初祖是印度的达摩，五祖是弘忍，六祖的慧能在广东曹溪南华寺说禅，创顿悟法，使佛教在中国的传播发生了革命性的变化。再加上唐朝元和九年（公元814年）百丈大师对当时不适应中国国情的禅寺管理进行大刀阔斧的改制，即如《释门正统》所载"始立天下丛林规式，谓之清规"，从而使禅宗走上了符合中国民情风俗实际情况的规范发展之路。在不太长的时间内，整个九州大地几乎都被禅宗所席卷。严紫娟女士笑着说，就连我们所食用的素斋也是当年百丈怀海禅师创建丛林制度的产物。木鱼法师还以浙江大学为例，说明小就是大，大就是小；多就是少，少就是多，也就是所谓一就是多，多就是一的哲理。他说，佛教认为，一与多是相通的，如浙江大学作为一所学校有很多学院，而一个学院又有很多系，一个系又有很多专业，反过来诸多专业又组成了一个系，诸多的系又组成了一个学院，诸多学院又组成了一所浙江大学。依此类推，世界上万事万物无不如此。席间，我们发现木鱼法师十分节俭，连掉在桌子上的少许菜叶都舍不得丢掉，并且念念不忘地告诫我们，欲望是人类痛苦的根源，要节俭和知足才能找到幸福。他说，古印度有一位失去双亲的青年流浪到外国，骗取了国王的信任，并被招为驸马。由于贪图享乐，不满足于驸马的锦衣玉食，不但提出了很多不合理的要求，而且常常由于不能满足他的无理要求便怒气冲天，结果受到了严厉的惩罚。当时有人便以这个事例为题作了一首"无亲亡他国，欺诳一切人。衣食寻常事，何劳作乃嗔"的诗来教育后人，力戒贪欲。朱忠明先生说这一事例在今天对我们年轻人仍然具有警示作用。

　　木鱼法师在我们餐毕就要离开禅院的时候，语重心长地跟我们说，佛是相对的佛，而不是绝对的佛。佛犹如一个晶莹透剔之球，不仅从哪一个角度看都是圆的，其所强调的人际关系始终是等距离的，即平等无差别的，而且内在本质上也是完全融会贯通的。因此佛教就有了圆融的特点。这就是说，正是因为佛教充分反映了人们追求平等的崇高理想，所以佛教从印度传入中国后能在如此深远的时空里，在中国亿万信徒中生根开花，长盛不衰。

　　由于木鱼法师年届九旬，我们不好意思过多地打扰他，尽管老法师再三真诚挽留，我们还是依依不舍地起身离座。当我们与木鱼法师在方丈殿门口平台上各自施礼，并以"六时吉祥"（佛教界将一天24小时分为六段，即每4小时为一时，一昼夜合六时，昼三时为晨朝、日中、日没，夜三时为初夜、中夜、后夜）的佛语代替世俗"再见"一词告辞后，我们一行便在监院觉乘法师的陪同下拾级而下，并且向左顺着北高南低的斜坡轻声轻语地缓步走向禅院后门的停车场。此时此刻，大家似乎都情不自禁地大口大口地呼吸着如此清新而又沁人肺腑的盎然春气，希冀在早春的温煦阳光下体验佛国春晓的禅悟精神。

附：木鱼老法师诗两首

　　　辛巳腊月立春后二日，喜浙大校长潘云鹤先生

　　　　　与翁礼华先生来访赋此以呈

　　　　　　　　　　一

　　袈裟健步踏苍苔，九十无忧岁月催；

天马将临春二日，云林喜见鹤飞来。

二

君自泮官来，云林探懒煨；

焚香共伴坐，龙井代新醅；

雅语也惊人，犹听起蛰雷；

玄谈空即色，妙法合还开；

此理契真如，非同话谑诙；

贫僧言讷拙，浅陋莫嫌猜；

香积无兼味，终于惜别回；

何时重握手，斗室再徘徊。

木鱼未是草

15. 羁縻

JI MI

古人将用以控制马行动的马络头称为羁，用以控制牛行动的牛靷叫做縻，两者合称羁縻，即控制牛马行为之意。牛马乃人类最早使用的畜力，牛在商周时用于耕田，使生产力有了成倍的提高，马用于作战，使战争发展到长途奔袭的新水平。牛有吃苦耐劳的筋骨，马有奔驰万里的体魄，故人们皆以"牛筋马力"盛赞牛马之伟大。当然牛也能作为交通工具，如道家祖师老子（又名老聃）当年就是骑牛西行，在函谷关（位于今河南省灵宝县境内）为关吏所阻，被迫写下5000字的道德经后才得以出关，此后西去不知所终。东汉顺帝时，为发扬民族精神，抵御印度佛教侵入，张道陵在鹤鸣山（今四川省大邑县境内）创立了道教，他不仅以《道德经》作为其理论基础，还把老子作为教主，尊奉为"太上老

君"，并发挥其非凡的想像力，称老子西去后到达印度，并收释迦牟尼为徒，从而使释氏有了创立佛教的知识基础，所以说道教是佛教的"先生"，这也许是中国人在历史上首创的第一例"阿Q精神"。

由于牛是农耕时代中国人赖以生存的基础，所以历朝历代政府无不极尽保护之能事，凡私自宰杀耕牛者几乎都要被处以重刑。至于牛的崇高品德，更为历代文人所敬重，尤其是对牛异常敬仰的大文豪鲁迅于20世纪30年代写下了"横眉冷对千夫指，俯首甘为孺子牛"的名联，50年后的广东省深圳市政府运用此联意境，在政府大院内竖起了"孺子牛"的雕塑，教诲出入院内的政府工作人员都要像"牛"一样忠于百姓，为人民服务。从当年秦始皇号召百姓"以吏为师"，到今日深圳市政府号召官吏"以牛为师"，其意义不可谓不深远。

马的作用更是渗透到我们日常生活的方方面面，人们形容行动迅速称为"马上"，形容人的才能独具称为"马到成功"，形容不怕牺牲的英雄气概为"战死沙场，马革裹尸还"，形容老有所为的"老骥伏枥志在千里"更是千年传颂，脍炙人口。至于现代人所用的"马路"、"码头"、"马步"、"马力"……等词语也无不与马有缘。牛马是吃苦在前、享受在后的典型，人们对生活之苦常用"牛马不如"来形容；对高山仰止、景行行之的耿耿忠心，清代郑板桥以"青藤门下牛马走"来表达其对明代徐渭（字文长、号青藤）才学的仰慕，可见牛马对于人是何等重要，在农耕社会简直是须臾不可离去之动物。正因为重要，就有一个联系和控制的问题，所以人对牛马羁縻的牛缰马络手段必不可少。汉唐的统治者将这种羁縻之法推广到中央政权对少数民族的控制上，他们通过大量设置羁縻府、州使，"制四夷如牛马之受羁縻也"。羁縻政策的实质就是羁縻府、州既与中央保持隶属关系，又具有相对的独立性和自主权。一是地方长官一般由其本民族首领担任，但必须由朝廷任免，凡"死亡者必诏册立其后嗣"；二是允许地方长官按照传统的方式处理本民族内部事务；三是羁縻府、州无须向朝廷正式申报辖区户口和缴纳固定的赋税，但要接受所在边州长官的征调，遵守朝廷政令，并按规定向皇帝进贡以表忠心。所以说，羁縻政策乃中国"一国两制"政策之发端。

既然古代少数民族受中央政府羁縻，牛马受人羁縻，那么人又受谁之羁縻呢？由于人是利益的动物，其趋利性就决定了人必然受名利所羁縻。"利"是物质享受，任何动物对利益都会趋之若鹜，最典型的是当某类动物获得可口食物时，其摇着尾巴得意忘形的样子大概任何目睹者都不会忘怀，人又何尝不是如此呢？只不过人具有修养，表现得没有那么直观，而是更加含蓄罢了。如报载，有些接受了不义之财的官员，只要老板一个电话就随叫随到，比哈叭狗还及时。"名"则是人类有别于其他动物的一个特点。有些人哪怕只要给他一个名义，他就可以不怕风吹雨打，拼命工作。若在他的职务后面加上一个括弧，就会感激涕零，为了求得相当于某某官衔的职称不惜日夜奔走，托人说情，以求一逞。在功利心炒得火热的地区，有人更是不惜出卖灵魂，甚至出卖肉体，以求名利。报载，某地"三陪女"依靠与当地主要领导上床当了宣传部长，就是出卖肉体求名的典型。众所周知，世界上的动物超过200万种，人是其中唯一一种有时间观念的动物，因此，2000多年前的孔子伫立在江河之滨，面对着奔腾而去的长河，想到岁月的流逝，不无感慨地说"逝者如斯夫"！三国时曹操更以"白驹过隙"来形容人生稍纵即逝的短暂。所以，追名逐利，"一万年太久，只争朝夕"是人类历史发展的必然。以人为本的今天，利是引导社会进步的动力，名是引导人们奋斗的航标，所以任何想推动社会进步的统治者都不会放弃名利这个可靠的导向杠杆，任何希冀有所发展的社会都不会忌讳谈名说利。但一旦有人不择手段、唯利是图、唯名而求的时候，名利就成了控制人们思想和行动的马络头和牛鞡，成了羁縻人的名缰利索。一个人成名固然需要才能和勤奋，但偶然的机遇却往往起着很大作用，因而难中有易。如1911年武昌起义时，死活不愿担任鄂军都督的清朝新军协统（相当于今旅长）黎元洪被人硬从床底下拖出来就职，而且民国初年还进一步当了大总统，你能说成名很难吗？但保持盛名则不一样，经常发生的是经营一生，毁于一旦。因而有"盛名之下，其实难副"，有"峣峣者易折，皦皦者易污"的说法。如汪精卫年轻时参加革命党，怀着满腔热血追随孙中山先生"驱逐鞑虏，恢复中华"，曾经置生死于度外，潜往北京刺杀清王朝的摄政王，被捕后在狱中写下"慷慨歌燕市，从容作楚囚。引刀成一快，不负少年头"的豪迈诗篇，为人们称颂一时。然而在中华民族面临生死存亡的抗日战争时期，他却投靠日本帝国主义，从著名的革命党人变成了中国最大的汉奸，成了民族罪人。说到物质利益，孔子有"富贵于我如浮云"之说，但"不畏浮云遮望眼"者几人？在参加他人遗体告别仪式时，哀乐声中有多少人幡然醒悟，但走出火葬场又有多少人不再坠入名利场中！

君不见在20世纪的改革开放浪潮中，有多少官员过不了金钱、美色、权力的名利关，伸手被捉，赔上了前途，失去了自由，以致丢掉了性命。有人说，酒具有"马太效应"，一类如唐代诗仙李白"斗酒诗百篇"，开发了创作的源泉；而另一类如云南永善县乡镇企业局局长饮酒过度死于歌舞厅。酒真是"损不足以奉有余"，可以使快乐者更快乐，赛过活神仙；忧愁者更发愁，与死神交臂。名利亦然。它可以锦上添花，给人以鼓励和力量，也可能雪上加霜，成为束缚自己的名缰利索，区别盖在承载者的品德和才能，特别是品德起主导作用，它掌握着名与利对一个人是福是祸的密码。道德品质的高尚与鄙下，首要的区别在于如何看待和处理个人与他人、集体、国家的关系。"宁让我负天下人，不让天下人负我"，"拔一毛利天下而不为"，是为极端个人主义。名利之于这类人，作用不外是助纣为虐，结果只是欲益反损。而"先天下之忧而忧，后天下之乐而乐"者，忘我奋斗，名利不争，然美名、利益之类则常常会不胫而走，不期而至。如中国历史上士穷而文工的罗贯中、施耐庵、曹雪芹、蒲松龄，他们所创作的《三国演义》、《水浒》、《红楼梦》、《聊斋志异》都是死后才扬名于世，成为古典文学名著，为后人所称颂。

名利作为一种统治手段和社会评价的结果，对个人是一种责任引导，对社会是一种进取引导。古人云："谋事在人，成事在天"。名利不应是行为者的出发点，而应是他们履行社会责任的副产品；相反，以个人名利思想作行为引导，着眼于衣锦还乡，封妻荫子，在世俗社会人前显贵，则难免因誉致毁，求荣取辱，人财两空。所以说，加强修养应首先从无私奉献、淡泊个人名利开始。当然，提倡淡泊个人名利，不是提倡"无为"，而是为了弘扬一种奋发进取的伟大精神，用超越功利的境界作出功在当代、利渗千秋的事业。诸葛亮在教子书中所说的"淡泊以明志，宁静以志远"，正是在这个意义上具有了新时代的内涵。

提倡淡泊名利，对已有所建树的各级官员来说，首先应体现在如何对待荣誉上。有了成绩，首先想到人民的养育之恩和同事们的功劳，不能贪天之功归为一己。在处理事业的长远要求和个人当前功绩的关系上，要反对急功近利，不能干图虚名而招实祸的蠢事。在发展经济中，要划分正当得利和不当得利的界限，坚持取之有道，坚持正当手段和正当目的的统一，坚持对人民群众的少取多予。唐代诗人白居易诗云："只见火光烧润屋，不闻波浪覆虚舟。名为公器无多取，利是身灾合少求。"他所指的名利当然是羁縻自己的个人名利。歌德笔下的《浮士德》，魔鬼摩菲斯特给了他很多顶级的俗世享乐诱惑，他却总找不到对生活的满足感。后来，在领导百姓填海造田的事业中，他才情不自禁地喊出了："多么美啊，请停留一下！"超越自我的社会成就使他获得了人生最美好的感受。由是观之，淡泊态度与进取精神的统一，平常心与责任感的统一，应该是人们正确对待名利问题的基本思路，也是人们讲名利但不受名利羁縻的唯一途径。

随着社会的现代化，另一种牛缰马络般的信息羁縻正在铺天盖地向人们袭来。先是传呼机，后是手机。它们的出现倾刻间把地球变小，把人的距离拉近，使古人"海内存知己，天涯若比邻"的伟大理想成为现实。20世纪80年代末期，中国开始引进手机，使用者几乎毫无例外地都是外商公司经理人员，手机代表了金钱与身份。匆匆十数年，情况却发生了巨大的变化，手机的持续降价与普及，使它俨然家庭电器般成为庶民阶级的必备。根据最新统计，截至2000年底，全亚洲的手机数计达2.09亿部，中国大陆占33.5%，约7000万部；中国台湾地区占7.6%；日本则占27.9%，韩国占14.2%。中国手机数已超过日本，在亚洲称冠。传呼机和手机分别在1949年和1951年为美国的阿尔·格罗斯所发明，仅仅半个世纪，这两个发明即风行全球，势不可当。以至于2000年12月21日在美国亚利桑那州太阳城与世长辞、82岁的格罗斯生前对《亚利桑那共和报》记者说，我要是晚生35年，如果我仍然拥有这些发明专利的话，比尔·盖茨只能靠边站了。据中国台湾报纸报道，在台湾地区，成年人对手机讲究的是收讯效果、故障率低等实用性，还有手机价钱、月租费等，而青少年不但感到没有手机在手似乎已经落后于时代，且即使有了手机也十分在意其造型，最好是同伴中还没有人用过的新款。在台湾地区的年轻人中，手机不但是他们相互联络，增进友谊最方便的工具，而且也是所谓新新人类一种炫耀的象征，在"他有，我不能没有"的心态指导下，不惜追求新型号，换机如换衣，为跟上时代潮流。除了央求父母买手机外，也有人向人借用手机以为炫耀，引起纠纷。报载：台中市日前曾发生高职学生在购买一只新型手机后，借给同学试用，结果手机不慎遗失，除了造成同学反目，还引发其中一方纠众当街持刀砍杀对方的伤害事故。更为严重的是，部分少年为了筹资换机，不惜瞒着家长自行外出打工，以致在打工场所结交损友，误入歧途，造成离家、逃学等情形，甚至加入抢劫、盗窃集团。可见先进的手机本来是被人所驾驭的工具，但一旦痴迷于换机，反而成了羁縻人们的牛缰马络。

在中国，迅猛发展的手机在给人方便的同时，也改变着人与社会，这就是继"手机经济学"之后的"手机社会学"。为了面对这种更深刻的变化，我们必须未雨绸缪，事先做出更多研究与因应。欧美早已发现，自从手机兴起并逐步网络连接后，一种新型态的人类与价值取向即告出现。人们的活动范围扩大，使得传统的属地感情变淡。随着人的流动性增加，即会更要求自由，对风险的接受度也会跟着增加，并有更多求新求变的企图。与手机相伴成长的这一代人对传统和权威较少敬畏，财富的认知增强，尤其是依靠手机和相关信息行业而生活者，俨然已成了一种新兴的阶层，他们所相信的求新求变与风险倾向，对大社会有着更多的影响力。中国从传统社会快速奔向由手机等现代科技所造成的后现代社会。除了技术及产业问题外，人与社会、文化冲突等问题可能更为重要。手机作为现代的"牛缰马络"正在羁縻中国，从而改变中国，当前我们不仅要研究将会如何改变，而且更要研究如何去面对如此伟大的变革。

16. 古镇人生

GUZHEN RENSHENG

人皆有欲望，有人总是在孜孜不倦地追求着自己缺乏的东西，如穷困者梦想一夜暴富，便产生了假冒伪劣、坑蒙拐骗；有钱者企求提升名誉地位，便产生了古代明码标价的公开卖官鬻爵和现代贪贿卖官的私下交易；有名望地位者则日夜渴望获得金钱财富，以安抚自己不平衡的心态，因此就有了无数的贪官身陷囹圄的宣判。至于名利双收者，则不免觊觎女色之禁区。可见欲望既是人类进步的动力，也是人类陷入痛苦以至于不能自拔的根源。

世界上不仅名、利、色三者如此，就是人们对文化的需求也不例外。随着20世纪90年代开始的大规模城市化建设，在中国960万平方公里的广袤土地上，从东到西，从南到北，无数的城镇和城市都已旧貌换新颜，很难找得到早先的小桥流水，小街窄巷，聚族而居的旧檐老墙、古宅深院。面对日新月异充满洋味的城市街区鳞次栉比高耸入云的现代建筑，人们的心灵不免若有所失，于是不知不觉间怀旧便成了一种时髦。而那些由于近几十年来水运的衰落而导致经济发展缓慢无力翻建新房的城镇，正好因祸得福成为历史的化石，惊喜地被人们重新青睐。

近几年我有幸漫步过的周庄、甪直、同里、西塘、乌镇、南浔就是这样的幸运儿。凡是有兴趣到水乡古镇参观的游客，或多或少都有怀旧的情结，而怀旧往往包括两个内涵，一是属于硬件的时尚怀旧；二是属于软件的人文怀旧。作为时尚怀旧，可以一目了然，这些小镇依河而建，因水成街，因水成市，粉墙黛瓦，小河石桥，洋溢着浓郁的乡土气息和迷人的田园风光，足以使人在枕河居室中忘身于时代，沉浸于明清历史的长河之中难以自拔。最为难得的是于这六个水乡小镇中体验完美的人文怀旧，当我们漫步在水乡的廊棚之下，狭小的长弄之中，往往会遇到那些似乎远离浮躁的老人，他们不仅宽容热情地允许我们进入他们的内宅，参观堂前的摆设，抚摸贴有灶神的大灶，甚至允许我们从极其狭窄而陡削的木质楼梯摇摇晃晃地往上爬，登上二楼参观他睡过不知多少代的雕花木床，用过不知多少年的陈旧箱笼，洗了又洗色泽模糊的蓝印花布床上用品以及那些已经超过百年历史的雕花马桶。当我们目睹镇上的青壮年在临河的小街上前店后厂不慌不忙地劳作，老人们聚精会神地在河畔的廊棚下搓麻将搭方城，在枕河人家的小楼里走象棋、打扑克的认真劲儿，和休闲的人们在廊棚转角的美人靠椅上优哉游哉地晒太阳的样子，我们不平静的心灵仿佛返回到了另一个优游的世界。

水乡古镇在生产力飞速发展的今天显然是落伍了，但它所反映的以人际关系为中心的生存环境却有着更贴近大自然的古朴和美好，从而引发了不堪当今优胜劣汰市场竞争重压的民众心理上的怀恋，因为市场经济对效率的片面追求尽管推动了生产力的发展，却造成人类与自然的冲突，民族与国家的冲突，追求个人利益的最大化还造成了人际关系的高度紧张，从而激发了人们寻求心灵上的慰藉和对以往道德风尚的怀念，而社会生产力发展滞后的水乡古镇作为一种历史，也许正是人们所向往的那种放射着和谐人际关系光芒的文物，因此能像磁铁一样深深地吸引着每一个旅游者的忘情驻足。

据熟悉水乡民情的高女士介绍，西塘人和江浙其他五个水乡小镇的居民一样人生欲望有限，平时日出而作，日入而息，吃喝拉撒，生儿育女，过着有如白开水般的平淡生活。不如那些知名的大去处有壮怀激烈、惊天动地、挽狂澜于既倒的英雄，日进万金的企业家，和与时俱进有发明创新的大科学家。我说，人生在世不可无欲望，因为欲望是推动经济发展、社会进步、人民生活改善的重要手段，现代社会的市场经济就是利用人欲的力量，驱使商业行为每时每刻充斥天南海北，层出不穷的新产品日日夜夜闪现大众媒体，从而引发出人类史无前例的巨大欲望，来诱导人们优化资源配置。如果人们对欲望毫无节制，那么不切实际的欲望会使人铤而走险，沦为罪犯；那些超乎个人能力及现实条件的欲望更使人百般苦恼，万般忧愁，终日郁郁寡欢；而一味纵情声色的结果也必将伤生害命。所以，现代人安排自己的人生道路时，对欲望一定要有所节制，否则会像元末明初周庄巨富沈万三一样，以财富自恃，与朱元璋比赛建造南京城墙的速度，在取胜后又不知天高地厚要求犒劳军队，结果招致皇帝妒忌，落得个流放云南边陲的悲惨下场，在百般无奈的痛苦呻吟中方知"痛苦是人类进步的老师"。因此，尽管水乡小镇百姓生活寡淡无味，无稀罕可言，但若以人生观而论，却是很不错的生活哲学，因为平平淡淡才是真。即使是叱咤风云的英雄豪杰，名闻四海的企业家，改变世界的科学家，也有世俗的一面，而且不管是谁，最后都要归于平淡，不可能永远轰轰烈烈。由此看来，安于平淡实在是一种渗透人生的感悟和境界。说到此处，听得入神的一位卖粉蒸肉的男营业员和一位卖猪蹄髈的女营业员竟然不约而同地站了起来，异口同声地附和道："客人说得有理，我们的体会也是如此。"正好此时，一位久已驻足倾听我们议论的上海退休老人插嘴说："我年轻时志存高远，做过许多成龙变虎的梦，结果一眨眼几十年过去了，什么王侯将相都没有做成，终于明白，中国人多，王侯将相只是极少数，科学家、企业家也不是人人都能做得。前几年退休回到西塘老家后，融入平淡的水乡小镇生活，每天做点家务，余暇读些杂志报章，偶尔与二三儿时好友聚谈，天南海北，无所顾忌，既获取信息又增长见识，逢年过节更是阖家老幼团聚，在子孙绕膝、欢声笑语中平添一番热闹，享尽了天伦之乐。"因此，西塘镇长寿老人很多，与欧洲生活得特别潇洒轻松的长寿之国——瑞典颇有几分相似之处。可见，所谓平淡并非是贬义词，乃是人生的真实写照。一位胡子头发与众不同、看上去像搞文化工作的上海游客说，今年是马年，我20世纪60年代末上山下乡去内蒙古牧区插队落户，对骑马和牧马十分熟悉。随着岁月的推移，我对人生的认识也越来越深刻，人生犹如骑马找马，跑得越快，出去越远，越容易迷失自己。因为人生的最高境界并不在于功成名就，而是在于宁静与快乐，也就是说在于悠然地品味流逝的或正在流逝的、看似寻常而实不寻常的生活片断，这也许就是我们不少上了年纪的上海人喜欢来江浙古镇旅游的根本原因。细细琢磨这两位上海人这番看似平淡实是掷地有声的议论，颇有感触的我禁不住对高女士说："体悟人生应该是做人的主要内容，记得三国时诸葛亮有过'宁静致远，淡泊明志'的教诲，我以为你们水乡古镇的百姓不愧是这一教诲的模范执行者。若你们能抓住机遇，将宣传水乡古镇的广告词修改为'游水乡古镇，找真实人生'，岂不是更有文化内涵？"

17. 寻归人生韵味

XUNGUI RENSHENG YUNWEI

　　人生在世，长命不过百岁，在人类历史长河中，有如白驹过隙，转瞬即逝。这种认识并非与生俱来，而是随着一个人的年龄不断增大而加深。因此，人们在幼时常常感到日子过得慢，几乎天天盼望过年，每当除夕之夜新年降临之际，从长辈那里领到压岁钱和吉祥物的小朋友都会情不自禁地欢呼雀跃，燃放鞭炮，辞旧迎新。随着年岁的增大，人们对过年的兴趣逐渐减退，尤其是进入青年时代，看到祖辈和父辈额头上的皱纹不断增加和加深，须发不断变白和脱落时，方才感触到岁月流逝的脚步。年过半百"五十而知天命"的人们，目睹一个个离世的长辈，更痛感人生之短暂，不得不反思如何度过转瞬即逝的人生岁月。大凡由学习、工作和休闲三部分组成的人生岁月，其内容皆由外在的人生功利和内在的人生体悟两部分组成，前者为做事希望心想事成达到目标，越快越好；后者为做人则要求细细品尝，越慢越好。两者之间如果把握得当，那将会拥有一个充实而美好的人生。由于人生做事的功利目标要求越快越好，所以随着社会形态从原始社会到奴隶社会，从奴隶社会到封建社会，从封建社会到资本主义社会，生产力发展速度越来越快，进入现代社会其发展速度更是史无前例，不仅提出了"时间就是金钱"、"时间就是效率"、"时间就是生命"的口号，而且"快"成了人类文化的重要标尺，"竞争"成了我们生活的主要方式。在人们衣食住行的实际生活中，公路汽车上高速，普通火车要提速，磁悬浮列车超高速，飞机更是超音速；成桌吃饭改自助，肯德基、麦当劳、速冻食品、方便面，配上瓶装矿泉水以及微波炉加热，一切都为节省时间吃得快；生产农副产品讲究快，水果蔬菜生产用大棚，粮食生产仰仗化肥和农药，鸡鸭鱼肉样样用上"速成"和

"催生"，一季长出一年肉；为了长得快，黄鳝食用避孕药，为了长得高，矮子吃药（助长灵）穿"松糕"；通信技术讲究快，速递、电汇、"伊妹儿"，再加早报、晨报和晚报各种消息随时随地快快报。总而言之，言而总之，市场经济讲竞争，奖勤罚懒效益好，其正面作用是无可非议的，尤其对推动社会生产力发展更是显而易见。但由于有人不按规矩办事，挖空心思，企图通过歪门邪道来获得非分的利益，因此带来的负面影响也不少，例如教育竞争纷纷来办班，学士、硕士、博士只要有钱就能快，最快要算买文凭，造假的，清华、北大假文凭都能办，地方学校更不在话下；犯罪活动讲究快，贪赃枉法快发财，伤及无辜用爆炸，跑官、买官更是升迁快。当然，有上述丧心病狂的不法行为者仅仅是人群一小撮，且为善良的人们所不齿。人类生存与社会毕竟需要享受五彩缤纷的人生，贪图快就会忽略和抽空了人生的丰富性。例如，本来一封信从手写到传递要经过一段时间，而收信人可以在这种等待中体会人生的无穷韵味，如唐代著名诗人杜甫"亲朋无一字，老病有孤舟"和"烽火连三月，家书抵万金"的诗句就充分反映了古人在等待中既焦急又欣慰的心态。而今天"天涯若比邻"的越洋电话和计算机的"伊妹儿"却将这些悬念和兴奋都省略了，尤其是极有艺术性的手写体汉字完全被"伊妹儿"的规范书宋体所代替，从字里行间再也难以寻觅来信人隐藏其中的苦心孤诣。至于被称为人之常情的写信、寄信、等信、拆信、看信等诸多环节的人生韵味更是荡然无存。特别是既无占线之忧，又有价廉之美，还能在方寸之地上激扬文字的手机短信息更将春节拜年推向了前所未有的高潮，"滴"的一声响又有人向你拜年了。报载，这种短信息拜年多为高尚语言，但也不乏人生急功近利的低级文字，如始为"马到成功"、"心想事成"，后来竟发展到"领导顺着你，部下捧着你，钞票贴着你，美女伴着你"、"位高权重责任轻，钱多事小离家近，每天睡到自然醒，工资数到手抽筋，奖金多到车来运，别人加班你加薪"。本来精美诱人的食物、水果、蔬菜，由于"催生"和"速成"，没了原汁原味。试想本是春天收获的竹笋，由于用锯末粉等覆盖物的保温，冬季寒冷天气都能快速出土上市；本来一年才能自然长成的鸡和两年才能长成的猪，食用配合饲料短短几个月就能速成送上餐桌，其味道怎会不异化。

涉水过桥翻山越岭贴近自然的徒步旅游，使人充分享受了自然之美、宁静之美和先苦后甜之乐，明代徒步登临绝顶的徐文长能写出"八百里湖山知是何年图画，十万家灯火尽归此处楼台"的佳句。而今乘汽车上

八百里江山知是何年图画……

山的文人们始终写不出此类佳句，除了人与人之间的文学素养差异以外，更重要的是今天的文人没有亲历过这种跋涉之苦，也就不会产生如此有感情有文采的楹联佳对。其次是当前这种越快越好的思潮使千百万人拥向各种各样的独木桥，从而导致激烈的竞争，竞争使每个人都担心被人抛在后面，所以人人都急着超过别人。这种急于求成的焦虑心情，既有促进人们勇往直前的积极作用，也导致人们无暇思考，缺乏体悟，从而引发灵魂丢失，精神空虚。这种社会文化的空隙和无根状态无异于缩短了人们的生命。可见对"一分为二"的功利人生要兴利除弊，尤其是对以做人为主要内容的体悟人生更不可抛弃，只有细细品尝过人生韵味的人才无愧于自己的生命岁月。

在开展全方位竞争比速度求效益发展生产力的今天，我们既需要用

高速度来缩短时空，相对延长人们的外在生命，提高人们的生活质量，也很有必要在宁静中体悟人生。在每天清晨打太极拳、练气功、倒走运动中，在日常听琴品茗般的高雅中寻归人生的韵味，延长我们相对或绝对的内在生命，因为犹如乐章般的人生只有将诸如壮怀激烈的《十面埋伏》、优美舒畅的《春江花月夜》、宁静凄婉的《二泉映月》等，由快、慢、动、静的不同节奏和意境有机地结合起来，才能使我们短暂的人生显现出五彩缤纷的完整和丰富。

18. 转折的艰难

ZHUANZHE DE JIANNAN

三月的南非正是初秋，处于非洲大陆南端的开普敦时有大风。当我们从开普敦市区乘大客车来到60公里外的好望角时，尚未下车就听见狂风呼啸而过。下车伊始，只见远处水天一碧，近处巨浪滔天。尤其是强大的浪潮冲击岸边巨石时，碧蓝水柱顿时粉碎为弥天白浪，涛声惊天动地。来自世界各地的游客无不对如此强大的自然力叹为观止。

从洋流来看，好望角是来自南极的大西洋寒流和来自印度洋的阿格拉斯暖流交汇处；从交通来看，在苏伊士运河开通以前，好望角是东西方海上交通的唯一转折点。海面惊涛骇浪，风云激荡，水下更是暗流汹涌，深不可测，数百年来多少往来两洋的船只在此葬身，即使人们出于吉祥愿望，将其原名"风暴角"改为"好望角"，也不能改变其作为转折点的本质。

人生亦犹如行船，也面临着不同时期的心志轨迹交汇和转折，读书自学，求职就业，工作调动，岗位转换，下岗退休，婚姻变化，无不如此。倘事先有所准备，在驾驭自己身心时便能妥为转折，平稳过渡。倘事先无准备，转折时又掉以轻心，则极有可能无法及时转换角色，轻则

影响自己的学习工作和身心健康，严重的还会危及自己的宝贵生命，因为，在人生的风浪中失去航向，失去重心，人生之舟就会像绕不过好望角的航船那样倾覆，甚至葬身鱼腹之中。

19. 随时随地准备死 千方百计争取活

SUISHISUIDI DE ZHUNBEISI
QIANFANGBAIJI DE ZHENGQU HUO

人生在世，如白驹过隙，多则百年，通常数十年，少则数年，以至于数天、数小时乃至几分钟，与亿万年的悠远宇宙相比，无非是"忽然"而已。人，不仅正常生命短暂，而且我们常常会遇到意想不到的生离死别，突遇灾祸，随时随地都有可能使生命之星瞬间陨落，命归黄泉。例如，刚与出行者握过手，不久就听到了他因遭遇严重交通事故而死亡的消息，令人想不通的是手中余温尚在，而人生却阴阳两隔了；雨夜居住在山麓的人们刚进入梦乡，突然如注暴雨引发泥石流，成千上万吨的巨石、泥土将全体居民顿时埋葬，人们还来不及明白是怎么回事的时候，宝贵的生命便烟消云散了；一向自以为身强力壮者，去做例行体检，竟然是癌症后期，不查不知道，一查吓一跳，结果短短几个月时间便魂归赤土千思断，魄入黄泉万事休，呜呼哀哉了；更惨的是有人心情愉快地入睡，下半夜突然发出无奈之声，待旁人察觉时已经心肌梗塞而猝死了；也有好好在家享受天伦之乐的专家教授，竟然遇上了入室偷盗的窃贼，由于反抗，被身强力壮的年轻窃贼用刀劈死，血流如注，令人万分惋惜，不免痛心疾首；一向仕途通达、官运亨通者，由于贪贿之心顿起，不数年便上了断头台，连性命都保不住，金钱又有何用呢？天有不测风云，人有旦夕祸福，无论什么人随时随地都有死亡的可能。当你有感觉的时候，你还活着；当你没有感觉的时候，你就不再存在了。所以，每一个人都要有随时随地死去的思想准备，才能直面人生，不以死惧，不以亡悲，坦然处之。正如香港回教坟场在大门两侧书写的"今日我先去，明日君再来"的对联中所表达出来的那种通达。

随时随地准备死，不仅是人与世界关系的客观存在，也是主观世界对客观世界的正确反映，是人生视死如归的一种大无畏精神。不过人生在世也不能一味消极地听天由命，在人力能够挽回之时，一定要有积极的人生态度，树立千方百计争取活的思想。例如，在病魔缠身，以至于病入膏肓之际，也绝不能轻言放弃；在灾难降临之时，首先要咬紧牙关，想尽一切办法延长自身存活期，以等待救助；在面临逆境之时，要千方百计坚持下去，绝不能因绝望而轻生。总之，要在随时随地准备死的同时，千方百计争取活！因为生命是宝贵的，尽管它早晚都会结束，但它的意义在于过

程，在于人们对于其中酸甜苦辣的感受和体悟。延长这个过程，品尝其中的美妙，才是人生的真谛！

20. 在享受中变傻

ZAI XIANGSHOUZHONG BIANSHA

改革开放使中国人从天上回归地面，还原了人的自然本性，开启了敢于言利的勇气。从此，领导者把最大限度地满足人们的物质需求，作为国家实现现代化的施政纲领；民众，把它作为对理想社会的主流来期待；个人，亦堂而皇之地把追求自身利益最大化作为人生目标来实现。

最大限度地满足人们的物质需求，离不开国家的经济发展，现代工商文明作为发展经济的利器，卓有成效地承担了这一历史任务。随着经济的飞速发展和现代化的不断推进，建立在理性经济人基础上的现代工商文明，以它的激励和制造所创造的便捷、舒适和高贵，吸引并满足了无数民众对物质财富的向往和追求。

今天，人们对物质的拥有和享受，不但有了极大地改善，而且为之追求的热情仍然有增无减。在这种无休止的追求中，有些人自觉不自觉地走上了"在享受中变傻"之路。他们认为，有了钱就应该去享受。他们为了吃得好，花大钱大量食用鱼翅、燕窝、鲍鱼、熊掌；为了喝得开心，花大钱痛饮茅台、五粮液、XO、路易十三等诸多名酒；为了滋补身体，花巨款不断食用人参、虫草等高档补品；为了玩得开心，高朋满座，深更半夜，还不肯离开娱乐场所；尽管不懂高尔夫文化是何物，也要每周去打高尔夫，以显示自己与众不同的身份；为了显示高人一等，几百米路也不肯稍动双足，定要开车前往。结果事与愿违，由于过量食用和进补，又缺少必要的睡眠和锻炼，引发了机体不正常的高血脂、高血压、高血糖；甚至肥胖症、冠心病、痛风、神经衰弱等疾病也跟随着他们的脚步接踵而来。人们明知大吃大喝无益于健康，但为了满足自己摆阔的欲望，达到一掷千金的精神的享受，不惜一边狼吞虎咽，大吃大喝；一边再到健身房把吃下去的东西消耗掉，让身体这部机器超负荷运行。更有甚者，为了把钱花掉，把在国内读不好书的孩子送到国外学习，结果放任自流，人财两空，书没有读好，国外的坏习气全学会了，成了既不成器又不中不洋的"几不像"。

其实，人与动物的差别在于精神，物欲则是人和动物的共同本能，追求物欲是人的动物性的反应。经济建设的目的并非让人向动物靠拢，而是通过物质生产水平的提高来推动精神境界的升华，使自己更像"人"。如果我们仅仅以物欲为目标，以难填的欲壑面对有限的生态容量，那么人类将会把生物圈破坏得千疮百孔，人类社会自身也会陷入巨大的贫富差距和难以弥合的仇恨和分裂之中，20世纪的两次世界大战和此后数不清的局部战争一直伴随着我们，至今还看不到停息的可能。面对这一切，背后的动因无不是物欲，如果经济理性就这样放纵物欲，而人类又不加反思，我们就会不知不觉地走向万劫不复的黑洞，那些只追求物质享受，忽视精神境界修炼者，不但会一步步变傻，而且会比其他人更快更早地离开人世。"魂归赤土千思断，魄入黄泉万事休"，九泉之下的阴间生活凄凉异常，多么得不偿失啊！

21. 相互依存比竞争更重要

XIANGHU YICUN BI JINGZHENG GENGZHONGYAO

竞争被许多人视为核心价值观，与达尔文的进化论不无关系。1809年2月12日，出生在英国施鲁斯伯里的达尔文（1809-1882）在生物界中发现了竞争与演化的相关性，1842年，他第一次写出了《物种起源》的简要提纲，经过20多年研究后，达尔文在1859年11月正式出版了《物种起源》。在这部书里，达尔文提出了"物竞天择"的"进化论"思想，推翻了"神创论"和物种不变的理论，冲破了人们的思想禁锢，启发和教育人们从宗教迷信的束缚下解放出来，具有深远的历史意义。

然而，达尔文先生雄辩论证的这样一部物竞天择、适者生存的生物进化史，向我们展示的是一个生动的大千世界，是一个物种多样性依存共生、色彩斑斓的美丽图画。我们不妨想像，远古时代的一片荒坡，在适当的阳光、水分条件下，生成了各种微生物、地衣、苔鲜苔藓，然后又生出了草本植物；植物的增加，促进了昆虫的繁衍；而它们的共同作用，使土壤增厚并且肥沃起来，这又为灌木的生长创造了条件；此后便长出了乔木，最终形成了一片原始森林。在这片原始森林里，物种形成了复杂的相生相克关系。如果某一物种通过"竞争"异常增多，就会导致以之为食的各物种随之增加，到头来又将遏制其发展，从而达到了生态的平衡。恰如松树多了，导致松鼠大增，而松鼠多了，争食松籽，又反过来遏制了松树的繁殖，最终导致松树相对减少。由此可见，自然界既存在着相互竞争，也存在着相互依存的关系，而相互依存比相互竞争对生物圈的稳定更为重要。

把达尔文进化论中"弱肉强食"的竞争思想引入人类的社会关系当中并奉为"天理"，是人类社会特定历史阶段的产物。达尔文先生提出进化论的年代，正好是西方社会资本原始积累和向外扩张侵略的疯狂时期，物竞天择的理论迎合了资本主义发展的需要，受到了极大的推崇。在殖民者眼中，美洲土著的灭绝、非洲黑人的奴化，乃至鸦片战争给中国人民所带来的痛苦，都不外乎"物竞天择，弱肉强食"的结果，是天经地义的！

时至今日，如果我们仍然只看到竞争的积极作用，看不到相互依存的更为重要的意义，就会使我们的价值观发生偏颇。这样的价值观放到人类与大自然的关系上，就成了疯狂掠夺。地球上的矿藏、森林、土地、各种生物以至于所有物产……无不成为掠夺对象，"征服自然"成了人类企图独霸世界的豪迈口号。在这一价值观指导下，人们为所欲为，无所不为，从而破坏了自然界的平衡。生物学多样性的急剧下降，最终威胁着生物圈的稳定。全球气候一反常态，沙尘暴纷至沓来，蓝藻遍布湖泊，赤潮席卷沿海，无数突发性的疾病威胁着人类的生存环境和生命安全。这样的价值观放到我们的社会生活中，便会扭曲无数男女老少的心灵，使人们崇尚"争"与"夺"，淡漠"让"与"和"；崇尚"大"与"强"，淡漠"小"与"弱"；崇尚"富"与"贵"，淡漠"贫"与"困"，其最终的结果必然会危及经济的健康循环和社会的和谐稳定。

在我们身边，以恶性竞争损害相互依存最终彻底丧失自身竞争优势的事情并不鲜见。例如，某一地区为了在GDP的竞争中取胜，不惜在江河湖泊之滨大办污染环境的工厂。为了降低成本，他们对废气、废水、废物不加治理，结果获利甚巨。但却破坏了当地环境，带来了疾病和死亡的威胁，不但周边居民染病，就是企业员工也因"三废"而中毒，丧失了劳动力，甚至失去了生命。后来，企业不但因此而倒闭，而且老板也被追究刑事责任，失去了自由。再如，某些企业为了在价格竞争中获胜，采取压低工人工资的手段来降低生产成本。由于工资低，招收不到高素质的工人，于是生产出来的产品质量低劣，班产比不上同类设备的其他企业，到头来"偷鸡不着蚀把米"，只好以倒闭告终。

可见，无论是自然界，还是人类社会，既互相竞争也相互依存，竞争是手段，相互依存是目的，相互依存比竞争更重要，因为自然界和人类存在的本身便是谁也离不开谁。行星相互依存才成宇宙，平原、高山、江河湖泊和大海相互依存构成地球，动植物和人类相互依存形成生物圈，灌木和乔木相互依存形成森林，男女老小相互依存形成人类社会，长辈与孩子相互依存才有家庭，男女相互依存方有夫妻，相互依存才形成了如此精彩的世界！

22. 人生进步的动力

RENSHENG JINBU DE DONGLI

创新，就是激情下的灵感。它是人类一切进步的源泉，也是人生永不停步的原动力。要有创新能力，首先要有好奇心。例如人之所以能够从四脚落地的脊柱动物，与猿猴相揖别，实现了站立起来的伟大理想，就是源于人类始祖对成人之美的好奇心。没有他们的好奇心，我们不可能手脚分离，成为居住有华屋，出入有舟车，昂首挺胸，目光远大的衣冠望族。

好奇心人人皆有，最重要的是对自己所关注的事业要有好奇心，这种好奇心的外在表现便是兴趣。爱因斯坦在《自述》中曾回忆道："当我还是一个四五岁的小孩时，父亲给我看罗盘时就经历过这种惊奇。指南针以如此确定的方式行动……这种经验给我一个深刻而持久的印象。"正是对科学的极大兴趣，使他成了一个伟大的科学家。好奇心和兴趣进一步升华就有了激情，激情让人产生选择路径的品位，有了这种难以言状的品位，就会产生综合程度极高的直觉，直觉是智慧的不竭源泉，爱因斯坦之所以能取得如此巨大成功，原因之一就是他在很年轻的时候就懂得直觉的重要性，选择了他具有最好直觉的领域——物理学。有了直觉还要心无旁骛地集中注意力。因为集中注意力决定着一个人思维的深度和广度，爱因斯坦属于特别会集中注意力的人，他可以连续几小时聚精会神地观察人们只能坚持几秒钟的物理现象，从而成就了他"宁静致远"的犀利洞察力，并且通过他勤奋而刻苦的工作，终于走上了人类物理学大师的圣坛。

一个人的能力有大小，但不可没有创新精神。好奇心——兴趣——激情——品位——直觉——集中注意力——高度洞察力——勤奋刻苦所构成的创新精神和实践，永远是人生进步的动力。

23. 快乐不能一步到位

KUAILE BUNENG YIBU DAOWEI

快乐是一种在付出过程中实现的回报，付出越多、实现的回报越大，快乐感也就越强烈。母亲十月怀胎，艰辛备至，当小宝宝呱呱坠地时，她的内心洋溢着无以言表的快乐。随着父母长辈辛勤付出的不断增加，宝宝慢慢腾腾地爬行、颤颤巍巍地坐起、踉踉跄跄地迈步、咿咿呀呀地学语，无不给人们带来由衷的快乐。由此可见，人生的快乐犹如一串珍珠，每走一步，每实现一个目标，都会获得一颗珠子，享受到程度不同的快乐。一位医生曾对我说：上小学时，她就想当医生，后来高中毕业，顺利考上医学院，内心世界充满着快乐；但时间久了，快乐感渐渐平淡；后来，考上研究生，又快乐了一阵子；进医学院附属医院工作后先做住院医生，后来不断晋升，从主治医生、副教授，到教授，再到院士，每一次艰苦努力的回报，都会带来新的快乐。

　　快乐又是一种在比较中实现的感受，相比较的级次越多，感受到的快乐越多。我们住的房子，开始只有30平方米，后来调换到50平方米、90平方米，一直到120平方米，面积逐步扩大、条件不断改善，每一次都会得到快乐。如果一步到位，一开始就住200平方米，那最多只得到一次快乐。皇帝的嫡长子，生下来就是太子，即使日后接班当皇帝，也感受不到太多的快乐，而且对凌晨早朝（相当于现代的办公会议）更是厌烦，明代有一位皇帝竟然20多年不上朝；倘若一个农民的儿子，哪怕当上一个微不足道的乡官，他都会很快乐、很珍惜，想着为官一任，造福一方，千方百计出政绩，梦想从县官、府官、省官步步高升。

　　可见，快乐像闪电，很耀眼，但又时过境迁难以储藏；快乐是珍珠，很可贵，但却需要在持续付出的过程中一颗颗地得到。所以，快乐需要不断"刷新"，不可能一步到位。如果人生要一步到位，那就极其可怕了：从妇幼保健院出生的婴儿，一步到位送进殡仪馆，不但什么快乐都没有，还会带来无比的悲伤。

24. 爱是快乐的源泉

AI SHI KUAILE DE YUANQUAN

对人或事物有深厚而真挚的感情称为爱，它与思维一样是人区别于动物的特质。哲学家说，爱是一种特殊材料制成的催化剂，它使人才思敏捷，心态豁达；文学家说，爱是一首激动人心的抒情诗，让人心潮澎湃，豪情万丈；医学家说，爱是一剂千古难觅的心理良药，令人忧愁不再，青春长在；教育家说，爱是一种无与伦比的教化手段，使人学业精进，品德高尚。有首歌叫《爱的奉献》，歌中唱道："爱是人类最美好的语言，爱是正大无私的奉献"。可见，爱是人世间最美好的东西，它是人生进步的动力，快乐的源泉。

世界上既有不少先被人所爱而激发起爱人之心，获得快乐的故事，也有很多先爱别人而被人们所爱，从而乐在其中的事例。尤其是后者，层出不穷，令人感动。前些年，东部发达地区有一机关招收清洁工，开始当地居民无人报名，过了好几天才有一位面目清秀、口齿伶俐的中年妇女来报名。办公室主任就让她试工，结果表现得十分出色，令人刮目相看，于是很快就签了两年的合同。这个颇有气质的中年妇女不仅早晨上班来得早，工作认真细致，卫生也打扫得特别干净，而且还自己掏钱买了洗衣机、电熨斗，给单位员工免费洗烫衣服，受到单位上下的一致好评。为了表达感激之情，不少员工主动把家里好吃好用的东西送给她。虽然她每次都乐呵呵地收了下来，但不久她都会无一例外地回赠给他们更好更昂贵的礼物。对于月工资只有几百元钱的清洁工来说，这种得不偿失的举动，真是令人匪夷所思。后来人们才发现，这位清洁工原来是开

着宝马车上下班的民营企业家的妻子。她的女儿考上大学去了外地，一份炽烈的母爱之心突然无以释放。为了重新获得母亲与儿女之间那种爱与被爱的情感生活，她前来应聘，在为他人服务中奉献爱心，同时也获得被爱的快乐。

一位久负盛名的表演艺术家说，她的快乐来自舞台，来自她所挚爱的观众。当她站在舞台上，淋漓尽致地展现自己的才艺，博得雷鸣般掌声的时候，她就感受到爱、感受到快乐。而一位著名思想家说，他的快乐来自于他所爱的三尺讲台，来自于他所热爱的听众，来自于答问瞬间相互关注、得到启迪的心灵感应。可见，物质上的富裕无法解除一个人内心世界的空虚，精神上的才艺高超和思维上的无与伦比也同样无法克服一个人情感生活的孤寂。唯有爱——在关切、付出和分享当中——才使得生命完整，人类灵性的光芒才得以晶莹绽放。

爱，由心而生。它既是人脑在化学物质多巴胺作用下生成的动因，更是一种通过主动行为而得到的快乐的情感体验。世界上的爱通常有三类：爱自己、爱他人、爱大家。西方国家崇尚个人主义，他们所谓的"爱"是突出爱自己；由儒、释、道组成的中国传统文化崇尚集体主义，强调"仁者爱人"，突出爱他人；马克思主义倡导"只有解放全人类，才能最后解放自己"的"爱"，是突出爱大家。爱自己，就是保障人权，以人为本；爱他人，就是乐于奉献，实现和谐；爱大家，就是维护公共利益，科学发展。所以，只要我们能有效地把爱自己、爱他人、爱大家的"三爱"结合起来，以人为本、科学发展的和谐社会离我们就不会太远了。

第二章
探究幸福

1. 幸福三思

XINGFU SANSI

　　上午，我和昨晚在四星级宾馆里没有睡好觉的学智先生在法兰克福火车站对面的大街上，看到两个无家可居者蜷缩在街边酣睡，在提倡个人自由的德国，这两位乞讨者正在充分享受自己拥有的权利，快到8点钟了还无人敢去惊动他们的好梦！此时睡眼惺忪且不时打着哈欠的学智先生久久伫立并带着羡慕的口吻对我说："这两个老外真幸福！"的确，

幸福是一种自我感觉，而不是一种绝对的物质标准，在人类世界，乞丐和皇帝都能找到各自的幸福。正如同行的一位朋友所指出的那样，当捡破烂者捡到一件值钱的东西时，其内心喜形于色的愉悦，不亚于军人战胜敌人、科学家攻克技术难关所感受到的幸福。

可见，幸福首先是一种多元化的自我感受，倘世人仅仅将升官发财作为幸福的唯一标准，那将是大错特错！正如上海一位曾任某大学副校长的郑姓院士在餐余之时所说的那样．当年他刚被提拔为副校长时，的确有过一阵兴奋，但当上下事务随之而来渐渐陷入矛盾漩涡并且愈陷愈深之时，方知行政工作非其所长，当官不应该是他的幸福追求。后来，经过再三恳求，终于盼到了被解除职务这一天，其幸福之感又油然而生。他兴奋地说：当一个专业工作者上无须受人掣肘，下无须管人，其乐无比。可见幸福是因人而异的一种感觉。恰如人之饮水冷暖自知，足之穿鞋合适与否只有自己的脚趾头才有发言权。特别是那些久任一把手的领导，手头所掌握的有限名利资源难以应对那些欲望无限的下属时，其痛苦与烦恼远远超过幸福与快乐。同时，幸福也不是来自上天恩赐，而是自我奋斗的过程，因此，只有结果没有过程也就不会有幸福。例如，某人某天获得从天而降的亿万财富，也许他会高兴得发疯，但他绝对没有诺贝尔奖金获得者、奥运会优胜者那种在长期艰苦卓绝的奋斗后一朝成功所感受到的幸福。至于人生幸福何为先，古人说，人生幸福寿为先，我以为此话并不全面。一个人倘有寿而无健康，不仅本人痛苦，还累及家人；而有寿又有财者，则儿孙亲友觊觎，歹徒持刀待发，身家性命危在旦夕；有权势者则人人欲凭借其权力拉其本人及妻儿下水，谋求"四两拨千斤"，此等人士身陷囹圄以至杀身之祸无处不潜，有何幸福可言？哲人云："达人知命"。"达"者通达、豁达是也，即明了自然规律，笑面自然规律。因此人生幸福应改为"达"为先，唯有达才能真正认识和笑面作为单程旅游的人生。如视坎坷为人生进步之阶梯，视一时辉煌为过眼烟云，视吃亏为便宜之始，视生老病死为人生之必然，视欢乐为一时之兴至，视离合为宴席之聚散，视家无余财为君子固穷，视家属亲人若友朋相聚，视挨整受压为锻炼提高……此皆达人知命之念，万事通达处之，不仅有利于延年益寿，而且有真正之幸福可言。至于近年迅速致富者，为什么常常慨叹幸福感不如过去生活清贫之时，这主要是他们的欲望比生活水平提高得更快的缘故。因此，某些痛感于此的觉悟者，曾建言：在不愁吃、不愁穿的今天，与其成天西装革履奔走在名利场中，还不如布衣布履，坐下来欣赏荷塘月色，倾听秦淮桨声来得更幸福一些。

2. 人生的美好

RENSHENG DE MEIHAO

　　人与动物的差别在于人具有创造性思维，且不断地追求美好。而在人的一生中美好永远是瞬间，更多的是痛苦，最多的是平淡，而且天才与白痴，真理与谬误永远是一步之遥。一位陈姓工艺美术大师曾坦诚地对我说，人生的幸福无过于当一个普通人，做自己喜欢做的事。由于他在 30 多年的艺术生涯中不断地追求着思维之美和形态之美，因此对美好有着很多认识和体会。他说：一是朦胧产生美；二是距离产生美；三是幼稚产生美；四是梦幻产生美；五是残破产生美；六是珍稀产生美；七是似与不似产生美；八是可望不可即产生美。人如果要抓住美好就要在自己面前不断设置理想的风帆，同时，知足的心态更是美好的基石，善于抓住美好的人必须在现实和理想之间生活，否则，就像饥饿者吃饱了饭、干渴者喝足了水那样，美好很快便消失得无影无踪了。

　　追求财富是人的天性，也是人生快乐的物质基础，但并非财富越多越快乐。前段时间我曾与南京师范大学艺术学院的胡教授谈及人生。他说，前些年他作为访问学者在美国马里兰州一所大学学习和工作，凑巧的是美国某著名化学工业巨头的公子也在同一所大学学习，并且行将毕业。他当时就问那位公子毕业后是否去继承产业。那位公子说，我才不愿去当老板，把自己的节假日和晚上都花在生意应酬上，我要去打工寻求轻松和快乐。更令人惊讶的是杜邦公司创始人的一座豪华别墅竟没有一个后代愿意继承，因为拥有这座豪宅不仅要缴纳财产税，还要每周雇人整理花草树木，要花费巨大的精力来伺候。在寻求个人快乐的时代，谁都不愿牺牲快乐做豪宅的奴隶，最后大家一致赞成把它捐献给州政府，以摆脱财富的羁绊。

当时在场的吕先生说，的确，有钱不一定都有快乐。他认识的一对老年夫妻，家里很有钱，儿子在城郊给他们买了一座价值数百万元的别墅。但由于别墅面积很大，出门进门空荡荡地见不到人影，到晚上更是静悄悄，只有偶尔几声凄厉的鸟鸣和犬吠而已。他去看望他们时，只见这对老夫妻面露惧色，在床头还放了两根碗口粗的短木棍，随时准备与

来犯的盗贼作殊死搏斗。在交谈中他们不时唉声叹气，反复地说早知今日真悔不该当初匆促搬离市区的旧房，那里既有街坊邻里的亲情，更有令人向往的安全感。坐在旁边的解先生迫不及待地说："我没有钱的时候与人讨价还价，哪怕便宜一角钱也感到一种满足，有钱的时候不与小贩讲价钱，讨价还价的乐趣就没有了。记得我年轻时好不容易买到一辆凭票的永久牌自行车时其乐无比，喜形于色，天天打蜡并用回丝（纺织厂

下脚棉纱）把车擦得锃亮锃亮，而现在有了钱买辆汽车也激动不起来。"可见物质财富并不等于快乐。而且随着社会财富的不断增长，寻求快乐的机会成本越来越高，有钱的人越来越找不到幸福，随之而来的烦恼反而与日俱增。于是有人便开始思考：人为什么活着？是为财富，是为自由，还是为实现自我价值？一位旅欧多年的叶姓侨领说得好，人生在世不是为寻求烦恼和痛苦，而是为寻求快乐，邓小平说"发展是硬道理"，是指社会进步而言，对人生来说，快乐绝对是硬道理。

古人说："前人种树，后人乘凉"，反映了前辈替后辈着想，造福后人的思想。同时，古人也以"牛耕田，马吃谷"来反映牛马之间的不平等关系，牛年年辛勤耕耘却只能天天吃草。在社会上也同样有这种牛耕田马吃谷现象，只不过其介入产权问题，使人看不清它的实质罢了。诚如人们所知，大凡处于兴旺发达阶段的企业家皆为风华正茂的青壮年，他们早出晚归，日夜奔波，每天工作繁忙，很少有时间能回家歇息，即使买进华美别墅也只能请保姆代为照管。一天24小时能够尽情享受高档别墅并和宠物嬉戏不离的竟是保姆，而主人每每深夜返家，不仅只能面对星空下的别墅和已经进入梦乡的宠物，而且由于疲劳，洗完澡便倒头入睡，留下的唯有梦中的美好和产权归属的满足感。

一位有着一个外国名字的中国企业家约瑟先生告诉我，他今年53岁，一生做过知青，跑过供销，当过厂长、经理，干过电器、丝绸、服装、外贸、旅游、花卉种植等行业并且自封为中国独一无二的"苑主"。他说他一生做事从来非常认真执著，但不管做什么事，总与自己原先设计的目标有差距，从而每次都带来无尽的遗憾与无奈。我说，这也许与中国人自古以来崇尚圆满有关，《梁山伯与祝英台》中的男女主角生不能成为夫妻，死后化成蝴蝶也要夫唱妇随结成一对。实际上前一幕是真实的生活，后一幕则仅仅是人们的美好梦幻。你尽管拥有外国名字但思想深处仍然是一个中国人，也难免受这种传统文化的熏陶，每次会把自己的目标定得非常圆满。实际上由于人世间百姓有着百条不同之心，即使一家只有三口也会有不同意见，甚至连今日的自我还会否定昨日之自我，

连自己的内心都会打起架来，你又怎能希冀芸芸众生各有抱负的社会会尽如人意呢？况且世界上的圆满都要依靠缺失来陪衬，美好要仰仗憾丑来支撑，离开了缺憾就没有了完美，恰如没有黑就对比不出白那样。人的一生不管你如何努力都只能做得更好，不可能做得最好，因为没有了哪怕万分之一的缺憾就没有了对比，你所谓百分之一百的圆满也就不存在了。所以世界上只有更好，没有最好。

人生犹如一次长途跋涉的旅行，在旅途中有平淡无奇的行走，干渴不已、忍饥挨饿的痛苦，饱腹而歌、如期抵达的幸福。假如我们用数学的语言来描绘平淡无奇相当于"零"的话，那么痛苦是"负数"，幸福是"正数"。在数学上除了零难以放大外，负数和正数都能放大，但它们的放大，都会带来风险。例如，有人进了发热门诊，便担心自己得了"非典"，并怀疑已传染给接触过他的家人和同事，此时他不仅马上想到自己会在很短的时间内不治身亡，还会想到由于自己的罪过，家人和同事乃至为他治疗的医生及护士都会相继死去。他越想越害怕，与日俱增的恐惧使他痛不欲生，多次试图纵身跃出窗户了此残生。这个将痛苦无限放大的情景将是多么可怕！同样，作为正数的幸福也不能无限放大。如一人升官的确值得庆贺，倘将官职晋升所获得的权力作为恩泽换取名利、女色和地位，走上"一人得道，鸡犬升天"之路，那就会害人害己，不是身陷囹圄，便是招致杀身之祸。如成克杰、胡长清之流，便是此类将权力的幸福无限放大以致失去生命的前车之鉴者！可见人生无论是痛苦和幸福都不能恣意放大。

3. 智能开启福门

ZHINENG KAIQI FUMEN

每当新春降临，中华大地从东到西，从南到北，几乎家家户户都离不开"福"字，将"福"字倒过来贴在门上，利用"倒"与"到"的相似谐音，期盼幸福早日光临。

想过上幸福生活，领略生活的无穷妙趣是人之常情，但随着岁月流逝，生活之路在人们面前无穷地展开，在人们的身后不尽地绵延的过程中，幸福似乎总是若即若离。如何掌握幸福之门的钥匙，让自己过上幸福的生活呢？

一个人的幸福生活既涉及物质基础，也涉及精神生活。从富商高官也有烦恼，甚至痛不欲生以至于自杀身亡，而平民百姓乃至乞丐也有无比愉悦的乐趣来看，决定幸福与否的精神因素要超过物质因素。那么，这种精神因素是什么呢？我看还是离不开对人生的理解及其智能，这种智能说得雅一点叫生活艺术，说得俗一点叫生活之道，说得学术化一点便是生活的哲学。

幸福生活离不开智能之光的指引。当你在生活中感到孤独、痛苦、无助、"山穷水尽疑无路"之时，哲学智能就能够使你有足够的力量摆脱困境，感受到"柳暗花明又一村"的希望。哲学智能能够为我们提供理解人生的康庄大道。它能告诉我们人生犹如数十年、上百年的单程旅游，其观赏的景点要尽可能多，观察尽可能深入，在旅途中要尽可能做自己喜欢的事情，经历自己所希望经历的一切，在不断寻求快乐中，实现自己所能实现的价值，而不是去追求结果。人之一生犹如草木一秋，无论帝王将相、富商大贾，还是庶民百姓，最终结果都无非是化为一抔泥土、一缕青烟而已。贯穿人生的哲学智能是我们的"指路明灯"和"寓所"。在这样的寓所里，我们能够得到幸福，享受真正的自由。智能的寓所谁都可以进入，只要你具有哲学的洞见。智能就渗透于哲学的洞见之中。历史告诉我们，如果没有追求智能的无穷激情和无比坚毅，人类就不可能绵延不绝，世界就不可能灿烂绚丽。对智能的不断追求是人类历史发展的源头活水。

如何才能得到智能呢？我们可以通过学习知识而接近于智能。但知识只不过是追求智能过程中的初级阶段，还不是智能本身；理性固然是追求智能的重要工具，但也不是最重要的。我们要获得智能，就要敞开胸怀，运用整个身心去感受，去倾听，去探索，学会从一种无限和超越的视角来观察世界。只有这样，人们才能形成宽广的胸怀、高瞻远瞩的目光，也才能领略生活的意义、价值和情趣。

　　智能是超越的，智能也在人间，每一个人的生命都有智能在其中，或者说每一个人都可以进入智能之中，都可以掌握生活的艺术，哲学正是人们开启幸福生活之门的钥匙。所以说，我们不仅要将有形的福字倒过来贴在门上，更重要的是要把无形的福门钥匙，即生活的哲学掌握在自己心中。

4. 成功是一种感受

CHENGGONG SHI YIZHONG GANSHOU

　　世界上很多人都希望自己的一生能取得成功。帝王将相文治武功是成功，文学家写出不朽名著是成功，科学家创造发明是成功；至于泥水匠砌成一堵高质量的砖墙，农民种出一畦好庄稼，环卫工人把一座城市打扫得干干净净同样是成功；甚至小朋友巧妙地回答老师提问也是成功。

　　由此可见，成功的外现是事功。而事功又没有大小之分，上至一国之君，下至黎民百姓都会有成功的感觉。可见成功是一种感受，要是在你的心中能找到这种感受，便是最大的成功。譬如，你入仕当官当到什么级别、经商赚到多少钱算是成功，这些并没有一定的衡量标准。你当再大的官，上面还有比你更大的，当到大国领袖还想当世界领袖；你赚再多的钱还有比你钱更多的，即使你算得上中国首富，还有世界首富在你前头！

　　可见成功与否如同一个人穿鞋子，并不是越大越好，适合自己才好。个人心里感受最重要，否则世界上就不会有富翁自杀、皇帝出家、活佛还俗、学者投河等怪事了。因为他们的事功旁人看来似乎很成功，其实他们自我感受却完全相反，是失败和精神崩溃才会选择这种匪夷所思的结局。

5. 最美是想像

ZUIMEI SHI XIANGXIANG

　　每年一度的农历春节很快过去了，从各地返回单位的同事几乎都是一脸倦容，大家聚在一起闲聊时差不多无一例外地抱怨，这个春节迎来送往，旅途劳顿，除了到处走亲访友闲聊拜年，便是请客吃饭，简直成了酒囊饭袋、陪聊活宝、赴宴工具，大有被人愚弄之感，真是过得太累了，实在没有什么意思。

那么最有意思的又是什么呢？担任杂志主编的非文女士说，最有意思的还是春节前几天对春节的期盼，以及随之而来的各种想像，因为世界上最美好的东西还是虚无缥缈的想像。只要你想得到，它都会一幕一幕地出现在你的脑海中，其美妙不可言状，犹如初恋之于年轻人的甜蜜，宗教之于人类的终极关怀，不可或缺。

而当我们真正面对春节的时候，其真实情景和往来世故都十分具体和难以脱俗。世界上任何具体的东西都是不完美的，不但有缺点还有烦恼，甚至还有它不合理的一面，绝不会像放开想像的翅膀在万里长空驰骋那样美好。由此可见，世界上最美好的东西是保持一定距离的想像，而不是人们零距离所面对的红尘俗世。

6. 平淡是真

PINGDAN SHI ZHEN

人生在世，皆有喜怒哀乐、悲欢离合，希望喜乐永驻、欢合长存乃人之常情，但在现实生活中却难以实现，因为任何美好和辉煌都是"白驹过隙"，仅仅是瞬间而已。艺术是人类追求美好的产物，艺术家更是其中执著的追求者。记得前些年，我曾听一著名艺术家谈及情感远比常人丰富的演艺圈中几乎人人都在追求美好，但由于美好往往只是瞬间，这就造成有人感情上时时跌宕起伏，以至于家庭婚姻一再变易，个别人甚至为追求永驻的美好而思虑过度，濒临精神分裂。

近几年来，渲染英雄出山后辉煌壮举的武侠作品迭出，以影视为中心的传媒业使出浑身解数，着力将这些榜样推向公众，从而赢得了无数人的赞许和仰慕，以致出现了电视机前老幼坐等播放，赞叹之声不绝于耳的热烈场面。殊不知，隐藏在武侠作品背后，更多的不是辉煌，而是英雄在深山老林刻苦修炼的漫长岁月和生活的平淡，以及瞬间辉煌过去以后接踵而来的庸常场景。因为对英雄来说，壮举不可能天天有，平淡生活却不可一日无。更糟糕的是，有些"英雄"出山以后，一直碰不到造就辉煌的机会，随着时间的流逝，竟然谁也不知道这个了不起的人物，以至于其本人十载寒暑，一身武艺与满腔热血一起付诸东流，埋名于世了。至于功成名就的大人物，也不可能不归于平淡。如举世闻名的大科学家爱因斯坦，晚年常常在普林斯顿街上闲逛，对在街头踯躅的这位老人来说，影响深远的"相对论"已成为遥远的过去，再也不可能每天都有一个像相对论那样的创见和发明，余年只能做一些平淡无奇的工作了。

可见，人们为自己创造的一点点或多或少的瞬间辉煌和美好，无非是作为漫长人生的慰藉而已，平淡无奇的真实生活，始终如影随形，伴随着我们每个人的人生旅程，尤其是每个人乘鹤西去前的最后一程。

7. 出世之心

CHUSHI ZHI XIN

人从出生的第一天开始就踏入了世俗之门，作为入世之人，离不开名利地位、顺利坎坷，离不开喜怒哀乐、生老病死。也正因为人们追求名利，既推动了生产力的发展和社会进步，也引出了种种求名求利的丑陋行径、罪恶手段。为消除人生之苦，普渡众生，释迦牟尼不惜出家苦修，创立以"三世因果，六道轮回"为基础的佛教，并于东汉年间传入中国。佛教要求遁入空门之僧尼脱离名利场，争入涅槃境，不以顺喜，不以逆哀，忘身于外，步入出世之道。而作为一般僧尼要真正修炼到出世之精神境界并非易事。早在1000多年前的唐代，就发生过一个叫《饭后钟》的故事。故事说，有个住在扬州惠昭寺附近叫王播的书生，由于家境奇艰，食不果腹，为了读书只好在佛寺蹭食。每次当他听到寺里通知吃饭的钟声敲响时，便合上书本迅即起身步入寺内膳堂与和尚共餐。开始时以普渡众生为宗旨的和尚还比较热情，时间一久，热情减退，长年累月如此吃白食，和尚们便愠怒在心。为了把他逐出膳堂，不惜密谋倒行逆施之法改先敲钟后吃饭为先吃饭后敲钟，以使饥肠辘辘的王播屡次扑空，无饭可食。出家人这种违背佛祖旨意、不肯以慈悲为怀、帮助穷书生果腹的行径，倒反而激起了王播奋发图强之决心。寒窗之下苦读数年的王播终于在贞元年间考中进士，若干年后由于官运亨通，又晋升为淮南节度使，返回扬州使署任职。当年小气得不让王播就餐的寺僧们一闻此讯，震惊万分，乃赶紧找到王播当年在寺墙上所题之诗，细心地清理尘封其上的陈年灰尘和蜘蛛网，并花钱做了一个极其高级的纱笼（相当于今日之玻璃镜框）覆于壁上，然后择日邀请王播节度使来寺视察。隆重的礼仪、恭维的言词无以复加。面对以出世为宗旨的寺庙所表现出的这种先踞后恭的入世嘴脸，王播不禁感慨系之，当场写下了一首"上堂已了各西东，惭愧阇梨饭后钟。二十年来尘扑面，如今始得碧纱笼"的诗，揭露了这些所谓以出世为宗旨的寺僧们前后20年之行为反差。

由此可见，人生入世易，出世难，倘能两者兼而有之则更难。如有一朋友，因工作关系欲晋见一上司以解释有关问题，刚踏入门槛即遭一顿狗血喷头之臭骂，其委屈之心油然而生。幸好该朋友平日比较注意自身修养，没有当场发作，从而避免了一场无谓的争吵。我闻知此事，深为同情，一是安抚；二是告知此乃人生之课堂，被人无端痛骂不啻为人生之历练，倘有一天能做到以出世之心对待入世之事，那么你就达到了人生的最高境界。

8. 让心理更年轻

RANG XINLI GENGNIANQING

考察非洲一南一北两个大国，北为埃及，南为南非，今昔差异，各有是非。

位于北端的埃及犹如数千岁的老人，古迹众多，是著名的世界文明古国，但由于年岁过大包袱太重近现代无长足发展，竟沉沦为第三世界发展中国家，能向人们展示的仅仅是以法老坟墓为中心的金字塔、神庙、木乃伊及各种浸润着古代艺术精神的陪葬品。

位于非洲南端的南非，17世纪（1652年）以前没有遗迹与历史记载，是一个只有350岁的年轻国家，其所能向人们展示的只能是近现代的文明。如约翰内斯堡1886年发现并着手建设起来的近代黄金矿城，花费13亿美元在荒山野岭建设起来的现代化旅游景点太阳城。其中矿城先进的采矿冶炼技术和太阳城中人造海滩冲浪、失落城地震桥、大型娱乐博彩场、全球最豪华的六星级宾馆，从不同角度向人们展示了近现代南非所拥有的科技水平和资本实力。

由此可见，好谈过去、喜欢回首往昔辉煌的国家是历史包袱沉重进步不快的国家，而好谈未来、喜欢向人们展示当今成就的国家则多是年轻有为的国家。倘由国及人，无论你的年龄多少，若喜谈过去辉煌、对新事物缺乏好奇心者肯定是心态老的表现；好展望未来、善于接受新事物者则是心态年轻的象征。

"岁月催人老"，世界上无论什么人，外表的老是不可抗拒的自然历史进程，但心态的老则是可控的心理状态。愿人世间拥有昔日辉煌成就者放下包袱，少谈过去，增强好奇心，多关注未来，让自己的心理更年轻！

9. 欲望的尺度

YUWANG DE CHIDU

　　人不可没有欲望，因为失去欲望就不会有追求，人类就不可能进步。倘我们的祖先当年没有丝毫欲望，我们至今还是一种手脚不分的脊柱动物，天天四脚落地行走在山野之间，风餐露宿于草丛之中，实现不了手脚分离站立起来的伟大理想，更不可能成为居住有华屋，出入有舟车，昂首挺胸，目光远大的衣冠望族。可见人之所以能从200多万种动物中脱颖而出，乃源于先祖们成人之美的欲望。诚如人们所知，合理的欲望就是理想，而手脚分离，直立行走还只是人类有别于其他动物的初始欲望。随着人们借助工具实现了手的延长以后，才真正与禽兽相揖别，开始实践钻木取火，烹饪饮食、种植养殖的新欲望。此后随着一个又一个新欲望的实现，终于使人们从当年一切取之于天然的动物不断进步，相继走进了农耕时代、工业化时代和信息化时代，成了傲视环宇的"万物之灵长"。

　　因此，千百年来凡有作为的统治者为了推动社会经济的发展和各项事业的进步，就必然鼓励社会成员不断构思出梦幻和欲望，并为之奋斗以至于献身，中国的儒家思想就是这种欲望的鼓动者。自汉武帝废黜百家，独尊儒术以来，它以"将相本无种，男儿当自强。朝为田舍郎，暮登天子堂"来鼓励青少年"修身、齐家、治国、平天下"，为实现自身的社会价值而奋斗，即使死也要死得重于泰山，而不能轻于鸿毛。对于一个人来说，纵或有种种机遇比较多地实现了个人欲望，但由于人生在世，有做不完的玫瑰色的美梦，一欲既终他欲随之，如秦始皇实现了并吞六国的旧欲，又有了长生不死的新欲。因此，一个人在短暂的生命历程中实现的欲望，不但不会很多，而且还常常受制于偶然的机遇，如孙中山先生致力国民革命凡四十年，终因英年早逝而长叹"革命尚未成功，同志仍须努力"，依依不舍地撒手而去。名震宇内、气吞六合的秦始皇和中国民主革命的先行者孙中山先生，尚且有诸多无法实现的欲求，不具备超群能力，且无天时、地利、人和优势的普通黎民百姓难以实现的欲望更是不可胜数。以致古人写了一首"终日奔波只为饥，方才一饱便思衣。衣食两般皆俱足，又想娇容美貌妻。娶得美妻生下子，恨无田地少根基。卖到田园多广阔，出入无船少马骑。槽头扣了骡和马，叹无官职被人欺。县丞主簿还嫌小，又要朝中挂紫衣。做了皇帝求仙术，更想登天跨鹤飞。若要世人心里足，除是南柯一梦西"的打油诗来刻划社会上贪得无厌的人欲。可以毫不夸张地说，一个人能实现的欲望能有万分之一就很了不起了，实现不了自己梦寐以求的欲望，就会产生欲而不得的急躁，这种急躁不断积累便会产生痛苦。如著名国学大师、浙江海宁籍的王国维先生在20世纪初欲留住前清的旧文化而不得，内心痛苦不已，难以自拔，以致纵身跳进昆明湖，了此残生，以一死求得痛苦的解脱，换来一顶文化遗民的桂冠。

由此可见，一个人的欲望不能太多，欲望超过可能的尺度，就会带来无谓的痛苦，如现代的成克杰、胡长青之流，就是又想当大官，又想求大利，以致贪贿违法而身陷图圄，被处极刑，皆是太多的欲望带来痛苦的典型。就这一点来说，佛教教诫其信徒"欲望就是痛苦"乃一矢中的的真谛。既然一个人不能无欲，又不能欲望太多，这就带来了欲望的尺度问题，在尺度内的欲望是能够实现的欲望，在尺度以外的欲望则是无法实现的梦幻。如要想学习，要想劳动，人人得而为之。反之，要想成为艺术家、体育明星，则70%靠天赋，30%靠机遇；要想当官，则70%靠机遇，30%靠才能。你倘无天赋再勤奋也成不了明星，倘无机会你再德才兼备，也只能望洋兴叹，千里马老死于马厩之中。如20世纪20年代，即使初中文化程度者入黄埔军校学习，不到半年即能毕业入伍，到抗战时不少人都已成为高级将领，如林彪、徐向前、陈赓、胡宗南。而到南京国民政府时期，即使高中毕业入学四年的陆军大学毕业生也只能充当中级军官，很少有人进入高级将领的行列，足见当官机遇之重要。因此，人们要摆脱由于"人心不足蛇吞象"的欲求不得而带来的焦躁和痛苦，保持快乐的心态，就必须知己知彼，严格控制欲望的尺度。这就带来一个知足的问题，因为只有知足才能常乐。而常乐不像知足一样是一种尺度，它完全是一种感觉，这种感觉有不同的境界，如陶渊明的知足常乐就是"采菊东篱下，悠然见南山"；当今西部贫困地区的农民则

是温饱生活，东部地区则是小康生活。可见知足常乐比起"无欲"的禁锢，多了一层人情味，比起一无所有的自得与佯狂，返回了世俗的理性。它既不由于常乐而毁于安乐，也不因为知足而拒绝奋斗。这样的人生在不知足的奋斗中绝对地追求，在自得其乐的知足中相对满足，使得人们在自我释放和自我克制中间，砌筑了一座合理的心理平台，在世俗"见好就收"的意义上，它既有丰富的人生成果，又规避了未知的风险。如此书写人生的人，虽谈不上叱咤风云，却能使普通人过得有滋有味，延年益寿，岂不乐哉！

10. 受罪与享福

SHOUZUI YU XIANGFU

一位在1957年反右斗争中被划为极右派的知识分子，不仅被开除公职，而且还被送到青海监狱里劳动改造。在苍茫荒凉的高原上，他什么活都干过，什么罪都受过，受罚、挨冻、挨饿、被打是家常便饭。他曾不止一次地想一死了之，但一想到要等到为自己讨回清白的那一天，便咬咬牙坚持了下来。

20年的蹉跎岁月，他艰苦备尝，屈辱尽至，以惊人的意志，战胜了非人的生活，终于等到了平反昭雪的那一天，顺利地回到了富饶的江南水乡。不久，上级给他送来了平反通知书，还恢复了他一生喜爱的教职，更使他喜不自禁。犹如从地狱升上天堂的他，激动之心，难以言表。无数个皓月当空之夜，他端坐门庭，思绪万千，度过了不眠之夜。

由于长期过度兴奋，心力衰竭，在他到一所著名学校报到上班的那一天，他终于坚持不住了，在刚把新钥匙插进宿舍锁孔的一刹那，突发心肌梗塞，倒地不醒。人们当即发现，送往医院急救，结果还是"命归赤土千思断，魄入黄泉万事休"，不治身亡。真是受得了罪，享不了福。

同样，一位在"文革"中惨遭迫害的"臭老九"，在粉碎"四人帮"后结束了劳动改造返回原单位，重新安排了工作，并且在提拔"四化"干部的浪潮中，担任了重要领导职务，进入了人生的巅峰。

此时他感激涕零，不仅日以继夜地勤奋工作，廉洁自律亦为人楷模。后来，随着社会的转型，民营企业的迅猛发展，社会上出现了一批文化不高、却能一掷千金的富裕阶层。相比之下，他猛回首不觉自惭形秽，有了少钱的痛苦，每次静夜深思，都免不了感叹自己付出的多，得到的少。

为了挽回经济损失，他开始敛财。起先他受传统思想束缚，胆子小，胃口也不大，非法获得的钱财不多。后来发现有人比他干得狠，敛财数量也比他大，并且通过逢年过节向上级送财礼的手段，获得了不断高升。高升后又能贪污更多的钱，这是多好的良性循环啊。悟性极高的他，好像哥伦布发现新大陆，很快便心领神会，操作自如了。那段时光，他真是人生得意马蹄疾，钱财官运通，其乐无比。

但是世界上没有不透风的墙，终于有一天东窗事发，先"双规"后判刑，身陷囹圄，一生奋斗顷刻付之东流。每逢朋友探监，失去自由的他，几乎每次泪流满面，曰：早知今日，何必当初。后悔不已！

由此可见，祸不单行，福无双至；人世间没有受不了的罪，只有享不了的福。

11. 性格决定命运

XINGGE JUEDING MINGYUN

凡喜垂钓者皆知，若钓上性格急躁之鱼，其离水不久便在不断跳跃中死去；而钓上性格沉稳之鱼，其略跳数次便偃旗息鼓，在宁静中保存实力，它们不但能做到当时不死，甚至数天以后还能成活。前者多为在水面上浮游之鱼，后者则多是生活在江河湖泊底部之鱼，甚至是成日在污泥中钻营的泥鳅。由此可见水生动物的性格与命运有极大关系。

鱼类如此，人类也不离外。只不过人类具有鱼类所不具备的思想，所以性格决定命运的涵盖面会更大一些；不但有急躁，还有骄傲、多疑、恼怒、感情用事、事必躬亲、心胸狭窄等等心理弱点致死的事例。若我们以三国时期部分著名人物之死为例即可知其大概。例如关羽熟读兵书，武艺高强，却死于骄傲：在蜀汉军事集团里除了刘备、诸葛亮、张飞、赵云尚在他眼中，其余之人，连老将黄忠他也瞧不起，在本集团之外，他更视若无人。当年孙权有意与关羽结好共破曹操，派诸葛瑾向关羽求亲，关羽勃然大怒："我虎女宁嫁犬子？不看你弟面，立斩你首。"将诸葛瑾逐出。关羽的傲慢激怒了孙权，孙权决计联合曹操共取荆州，关羽最后败走麦城，为孙权所害。蜀主刘备则死于感情用事。他为了替结拜兄弟关羽报仇不惜以70万大军贸然出击，因不懂军事被陆逊火烧连营700里，大败而逃，以致病死在白帝城。张飞显然死于暴躁。关羽走麦城死后，刘备准备统帅大军伐吴，深知张飞暴躁的刘备行前特意叮嘱张飞："我素知你酒后暴怒鞭打士兵，以取祸之道，今后务宜宽容，不能和以前一样"。张飞却本性难改，回到帐中下令三日之内置办白旗白甲、三军挂孝伐吴。第二天部将范疆、张达向张飞请示宽限几天。张飞却大怒，把二将缚在树上，各鞭打五十。鞭毕，以手指之曰："来日俱要完备！若违了限，即杀你二人示众！"打得二人满口出血。二人趁张飞酒醉沉睡之机，杀死了张飞。庞统一向追逐名利，最后死于斤斤计较。他为了与诸葛亮一争高低，心里总是对诸葛亮有一种偏见，妄加疑忌。当诸葛亮写信提醒他谨慎用兵时，他却认为诸葛亮是不让他成就取西川的大功，结果轻率用兵，在落凤坡阵亡。诸葛亮是一位智者，但有着事必躬亲、不肯大胆放手部下的弱点，因此军旅劳顿，积劳成疾，54岁便撒手西去。

在曹魏军事集团中，多疑是曹操突出的心理弱点，他不但轻率杀掉忠心练兵的水军都督蔡瑁、张允，而且还杀掉了为他治病的名医华佗，导致头痛病发作无人医治气绝而死。曹操杀死华佗的理由只是由于华佗坚持要曹操接受先饮麻沸汤再用利斧砍开脑袋、取出风涎的治疗方法以及称赞关羽刮骨疗毒面不改色的英雄气概而引起他的疑虑而已。魏国司徒王朗在两军阵前被诸葛亮百般嘲弄，万般挖苦，无地自容时，急火攻心，当场大叫一声落马而死，乃是心理素质不足，容易恼怒所致。

对孙吴军事集团中的大将周瑜，诸葛亮深知其有着疾妒心强烈，心胸狭窄的致命弱点，便动脑筋使之"三气"，最后将周瑜活活气死，可怜周郎临死前还大叫"既生瑜，何生亮"。

由此可见，一个人要了解自己的心理弱点，时时提醒自己做到自知之明十分不易，古往今来，多少英雄人物在位卑职下时尚能保持清醒头脑，而一旦位极人臣，鞍上马下被人前呼后拥阿谀奉承之言不绝于耳时，就容易忘乎所以，甚至为所欲为了，以至于在思想与行动上，不但避免不了心理弱点，而且还将其无限放大，导致那些能闯过大风大浪的历史人物，却在小河沟中翻了船，走上了多舛的命运之途。这也许就是人们通常所说的性格与命运之间的辩证关系——性格决定命运。

12. 命运与心态

MINGYUN YU XINTAI

人在自己的哭声中降生，在别人的哭声中离去。从出生到离世，弹指一挥间。欢乐与痛苦，成功与失败，哪一个人都在所难免。例如，人们都想做一番事业，都想取得成功，尽管有人经受了无数痛苦的煎熬，洒尽了艰辛的奋斗血汗，而到头来却与成功擦肩而过。因为，成功的概率和个人的付出不一定会成正比，成功有很大的偶然性，命运之神永远不会那么公平。有一些人能够成功，而另一些人恐怕穷其一生努力奋斗，仍然是两手空空。由于每个人的命运不同，有的人一生过得非常潇洒，享尽人间富贵，在他们的眼中人生非常美好；有的人一生过得穷困潦倒，历尽人间苦难，在他们的眼中人生痛苦不堪；而绝大多数人的人生则介于两者之间，波澜不惊，过得平凡而寻常。

人们常将"命运"两字合而为一，其实"命"与"运"各有千秋。生于富贵之家与生于贫贱之家乃是"命"之不同，若末代帝王之被杀被废黜乃是"运"之不佳，如五代十国南唐之李煜生于帝王家乃命好成了一国之主，但惨遭亡国成后主乃运气不佳；而清末黎元洪在武昌起义时被蒋翊武等人从床底拖出就任鄂军大都督，结果中华民国成立后又成了副总统直至大总统乃为运好。可见命与运既有联系又有区别。

尽管谋事在人，成事在天，努力不一定都能成功，但不努力是一定不会成功的。这就意味着任何人都不能守株待兔，不但要发挥自己主观能动性，有所作为，努力奋斗；还要勇于面对不成功的痛苦。

人生在世，几乎都在理想和现实中生活，因此形成了人生的两重性：一是现实的人生；二是理想中的人生。在理想的人生中，你可以尽情展开想像的翅膀，在太空中飞翔：既可以当高官，也可以当富翁；既可以和心中的白马王子共度良宵，也可以和梦中

的情人一起漫步；既可以和心上人一起纵情欢歌，也可以和你的亲朋好友一起周游世界。

而现实的人生，却那么不尽如人意。它总是那么严峻，吃喝拉撒睡，油盐酱醋茶，哪一样都要操心，哪一样也不能或缺。它总是那么烦恼，不但要面对许多人情世故的应酬，又要面对许多流言蜚语的攻讦，还要为了生存而不停地奔波和企求。它总是那么责无旁贷，日复一日的工作有着无尽的创新压力，家中的老人和孩子需要照顾，亲戚和朋友需要帮忙。闭上眼睛想一想，自己就像一个上了发条的机器，一直不停地转动。

正因为欢乐与痛苦恰如一对孪生兄弟，紧紧伴随着我们苦短的人生，这就要求我们随时随地学会让自己心情灿烂，保持良好的心态。首先，做过的事不要后悔。经常可以看到不少人自怨自艾，为曾经做过的错事后悔不已，为过去的事而消沉，为过去的事而落魄。世上永远没有后悔药，世上如果真的有后悔药，那么许多人不惜花费千金也要购买；时光也永远不会倒流，如果时光倒流了，那么历史将会重新改写。过去的就让它过去吧！痛苦其实也是一剂良药，它与幸福相比较而存在。

其次要心情愉悦，这是一个人修身养性的根本。心情愉悦，人就会神清气爽，精力充沛，人际关系和谐，工作效率提高。烦恼、忧伤不仅会搅乱一个人正常的工作生活，而且还影响健康，日久成疾，种下隐患。很多癌症和心脑血管病都和生气、郁闷的心情有着直接的关系。更确切地说，持久的坏心情就是人体健康的杀手，就是击垮健康的罪魁祸首。一个睿智的人，就会让自己保持乐观平和的心态，让心情时刻灿烂如晴空。烦恼、忧愁欺软，你越惧怕，烦恼越多，忧愁愈深。不把苦难当回事，不把磨难当成苦，知难而进，以苦为乐，不仅是战胜坏心情的良方，也是人格升华的妙药。

一个人，不但要让自己心情好，还要让别人的心情好，它既是责任，也是修养。千万注意：既不要把家里的烦恼带向社会、带到工作单位；也不能把工作上的烦恼，带回家庭。有的人在家余气未消，到单位对同事乱发脾气，势必降低自己的威信，破坏融洽的同事关系。同样，有的人工作烦恼无处发泄，竟然将家庭成员当成发泄的对象，不仅使自己的烦恼升级，而且也破坏了和谐的家庭氛围。如果有老人，更不应该把不愉快的心情传给老人，使长辈折寿。

面对欢乐与痛苦，能做到荣辱不惊，去留无意，始终保持灿烂的心情，是个人生命质量的保障，也是个人修养与人生艺术的象征。只要我们以良好的心态，让自己心情灿烂，一定能排除烦恼，建立融洽的同事关系、温馨的家庭氛围和浓郁的亲朋情感。

13. 实难圆满

SHINAN YUANMAN

中国人自古以来崇尚"圆满"，直至今日，每逢庆典和会议必称"圆满结束"、"圆满成功"，而在戏剧中也喜欢以圆满作为结局。人们所熟知的爱情故事《梁山伯与祝英台》中，梁、祝生不能结为夫妻，死后变成蝴蝶也要成全爱情，满足了观众"大团圆"的愿望，获得了人们的赞扬。此剧数十年前在江浙沪一带十分流行，几乎尽人皆知，至今还有人能哼上几句优美的《梁祝》越剧唱词。

这种受佛教"善有善报，恶有恶报；不是不报，时候未到"的因果报应思想影响的"圆满"情结，不仅在中国江南地区普遍存在，就是在我国北方地区也十分流行。据说，数十年前，京剧名优"小叫天"谭鑫培在北京一露天剧场演出传统剧目《清风亭》时，突然天空乌云密布，大雨行将来临。戏园老板担心观众遭暴雨浇淋，临时决定这出戏演至主角张继室的父母惨死以后就收场。不料，降下帷幕后观众皆不肯离去，纷纷抗议，非要台上忘恩负义的张继室当场死掉不可，无奈的老板急中生智，立即改变剧情，让张继室被天上正在轰鸣的雷击劈死。这个恶有恶报的圆满结局终于赢得了观众的喝彩，心满意足的观众才在瓢泼大雨中尽兴散去。据说遇到这种场面，女性反响比男性要强烈，因为女性容易把戏剧当作人生，而男性则容易把人生当作戏剧。

"圆满"在印度佛教中本是指个人的身心修行所能达到的一种境界。其内容有四：一是常，即志向永恒不变；二是乐，指可以排除烦恼；三是我，做到自觉自在，不受外惑；四是净，远离污垢和罪恶。这与中国人以事功大小为标准的圆满相去甚远。前者是在追求精神陶冶的过程，后者则是追求现实的完美结果。对人生，不能追求结果，更要注重过程。马克思曾经说过一句脍炙人口的名言："幸福不在于其结果，而在于追求的过程。"

中国人背负着千百年来追求圆满的文化包袱，至今在做人行事中，仍表现出其未摆脱的不良影响。

首先是缺乏"一分为二"的精神。对于"好人"一味肯定，对于"坏人"说得一无是处，对于现职官员之一言一行必曰重要，对于"创造历史"的农民兄弟必言教育，不知天下"尺有所短、寸有所长"和"金无足赤，人无完人"之哲理。人们常去参加追悼会的殡仪馆，在那里人们悼词评价中的死者皆十分崇高，人格更是万般完美，简直个个都是无与伦比的今古完人，值得大家效法，"死"在国人心目中，似乎更代表着圆满中的圆满。

其次是常常强调不切实际的"一步到位"，不知社会是一个不断发展的历史过程，人生更是一个复杂的过程，世界上任何事物都不可能一步到位。如果人生一步到位，岂不是早上从妇幼保健院出生，下午就要送往殡仪馆火化了吗？

还有是醉心于"心想事成"。人世间"事"有好、坏之分，如心想事成做坏事，其危害性极大，即使是好事，也不可能一帆风顺，想到就能做到。"失败是成功之母"，人生要经历很多坎坷和曲折才能到达终点，这一点任何人都不可能例外。因此我们须时时记取"如履薄冰、如临深渊"。一旦有了邪念，随心所欲，心想事成，为官者将经不起钱、色的诱惑而贪赃枉法，经商者为聚敛财富会不择手段，文化人为了出名会不惜斯文扫地，凡此种种，举不胜举。这些心想坏事而成者到头来不是身败名裂，遭受牢狱之灾，就是走上断头台一命呜呼。

现实生活中有"圆满"与"如意"之名，而无"圆满"与"如意"之实。在短暂的人生之中，只有不懈地追求过程才能得到幸福，才能获得丰硕成果。反之，一味追求"圆满"和"如意"的结果，最终不会"圆满"也不会"如意"，到头来你会由于虚度年华而悔恨，由于碌碌无为而羞愧，因为作为过程存在的人毕竟都有一天要化作一缕青烟乘鹤西去。人生就是这样一场没有结果的结果。

早在1936年，西班牙佛朗哥将军经过3年内战，推翻了第二共和国，成为终身国家元首。为了安抚双方死难将士，争取全国和解，进一步巩固政权，佛朗哥于1936年在马德里西北阳光充沛、风景秀丽的广德提马山谷，请台湾籍的风水先生选定了一座朝南偏东、视野开阔、奇石嶙峋的山头，动用了数万名劳动力，花费了长达20年的时间建造了一座山洞教堂，并在此山的顶上建造了一座150米高的十字架纪念碑及其他配套石砌建筑。整个工程十分浩大，气势极其恢弘，光纪念碑碑座上的人像群体雕塑，单人就有20多米高。因为该地是为了纪念4万多名战死者而建，所以西班牙人俗称这个距马德里市仅50公里的山谷为"战死者之谷"。1975年佛朗哥死后也葬于山洞教堂的地下，去西班牙考察的中国人常将其称为佛朗哥墓。在教堂升天大厅的地面上，一块长2米、宽1米的花岗石板上，一端刻了一个十字架，另一端刻着佛朗哥的名字。整块碑上没有生卒年月，更没有彪炳丰功伟绩的生平事迹。据说这是根据佛朗哥生前嘱咐安排的。由于墓碑与周边黑色大理石的地面混成一体，无高低之分，所以有的人践踏其上而过，有的人则恭敬地献上鲜花，佛朗哥在人们心中的评价，有天壤之别。举世闻名的西班牙强人——佛朗哥当年显赫不可一世，但此时此刻他一生的是非功过却只能赋予历史来评说，这也许就是佛朗哥的自知之明。

由此及彼，我国唐代女皇武则天无字墓碑也蕴涵着同样的哲理——不写比写好。一位叫王尚炯的明代进士公元1525年利用出公差的机会，

在武则天墓前无字碑上题写并镌刻了"千年冤结一抔土"的诗句，对此作了最透彻、最简洁的回答。更明智的做法是将骨灰撒向汪洋大海，撒向江河大地，什么都不留下，看来没有墓比有墓更好。当年慈禧太后花费巨资建起之陵墓，被军阀孙殿英抛棺扬尸，价值5000万两的陪葬金银珠宝被掳掠一空，仿佛在嘲讽西太后欲求的身后圆满。历史上，很多显赫的名人往往都逃脱不了生荣死哀的历史结局。有鉴于此，我们小民百姓更应该"君子坦荡荡"，何必用道德沦丧去追求在世的功名利禄、再奢求用名利堆积成看似圆满实则虚空的坟墓呢！

14. 自我超越

ZIWO CHAOYUE

　　人类论飞翔不如鸟，论跳跃不如蛙，论攀援不如猴，论奔跑不如马，论游泳不如鱼，总之若仅仅依靠自身肢体所具备的能力，人难以与其他动物相比拟。人能与动物相匹敌的是人特有的自我超越。人类能够与猿猴相揖别，从四足着地的动物中分离出来成为直立行走的人，并且创造出一双伟大的手，这本身就是一种自我超越和巨大的进步。

　　我参观过舟山博物馆，资料介绍早在五六千年以前的新石器时代，就有人从大陆渡海到达舟山马岙一带生活，而且还用手工磨出了很多石斧、石犁、石刀之类的工具，可见人依靠日益发达的头脑创造工具完全是动物难以企及的自我超越。只不过在器物发明的想像中，中国人略逊一筹，西方人想像长翅膀，阿拉伯人想像用飞毯，孙悟空却什么都不用。孙悟空一个跟斗能翻十万八千里，按当时生产力发展水平这是不可能的，但这种伟大理想在我们今天却成为现实，大型喷气机的续航能力早已超过十万八千里。

　　世上即使最懒惰的人也是在不断地自我超越，譬如懒人想最好不洗衣服，那么聪明的人为此进行研究，发明了洗衣机。天气太热，懒人说最好有个东西能产生凉风，于是有人就制作芭蕉扇；芭蕉扇风量与风力都不够，有人就提出将矩形纸板挂在梁上，然后用人力拉动，产生出远比芭蕉扇为大的风力和风量，解放初期浙江省很多县城里的理发店就是这样干的；后来有人认为这种手工风扇还是不行，于是进一步发明了电风扇，进而发明了应用制冷剂的空调。这一步一步也应该是自我超越吧！

　　过去我们在古典小说里看到的所谓千里眼，其实就是后来发明的雷达，电视则是万里眼了。所以说人从他站起来那一天开始，每天都不断地自我超越，通过劳动创造了手，通过手创造了无数的工具。有人看了《愚公移山》一文以后，就在思考愚公是应该先研究制造先进的挖山工具，还是不动脑筋用旧式锄头挖山不止，仅仅依靠毅力挖山开路解决当地的交通问题。从现代科学观点来看，应该是前者，因为这是人类有别于其他动物的自我超越。到了近现代，人类进一步依靠自我超越的能力发明了汽车、轮船、火车、导弹、原子弹、计算机、手机、宇宙飞船……建造了无数的桥梁、隧道和众多的摩天大楼。至于包括文字、艺术、哲学在内的人类精神世界的自我超越，则是人类与时俱进的阶梯。贵有自知之明者，其思维不仅是宝贵的财富，也是推动人类精神世界不断升华的源泉，中国的孔子、孟子，印度的释迦牟尼，阿拉伯的穆罕默德，西方的耶稣就是这类自我超越的人。

15. 胸怀的力量

XIONGHUAI DE LILIANG

　　法国著名作家雨果曾经说过："世界上最宽广的是海洋，比海洋更宽广的是天空，比天空更宽广的是人的胸怀"。胸怀有主动与被动之分，在中国被动的胸怀常常被俗称为"肚量"或"度量"。人们心目中最有肚量的人物便是佛教中的弥勒佛，大凡人们走进佛门，在天王殿的正中就会笑迎"大肚能容，容天下难容之事；开口常笑，笑天下可笑之人"的弥勒先生，他现任寺庙的秘书长兼办公厅主任，也是释迦牟尼涅槃后的接班人，是佛教世界继燃灯古佛、释迦牟尼佛之后尚未上任的第三代领导人。由于他"开口常笑"，"大肚能容"，吸引了无数善男信女进入佛门朝拜，带来了佛教的兴盛香火。

　　在世俗社会胸怀更是"修身、齐家、治国平天下"的强大力量。以胸怀"平天下"的典型无过于诸葛亮先生。记得前些时候，我曾受云南方面邀请前往曲靖、思茅等滇东地区讲课，课余时曾赴三国时诸葛亮活动过的遗址参观，其中曲靖郊区就有诸葛亮七擒孟获的战场。思茅梅子湖附近则有相似于湖北襄阳隆中的景观，后者勾起诸葛亮对刘备求贤若渴

"三顾茅庐"的回忆，导致他心血来潮将当地改名为"思茅"；前者使我想起了清人赵藩在四川成都武侯祠所撰的"攻心联"：上联"能攻心，则反侧自消，从古知兵非好战。"下联"不审势，即宽严皆误，后来治蜀要深思"。全联30个字，按当今公文处理的语言，其"关键词"一是"攻心"，二是"审势"。大名鼎鼎的诸葛亮，在四川乃至云南，正史野史之多，几乎俯拾即是，然赵藩的高明在于他选用了诸葛亮在云南招抚各土著部落时七擒七纵孟获的故事，说明会用兵的人首先是个有"攻心"胸怀的谋略家，但有胸怀又非一味宽大，而是"威之以法"。他令行禁止，说到做到，大大地震慑了地方豪强势力，再不敢贪赃枉法，胡作非为。同时诸葛亮对自己的错误也能主动承担责任，其集中体现就是魏蜀交兵的街亭之役。他在失街亭后，一边挥泪斩了马谡，同时又提升了有功的王平，还勇于承担了主帅应负的责任，向世人展示了一个政治家应有的宽阔胸怀。

以胸怀"治国"者无过于春秋之时的齐桓公，他不计管仲的一箭之仇，任其为相，并尊为仲父（按伯、仲、叔、季排序，仲父者，二父也），终于得其辅佐，使齐国成为五霸之首。秦皇汉武、唐宗宋祖等历史上的风云人物，在他们开创基业的过程中也离不开能容人的宽阔胸怀。就是法国的拿破仑一生横扫欧洲，除了拥有出色的军事才能外，还与他经常深入部队当面听取士兵的批评、建议的胸怀所起的动员作用分不开。

以胸怀"修身"的范例无过于战国时代的蔺相如与廉颇，他们分别担任赵国的国相和大将，其中蔺相如就颇有大家风度，他不惧声威煊赫的秦王，却甘受本国大将廉颇的羞辱。而他之所以一再忍让倒不是怕廉颇，而是因为他有"以先国家之急，而后私仇也"的思想。也正是这种先公后私的远见卓识和宽容博大的胸怀，才能使廉颇感动得热泪盈眶"肉袒负荆"，上门请罪，二人最终言归于好，协力抗秦，赢得了赵国的安宁。"将相和"的故事说明宽阔的胸怀，使蔺相如站得高，看得远，能够为国家大局争志气，不为一己之私闹意气，这正是他的力量所在。

诚如人们所知，胸怀也是领导者广纳群贤的基础。大凡人才，不仅

能力独具，而且往往性格独特，有着较强的自尊心，善于独立思考乃至爱提意见，喜发议论，观念比较超前，行为不同寻常，甚至特立特行。如著名画家梵高，由于艺术思维超前，除了他的朋友以买画为名行资助之实以外，生前无人买他的画，一生穷困潦倒，而当他向一位小姐求爱时，小姐提出，梵高如果能割掉自己的一只耳朵，她才能答应。执著的梵高果然将自己的耳朵血淋淋地割下来，被人认为是一个不可理喻的怪人。由此可见，对梵高一类与众不同的人才负有管理责任的领导者，都要具备开阔的胸怀、容人的气度，注意尊重他们的人格，倾听他们的意见，维护他们的自尊，尤其是他们遇到困难和挫折之时，要多加理解，多加鼓励，帮助他们放下包袱，这样领导者才能获得一种人格魅力，对人才产生凝聚力，发挥胸怀在广纳群贤中的效应。

同样宽广的胸怀也能产生巨大的团结作用。无论何时何地，在工作和生活中的人群之间，难免会产生这样和那样的误会，如果处理不当，就有可能影响团结，干扰工作，而有的误会也不是用三言两语就能说明清楚的，当别人对自己产生的误会，一时解释不清楚时，能以宽广的胸怀对待，相信"路遥知马力，日久见人心"让事实来说话，最终使人在事实面前受到教育，有利于减少争执避免内耗，其所产生的感召力不可小觑，它能使人在"天下事了又未了，何妨以不了了之"中反躬自省，明察得失，起到巨大的团结作用。

人生在世不仅要有点精神，还要有宽阔胸怀，它既是一种高尚的品格、可贵的境界，也是一种力量的体现。在当今以利益为诱导的市场经济社会中，对付浮躁充斥，物欲横流的手段之一，便是胸怀这个不可或缺的强大力量。

16. 信仰的力量

XINYANG DE LILIANG

　　走近大昭寺，自上而下首先看到的是金顶前面闪耀着光芒的金色法轮和两匹卧鹿。然后看到寺正面凹形门廊里，有八根已被虔诚的信徒摸得油光锃亮的黑色大柱。在柱子旁边有许多不同性别、不同年龄段的信徒正赤裸双脚五体投地地朝圣拜佛，有的人俯卧在青石板上喃喃祈祷久久不肯起来，整个身心和寺庙佛祖乃至身下的千年青石板紧紧地融合在一起。我俯身细看，这些磨出了等身长槽痕的青石板经过上千年信徒们身体的摩擦，已经低凹于地面数毫米之深，而且犹如镜面般地发光。

　　后来询问僧人我才知，这些磕等身头的人，有的是拉萨居民，有的来自西藏各地，还有更多的来自青海、甘肃、四川和云南藏区的信徒。他们以万分的虔诚和极大的毅力，翻过高耸入云的雪山，跨过奔腾湍急的江河，穿越丛林荒漠，千里迢迢，一步一个等身头，磕到拉萨大昭寺前。据说高潮时来拉萨礼佛者可达5万之众，他们用自己的身体丈量着世界屋脊上的每一寸土地，途中往往需要一年或更多的时间，从他们磨损得露出缕缕布丝的袖口和已经油光锃亮的服饰上可以看出其中的艰辛，从他们被太阳晒得黑里透红，犹如涂上生漆般的面庞上可窥见其中之困苦。

人生在世，西方经济学认为利益是最大的驱动力，我们当今推行市场经济体制，便是对人的自利性和经济人寻求利益最大化的认可。但作为使人获得精神解脱的宗教，所依靠的并非完全是经济利益，更多的是一种精神寄托，如藏传佛教信徒希望在有生之年多积功德，以求来生幸福。随着年龄的增长，死亡的临近，信徒们的态度更加虔诚，心情更加急切。不少藏族老人几乎从早到晚都在宗教中生存，他们千方百计把自己的财产送进寺庙，甚至将政府的救助、自己在寺庙前乞讨所得，也贡献给宗教，输财敬佛成了他们毕生奋斗的崇高目标。时至今日，信仰对于人生之重要性仍然毋庸置疑，其关键还是上行下效，"其身正，不令而行"的老问题。

17. 平衡比运动更重要

PINGHENG BI YUNDONG GENGZHONGYAO

有人说生命在于运动，其例证俯拾皆是，如日前《报刊文摘》载，老年人只要坚持腿部运动，每天用紧走一段、慢走一段的变速法步行30分钟，就能使腿部肌肉保持紧实，从而会有一颗强壮的心脏，带来健康与长寿云云。"生命在于运动"确有道理，但我静夜三思，此话似有以偏概全之嫌。

君不见兔子运动强度大大超过乌龟，为何龟寿千年，兔子却仅数载而亡？还有，田径、球类、体

操等竞技运动员寿逾百岁者寥若晨星，而从不知运动为何物的农村老妇却能长命百岁。这说明生命像骑自行车一样，除了运动以外，还需要平衡，包括身体各器官的生理平衡和心理诸多因素的心态平衡——只有平衡地运动才能不断前进。

有一图片杂志述及20世纪20年代多位黄埔军校的毕业生分别担任了国共双方军队的将领，在40年代末以辽沈、平津、淮海三大战役为代表的第三次国内革命战争中，不少正当壮年的国民党将领战败被俘。自1959年以后，这些战败者被陆续特赦释放。由于他们的心态在早年就获得了较好的调整，所以，除特殊情况外，普遍享有相对高寿。为此，该杂志还配发了有关人物照片，以证明其观点之正确。

按此推理，早在1936年西安事变后被软禁的张学良先生，1950年因国民党建立改造委员会而出局的陈立夫先生，及此后不数年因"兵变"事件被囚禁的孙立人先生，更是生理和心理平衡提早调整并获得高寿的国民党军政界典型人物。

早在20世纪30年代被鲁迅先生骂得狗血喷头的浙江海宁籍文人章克标，解放后因历史问题沦为默默无闻的一介平民，竟然活到百岁，还能撰写以"征求伴侣"为题的趣味征婚广告，最终与一个50多岁的东北女子结为夫妻，成就了中国文坛一则稀世佳话。

可见文质彬彬的章克标先生并非仅仅依靠体育运动锻炼身体的形式延寿，更多的还是依靠生理和心理平衡晋年。不仅人类如此，就是自然界的生命也在于平衡。黄河断流，长江洪灾，沙暴袭击，无一不是人类过度开展征服自然的"运动"所导致的环境生命危机。若我们对国土沙化问题不采取有力措施，让北京长年累月地受沙暴袭击，试想还有中国首都的自然生命吗？

至于理财治国之道，也与自然、人生之寿数机理相似。自大禹公元前2023年建立夏朝算起，历商、周、秦、汉、三国、两晋、南北朝、隋、唐、五代、宋、元、明、清、民国凡十余代，4000年之久。其中通过"外兴兵革，拓疆辟土；内聚夫役，大肆兴建"进行激烈建国"运动"的要算秦始皇和隋炀帝。尽管嬴政兴建的万里长城和杨广开凿的京杭大运河成了中国历史上的伟大工程，但毕竟由于秦、隋两朝役使当时的民力过度，引发了老百姓的强烈不满，以致分别成了立国仅15年和37年的短命王朝。其中的教训是只知"一万年太久，只争朝夕"的"运动"，而忽视了一个时期国力、财力的综合平衡。这与社会上一些只知埋头做事的为官者往往不如善于协调上下左右平衡关系的人吃得开的道理如出一辙。

若推而广之，不注意平衡的"木"独秀于林，风必摧之，也就理所当然了。同样我们也就极易理解古往今来凡有本事的人为什么行事往往抱残守拙，以大智若愚的处世之道来求得与周边人士的平衡关系，千方百计逃避"出头椽子头先烂"之良苦用心了。

18. 人种·皮肤·忧郁

RENZHONG PIFU YOUYU

法国的南部和西班牙东部濒临地中海。据说，地中海由于与两大洋相连，出口太小，海水中的盐分大大高于两大洋，因此，不仅海水的比重大，而且其海水更呈湛蓝色。因为海滨不少地段有着宽阔的沙滩可供

人们游泳和晒太阳，所以无论在法国南部的马赛、戛纳、尼斯，还是西班牙东部的巴塞罗那，随处可见白色游艇游弋海上，男女老幼悠闲地浮游海面，搏击风浪，更多的人则是面向大海躺在沙滩上晒太阳。

我仔细观察，游泳晒太阳的几乎看不见有色人种，尤其是连一个黑人的影子都没有看见过。恐怕在人类产生之初，不耐晒的人群早已晒成有色人种，而耐晒的白色人种在漫长的岁月里都没有晒黑，他们为了穷尽先辈的晒黑事业，前仆后继，与沙滩和太阳结下了不解之缘。

一位曾留学德国的郑博士告诉我，从医学上看，过度暴晒容易发生皮肤癌，由于紫外线照射有累积性，所以有人少年时暴晒过分，到年老时就可能产生皮肤癌，以致危及生命。郑博士在德国基尔大学留学时，包括他的导师——德国皮肤科学会主席在内的诸多医学院教授，一方面竭力向公众宣传暴晒致癌的医学知识，一方面却又在海滨沙滩度假晒太阳。对这种自相矛盾的言行，有人作了生物学和生理学上的研究，发现白种人比有色人种具有更多的忧郁症因子，所以他们喜欢在阳光灿烂的海滨晒太阳，以排解内心的忧郁之情。即使明知暴晒会致癌的医学专家，也乐此不疲，真是"生命诚可贵，'心情'价更高"！

为了摆脱忧郁，西方竟然充满了"民不畏死，奈何以死惧之"的豪壮气概。这种宁可少活几年，也要活得愉快的气概简直与中国有些人嗜好抽烟、喝酒可以同日而语。郑博士说，当年他在只有25万人口的基尔市留学时，每年到他所在医院就诊皮肤癌的患者逾700名，而在浙江大学附属第二医院，每年就诊的皮肤癌人数仅数十人而已，就其医疗覆盖范围人口基数上千万而言，比例极低。郑博士还说，恶性黑色素瘤的预后较差，尤其是已经转移的恶性黑色素瘤患者，几乎是必死无疑。即便如此，以晒红、晒黑为荣的白种人仍然不以死为惧。为了表现自己有条件度假晒太阳，即使没有钱，也要用人工紫外线装置将皮肤快速晒红、晒黑，以便在公众场合卖弄度假之效果。这与中国个别地区20世纪70年代一度流行喝鸡血可以治百病、吃红茶菌可以防癌症一样令人捧腹。

在西方，忧郁症在普通人群中患病率为5.8%，女性最高可达9%。据

1993年统计，忧郁症患病率雅典7.4%、伦敦7%、爱丁堡5.9%、美国5.2%、堪培拉4.8%。患者2/3有自杀念头，其中10%～15%自杀成功，55岁以上自杀死亡者比55岁以下的多4倍。忧郁症导致社会的财政损失十分巨大，英国每年的直接医疗费损失4.2亿英镑，间接损失为30亿英镑，两者合计34.2亿英镑。美国直接医疗费损失125亿美元，间接损失为405亿美元；间接损失包括工作损失85亿美元，占21%，缺勤损失245亿美元，占60%，死亡损失75亿美元，占19%。季节性的忧郁症以冬季发病率最高。在冬天，由于气候寒冷，日照时间缩短，缺少阳光，人体内褪黑激素过度生成，并以女性为甚，从而导致表现为疲乏、头痛、嗜睡、喜食碳水化合物、体重增加等症状的轻至中度忧郁症。尤其在寒冷和昼短夜长的北欧，发病率特别高。根据临床经验，用强光照射是一种较佳的治疗方法，这两者都说明光线与忧郁症关系很大。

由此看来，西方人喜晒太阳还有相当程度的科学性。据说在发达国家和地区，由于包括人种的内在因素和社会竞争日益激烈的外在影响，心理疾病的患者日益增多，在有些地区已达10%左右。因而心理医生不仅地位很高，而且诊疗费用也十分昂贵，在美国半小时收费100美元，中国香港1000港币，在德国打一次心理咨询电话就要付费50马克。所以我以为，我国卫生事业随着社会经济的发展和人民生活水平的提高，不仅求人们达到身体健康，而且更要走向身体和心理都要健康的新层次。

随着我国市场竞争的日益激烈，那些处于紧张状态下的董事长、总经理及其他各行各业处于矛盾旋涡中的各种业务人员的心理疾病越来越多，但对于13亿人口而言，比例还是很低的，所以国内医院精神科门诊收费很低，如浙江大学附属第二医院心理咨询每次仅3元，精神鉴定半小时仅8元。从财政的角度来看，低廉的收费也在一定程度上限制了心理卫生这一学科的发展。

不过我们要相信，随着中国人民生活水平的不断提高，这一在中国土地上萌芽的学科一定会像初升的太阳那样，朝霞满天，充满希望。将来，我们给朋友打电话、写信时，不仅要说祝您身体健康，而且需要更

全面地说，祝您身心健康，这也许就是中国人民生活素质提高的重要标志之一。

19. 来自食物的差异

LAIZI SHIWU DE CHAYI

1999年5月的一天，我们有幸访问西班牙东部港口城市巴塞罗那。该市因曾举办过1992年的第25届夏季奥运会而闻名于世，其地理位置和经济地位相当于中国的上海，是西班牙最有实力的加泰罗尼亚大区首府所在地。到达巴塞罗那的当天晚上，中国驻巴塞罗那总领事刘峻岫请我们到具有西班牙风味的烤肉店就餐。

刘总领事是东北人，系北京外国语学院20世纪60年代的毕业生，为人严谨而豪爽。他说请我们吃烤羊腿，我们不知就里，都糊里糊涂地应允了。结果餐馆给我们每人上了一只羊腿，净肉至少有一二公斤重，结果没有一个人能吃完。我唯恐浪费，拼命拿刀叉切肉往嘴里装，简直是狼吞虎咽，费了九牛二虎之力也只吃了大半而已。环顾其他桌子上的西班牙人，哪怕就是老头、老太，都是轻而易举一扫而光，而且还饶有兴趣地吃其他食物。尽管我们彼此语言不通，但他们那种诧异的目光和惊人的食量，不免使我们自惭形秽，真是不上东北不知道自己的酒量小，不到西班牙不知道自己食肉能力差。大家几乎异口同声地说，我们东方人毕竟是草肚子，以食植物性的碳水化合物为主，而西方人都是肉肚子，以食动物性的肉、蛋、奶为主，难怪西方人的足球那么厉害。一个马德里市就有好几个甲级足球队，看来踢足球的人腿跟人吃羊腿的水平还有必然联系。

由于食物源不同，东西方人疾病发病特点也有较大差异，如心脑血管疾病方面，西方人以冠心病为多，东方人则以中风为主。这主要是西

方人由于食用动物性食物，血管的管壁强度大，不易发生管壁破裂而中风，但由于管壁脂肪很厚，极易发生脂肪堵塞血管，引发冠心病；东方人以食用植物性食物为主，血管壁的脂肪层很薄，不易发生由于脂肪堵塞血管而造成的冠心病，但由于管壁强度差，极易发生管壁破裂而引发出血性中风。

我冥思苦索以后，感悟我国传统的中庸之道也许与中国人的生理结构情况有一定的联系。中国人感情不善外露，以及提倡儒雅之中和，也可能有一定的生理依据。就拿吸毒来说，鸦片在西方销路不大，在中国鸦片与毒品大麻一样却有一定市场，因为它能适应中国人消极避世、想入非非的需要；性格好动、感情外露的西方人对这种毒品不屑一顾，他们需要的是另一类能给他们带来感情冲动的冰毒（化学名称甲基苯丙胺）及其制成的各种摇头丸等等"激动型"的毒品，因为他们坚韧的血管壁完全可以承受自身"热血沸腾"的压力。至于西方国家儿童比中国儿童好动活泼，而中国儿童比他们显得文静腼腆，也与人种的食物差异生理特点有关。

由此看来，通常认为能够给人带来满足和愉悦感的美食佳肴也会因人种的不同而有所差异。

20. "七不"延年

"QIBU" YANNIAN

　　人的生存离不开人生的基本原则和有异于其他动物的生存细节。原则因为其大而重要，多数人都能遵循；而细节因为其小又似乎不重要，往往被人们所忽视。如动物从来就是饥方食，渴才饮，绝无固定就餐制度，而人作为地球上200多万种动物之一种，不但按部就班，一日三餐，还要上茶座交谈聊天，去酒吧吆五喝六、一醉方休，享受其他动物闻所未闻的所谓精神文化生活。

　　人与动物相似都有其生命周期，称之为寿命。不同动物有不同的预期寿命，所谓龟寿千年，人寿百年。即使同一种动物其个体寿命亦随着各自主客观条件的不同，存在差异。如人的寿命按世界卫生组织（WHO）统计：遗传因素占15%，社会因素占10%，医疗条件占8%，气候条件占7%，生活方式占60%。作为细节的生活方式在其中起着十分重要的作用。研究表明，良好的生活方式可以减少高血压发病率55%，糖尿病50%，传染病逾50%，癌症逾30%。

　　生活方式中既有心理因素，也有生理因素。据研究，人类60%的疾病由心理和精神因素引发而生，而由营养、环境和运动三个因素引发的疾病仅占40%。

　　心理和精神因素，人们常常将其分为两类：一类有利于健康的称之为愉悦；另一类不利于健康的称之为烦恼。作为有思想的动物——人，生活在复杂的社会环境中，一生无论如何一帆风顺，总会出现紧张、压抑和烦恼，如果处理不好便会影响寿命。也许有人说你可以"不想"或"忘掉"烦恼，可以通过参加各种文体活动或外出旅游转移注意力。的确，这些办法都会有一定成效，但要使一个人真正从思想上树立起从容面对烦恼的心理素质，则是要通过生活方式的彻底转变，从内心深处树立正确的认识。

　　第一，不杞人忧天。降生人间，能够潇洒走一回是你作为人的荣幸。人生是一个过程，对离你很远的将来之事，什么疾病、养老、死亡，你千万不要想得太多。想得越多，越会把自己吓死。法国文学家雨果40岁时突发心脏病，差点一命呜呼，但由于他能坦然面对人生，坚持锻炼，不悲观，不仅享寿高龄84岁，而且还一边治病，一边写出了名著《悲惨世界》。同样，对无能为力的远方之事也不能想得太多，在重洋远隔、万山所阻、爱莫能助的情况下，想得越多自己的思想负担越重，对远方之事不但毫无帮助，反而会带来得不偿失的严重后果。即使与自己密切相关的一时名利得失，职级变迁，过多的忧愁也同样没有什么用处，因为，"谋事在人，成事在天"，你想得再多也无济于事，反而影响自己的寿命。

　　第二，不随意攀比。人生有天赋之别，条件之差，机会不同。你倘降生帝王之家，便是王孙公子；倘降生于百姓之家，又遇不到青睐你的贵人，那就只能是庶民一个。无论你是王孙公子，还是庶民百姓，遇事不要老想着成功，要有不愉快、挫折甚至失败的思想准备。不管别人如何飞黄腾达，你一定要抱着这样的思想：你走你的阳关道，我走我的独木桥，你有你的运气，我有我的价值。一切从自己做起，切忌这山又望那山高，老是与比你运气好的人相比，郁郁寡欢，抱恨终身，自己替自己减寿。

第三，不指望回报。尽管自己为他人的成长付出很多，但从付出的那一天起就要抱定不指望回报的宗旨。人是追求利益的动物，人世间没有永恒的朋友，也没有永恒的敌人，只有永恒的利益，一旦你丧失为他人提供利益的能力时，你就成了敝屣一双，自惭形秽了。在日常生活中，直觉是最好的心理品质，切忌过分强调逻辑思维。对社会、对子女、对他人，不要总是用推理方式思考，老是想着过去我对你如何如何，现在你应该对我怎样怎样，从而不断制造出伤害自己的泪水、悔恨和痛苦。

第四，不偏听偏信。凡事要独立思考，不轻信别人的只言片语，哪怕是名人亦不可能样样精通、事事正确。因此，遇事不要先入为主，轻易发表意见、下结论，而是先听、先看、先分析，多问、多思、多研究，这样既不会盲从，也不会与他人产生不必要的冲突和矛盾，有利于独立思考和自主行动，即使在处事过程中出现一些意想不到的问题也因为自己事先作过努力，能做到问心无愧，坦然面对。

第五，不自寻烦恼。自寻烦恼有多种表现，诸如疑神疑鬼、过分操心担心、焦虑孤寂、内疚依赖等。首先，疑神疑鬼。中国人很在乎别人对自己的评价，因此极容易产生疑神疑鬼的烦恼。他们常以虚拟的因果关系猜测和联想别人的言论，甚至读了一些医学文章，也会自动对号入座，怀疑自己患病生癌，自己吓唬自己。其次，过分操心担心。中国人自古以来，提倡集体主义，缺少独立人格，信奉儒家文化，讲人情、重伦理，因此便自然而然地产生了上辈对下辈关怀备至的操心和担心。对子女、亲戚、朋友难办的事，总是委曲求全，不敢说"不"，担心会伤害对方的感情，失去亲情和友谊，给自己带来了莫大的精神压力。对家人、子女、亲友，尤其对下辈，总是事无巨细放心不下，以至于时时操劳，烦恼不已。再次，焦虑孤寂。做事心急如焚，连等车、排队、过马路一类的普通小事也会焦虑不已。听到熟人去世，也会莫名其妙地联想到自己，产生不必要的恐慌和焦虑。缺乏理性的孤寂者，其行为更是令人难以置信，子女、孙辈在身边嫌烦，去了又感寂寞，不想交友，不愿参加集体活动，面对困难及不愉快闷闷不乐，甚至暗自流泪。此外，内疚依赖。由于中国人有追求完美的文化传统，事事企求完美，到头来使自己和别人难以承受。过分内疚自责，产生畸形的责任感。遇事总想依赖别人，要求别人赞同自己，实质上是自己不相信自己。一旦失去依靠，就无法支撑自己的情感。

第六，不自我封闭。人生内心容量既无限又有限，对胸怀开阔的人来说，心里装得下海洋、天空和宇宙；对一般人来说，心胸有限，超过限度便难以承受，以至于精神崩溃，甚至走上自杀之路。因此，一个人一定要有朋友和亲情，遇到烦心之事可找知心朋友倾诉，找亲属交谈，以排解自己内心世界的烦恼，宣泄心头承受不了的郁闷。

第七，不自我失衡。人生是一个过程，无论谁都只是一个旅途中的匆匆过客，要想延长过程必须有敞开心扉的"一、二、三、四、五"，以求内心的平衡。一要以健康为中心。因为，权是公家的，名是一时的，财产是后人的，健康才是自己的，人生的最大财富唯有健康。二要经常实践"两个基本点"，即糊涂一点，潇洒一点。三要充分认识"三个忘记"：忘记过去、忘记年龄、忘记恩怨；重视"三个不"：不急躁、不生气、不要不服老。尤其是不能生气，因为生气是拿别人的错误来惩罚自己，有百害而无一利。四要努力做到"四乐"，探索有乐、知足常乐、助人为乐、自得其乐。处世要求"五然"：遇事处之泰然，得意之时惕然，失意之时坦然，艰辛曲折必然，凡事顺其自然。

益寿延年乃人人所欲，但能做到不杞人忧天、不随意攀比、不指望回报、不偏听偏信、不自寻烦恼、不自我封闭、不自我失衡的"七不"健康心理并不容易。如果有一天，你真能身体力行，掌握其中之精要，再配合动静相得的运动、幽雅宜人的生活环境和适中而有条件实现的营养，那么常怀感恩之心的你，便能心境开朗，眼前一片光明，由敞开心扉带来的长寿将与你相伴始终！

第三章
洞明世事

1. 人与言
REN YU YAN

　　人之异于动物在于人发明了语言，加强了相互之间的沟通，产生了人类社会；同时，也正是因为人有了语言，才产生了言语失当，引发"不当言而言之，失人"，"当言不言，失言"的问题。

　　参加理论研讨会之余暇，一位叶姓专家感慨地说，本来他与另一位专家是非常要好的朋友，由于在一次研讨会上他发表了不利于朋友的评论，便生下隔阂。朋友认为，在关键时刻应该手臂向里弯，多说好话，不说或少说缺失之处，你怎能尽说不足，影响我社会形象？旁边正在洗耳恭听的王姓专家插嘴说，你比我运气好，我更倒霉，年轻时不知天高地厚，看到一位久未见面的朋友面部一派死色，当场惊呼："你这副样子，

快到医院看看，否则会不久于人世！"结果，不到一个月，这位朋友真的暴病死了，从此他就跌入了灾难的深渊，凡是知道此事的人都说，是他咒死了这位可怜的朋友，一时之间百口莫辩，痛苦之极。我说不仅不当批评会失人，就是说好话不当也会失人。记得多年前一次推荐年轻干部，有一位老干部以人格作担保，不遗余力地推荐一位他的下属。想不到这位被破格提拔的年轻人经不起糖衣炮弹的袭击，上任不久便触犯了国家法律被判刑坐牢。而这位好心的老干部因此被人指责，郁郁寡欢不数年而终。由此可见，"不当言而言之"产生"失人"的后果多么严重！

叶姓专家接着说，世界上不仅有"不当言而言之"的"失人"问题，同时也难免会有"当言不言，失言"的问题。他以他祖母为例现身说法。他祖母早年投身革命，担任地下交通员，并且有过为革命卖地输财的壮举，在解放前夕因病去世，由于怕泄露党的秘密，没有把自己的身份告诉家人。结果解放后物是人非，他家被定为破落地主，成了专政的对象。直到20世纪80年代初，组织上在平反冤假错案的一次外调时，偶然从知情人口中了解情况才得知他奶奶的真实身份。这时他们全家已足足吃了30年苦头，差不多整整两代人失去了读书、参军、招工的机会。此时，聚精会神听讲的几位朋友几乎异口同声地说，人世间"祸从口出"、"人言可畏"真是一语中的！

一位年长的老专家插嘴说，大家不要太悲观，历史上因言获益者亦大有人在。因为中国传统文化犹如山水画，神似形不似，全靠自己揣摩，倘揣摩得法，甜言蜜语说得恰到好处正中上司下怀，高官厚禄亦指日可待。例如，五代冯道深得山水画要领，掌握了临难不赴、遇事发言依违两可、唯以圆滑应对为能事的做官秘诀。他不但从一个幕僚爬到宰相的高位，而且在后唐、后晋、后汉、后周四次改朝换代中稳做宰辅，先后服侍过后唐四帝、后晋二帝和后汉、后周皇帝，成了中国历史上空前绝后的政界"不倒翁"。

爱开玩笑的王先生见大家一时冷场，便慢条斯理地说，不仅人间如此，就是阴间也不例外。据说，一次阎王接到举报，便立即差小鬼收捕了人间最善拍马屁者。人犯解到后，怒不可遏的阎王猛拍惊堂木，发问：你为何在人间拍尽马屁？人犯说：大王有所不知，人间官吏倘似大王那样清正廉明，小人就用不着低三下四拍马屁了，小人实在是不得已而为之，请大王明鉴！阎王脑子一转，想此人似乎确有不得已之隐情，就把他放回了人间。最终明察秋毫的阎王也被花言巧语的马屁拍倒了。

2. 心虚与虚心

XINXU YU XUXIN

人心如仓库，需要随时充实。商人以金钱充实自己，宗教徒以信仰充实自己，科学家以真理充实自己，学者以知识充实自己，文学家以想像充实自己，艺术家以美感充实自己，各行各业的从业者无不以自己的行业目标充实自己。如果一个人走到没有什么东西可以充实自己的程度，便形成了内心的空虚，也就成了人们常说的"心虚"之人。

在"钞票多了，朋友少了"的现代中国，城市里有不少这样的人，一些老人衣食无忧，却落寞在家；一些下岗人员失业游荡，缺少自信和尊严，为排解心中的孤独和苦闷，他们选择了以饲养宠物来充实自己。其中有很多人对电影《卡拉是条狗》中的老二寄予无限同情。因为对老二来说，卡拉是他唯一的听众和忠实朋友，是生活中的唯一亮色。与狗同桌吃饭，同床共枕，甚至出了门见到邻居都要对狗说一句："叫叔叔好！阿姨好！"狗成了他生活的组成部分，没有狗的存在他就失去了生活的

希望，掉进心虚无助之中！

至于"虚心"则是一个人在内心世界非常充实的基础上，为了听取他人的意见，而清理出心理空间的主动行为。他虚怀若谷，从善如流；对他人的意见，有则改之无则加勉，从而真正使自己成为"海纳百川，有容乃大"的虚心之人。唐太宗李世民、清代的抗英名臣林则徐、当代书法大家启功便是此类成千上万虚心者的楷模。

3. 有用与无用

YOUYONG YU WUYONG

与人类相似，植物也有无用和有用的问题。只不过人类有用之材具

有较强的生存能力，无用之材则难以在社会上立足；而植物的命运恰恰相反，有用之材易被采伐，无用之材则往往能延年益寿，长久地保存下来。

例如在海南岛有一种叫龙血树的植物，由于它没有主干成不了建筑用材；点上火只会冒烟不会燃烧，也做不了燃料；更严重的是这种树表皮流出的红色浆汁还有毒性，皮肤破损者一旦遇上浆汁便立即中毒。因此，这种树人见人怕，谁都不去砍伐。在三亚南山风景区竟有一株6300年树龄的龙血树，由于此树树皮已长出老年斑，其形态极似老松树，当地的导游戏称它为"南山不老松"，成了三亚地区引以自豪的景点。

而下面是有用之树遭厄运的例子。在浙江省临安天目山山顶上有一株长得十分高大的冷杉，相传开头依靠佛寺和尚的保护长了1000年十分平安，后来不幸被皇帝看中晋封为"大树王"，其厄运便随之降临。民间盛传剥下树皮煎汤可治百病，百姓蜂拥而上，此树很快被剥光了皮。没有了树皮，根部的养分无法往上传导，这株冷杉就枯死了。

同样，在人间老年人不如中青年，而植物界恰恰相反，老树胜过中小树，得到人们更多的青睐，常常能获得从农村进入城市的"农转非"殊荣。可见，人和树木都有一个有用和无用的问题，只不过树木因有用而被人利用，难以自由生长；人则因为有用能过上好生活，实现自己的价值——虽然会以失去个人自由支配的时间为代价。

4. 谋事与成事

MOUSHI YU CHENGSHI

在埃及考察时，同行的一所中国重点大学研究生院的方院长，在卢克索位于尼罗河畔的希尔顿酒店餐厅里，给我讲了一个"谋事在人，成事在天"的故事。

他说，当他还是一个中学生的时候，一个绝顶聪明且极其勤奋的同班同学告诉他，要努力学习，毕业后一起考北大、清华，进军哥本哈根，争取成为有成就的物理学家。不幸的是1962年高中毕业前夕，这位同学在例行高考体检中发现患有肺结核病，按规定不能参考，直到1964年上半年康复后才体检合格允许参加考试。由于从1963年开始有关方面对1962年唯分数的招生方针实行纠偏，恢复凡家庭出身不好的学生，一般不能进高校学习的做法，受父亲曾任国民党省参议员的历史问题牵连，他在1964、1965年两年高考中都被所谓家庭有严重政治问题不宜录取的名义排斥在外。学业成绩不如他的方先生却在1962年一举高中顺利地进入

黄金！

综合大学物理系本科学习，"文革"后恢复高考时又顺利考取研究生，并获得出国读博进军哥本哈根的机会。而那位天赋和勤奋都远远超过方先生的同学，却始终得不到深造的机会，为了生计只好从事普通的商业工作，迷失在茫茫的人海之中。听了这个故事，我也不免和方院长一起感慨"天意弄人"。

后来，我们到了南非约翰内斯堡，了解到这座无比美丽、清新、生机勃勃的城市也是依靠一个偶然的机会崛起的。早在19世纪80年代初，当时叫白水岭的约翰内斯堡还是非洲内陆地区名不见经传的小乡村。一个从澳大利亚来的青年人乔治·哈密尔顿路过这里，在荒山野岭中百无聊赖地漫步时，突然被路旁的一块大石头绊了一跤。当他爬起来细看这块可恨的石头时，惊呆得不敢相信：竟然是块金矿石！经过初步调查他发现这种石头在这里不止一处，于是他给当地政府写了一份申请报告，取得了在约翰内斯堡地区金矿开采的特许权。

也许，哈密尔顿想急于回去，便匆匆忙忙地以10个英镑（以黄金价格计相当于今400多英镑的价值）的价格把特许权卖给了一个叫克劳斯的欧洲青年。克劳斯在取得特许权后，进一步调查发现，弧形矿脉长达240公里，极有开采价值。于是他从1886年开始组建了克劳斯公司，1898年产量即达到12吨，超过美国居世界第一，近几十年来年产量一直维持在600～800吨，相当于世界黄金产量的6成，成了全球最大的金矿，迄今已生产黄金5万吨，占人类历史上生产黄金总量11.2万吨的2/5强，为海拔高达1700米的内陆高原城市——约翰内斯堡在百年间迅速崛起打下了坚实的基础。

可见，"谋事在人，成事在天"，千古不易。没有天意，哈密尔顿何以发现金矿？没有克劳斯的谋断，约翰内斯堡又凭什么能够崛起于南部非洲？一个只有数百万人口的城市其每年GDP竟然与拥有7000万人口的埃及旗鼓相当！位于稀树草原地区的约翰内斯堡，完全用黄金堆出了今天巨木参天的绿色之城！

5. 铺垫与完美

PUDIAN YU WANMEI

在一次出国考察途中，我与一位物理学家谈到，理科是研究如何认识世界，而工科则是研究如何改造世界，两者的共同特点皆以追求完美、即物理学之"对称"为己任，将复杂的问题简单化。

他说，为了认识世界，科学家只能追求过程，无法把握结果。他们常常以自我牺牲的精神毕生不懈追求，而大多数人的工作成果，只证明了此路不通，只有个别幸运者才得以突破。例如人们对地球绕着太阳转，月亮绕着地球转，以及自由落体现象，多少年来为之百思不得其解。直到有一天躺在树底下的牛顿，看到苹果从树上掉下来时所产生的灵感和顿悟，才理性地发现了万有引力定律，产生了完美归纳的简单公式。因此，具有自知之明的牛顿曾直言不讳地说，自己的成功是站在巨人的肩膀上取得的。这就是说，任何成功者都是无数未成功者为之铺垫的结果，犹如两军对垒勇者胜，成功的将军离不开众多士兵的鲜血和生命，"一将功成万骨枯"，古今中外皆不例外。

自然现象也常常有不完美之处，发现不完美是科学家的责任，是科学家让人们对世界的认识更为完美的苦苦追求。例如人们认为自然界万事万物都具有普遍的对称性，然而对此有所怀疑的杨振宁、李政道却发现并非都如此，即弱相互作用下的"宇称不守恒定律"，它既对各种相互作用力都具有普遍对称性产生了破坏，但又是实实在在的客观规律所在。这不仅揭示了普遍对称性所存在的不完美，更对普遍对称性的进一步完善作了有益的补充。这犹如人体的左右两侧原则上是对称的，如左右肺、左右肾等，但也有例外，如心脏、肝等器官就不对称，即使貌似对称的眼睛、耳朵亦有大小之分。

由此可见，对任何事物的突破和成就的取得都离不开前人的铺垫，而完美则是无数铺垫基础上的复杂事物简单化过程。为了日臻完美，我们还要不断发现其中的例外，以证明不完美才是符合客观规律的真实完美！自然科学如此，社会科学也不例外。而我们任何人不可能完美无缺，不能拒绝批评，哪怕你是名人、伟人！

6. 可能与可行

KENENG YU KEXING

在一座谈会上，有幸邂逅一位民营大企业的李姓老总。他说，我自幼家境贫困，初中以后即无力就学，过早踏入农门从事耕耘，因此无学历可言。20世纪70年代末幸逢改革开放大潮，始有机会步出农门，涉足企业，多年奋斗，终成大业。此后每每静夜深思总感自己读书太少，知识不够。为增进知识填补经济学空白，他曾在国内一所著名大学师从一位经济学教授学习经济学原理。这位学识渊博，常喜高谈阔论的教授使他获得了不少知识，诸如线性规划的实际应用等经济学原理，的确使他在企业管理上大有长进。至于谈及各种投资盈利，这位教授更是口若悬河，列举房地产投资盈利方式即超过5种，贸易投资盈利不下10种，其中投资零售业盈利亦有3种以上。李总说，听了他的课真是茅塞顿开，彷佛看到了当今世界到处是机会，满地是黄金，唾手可得，随处可得，真是信心倍增。因而敬钦之心也不免油然而生，相互之间竟成挚友，到了无话不谈的地步。

后来，这位满腹经纶的教授开始眼红富裕，欲下海经商，便向他提出暂借100万元作为经营房地产的资本金。对老师的能力一向深信不疑的李总深表支持，毫不犹豫地给了他100万元的支票。过了2年，一脸沮丧的教授来到了他的办公室，说因为政府宏观调控，房地产形势急转直下，自己的本钱连同借的100万元几乎一扫而光，所剩无几了，看来只能改行投身商业，搞钢材、水泥、机电设备等生产资料贸易，希望能再借50万元以敷急需，日后赚了钱便连同原先的100万元借款及其利息

一并归还。此时李总对他的实际经营能力开始产生了怀疑。结果一年后又是同样一副脸孔的教授再次来到了他的办公室，诉说生意被骗，血本无归，即使官司打赢也因对方濒临破产，无财产可以执行，仅仅取得了道义上的胜利而已，由于在打官司期间还贴进去一笔为数不少冤枉费用，不免发了一通"衙门八字朝南开，有理无钱莫进来"的感叹。接着他认

真地谈了自己的设想，准备脚踏实地开店搞零售，做一点小生意，这样利润期望低了，风险也会小得多，成功希望便会更大一些，要求李总再借10万元。此时对他的实际操作能力已经完全失去希望的李总说，好吧，但愿这是你最后一次借款。从此以后他便与这位教授失去了联系，后来听朋友说教授的零售店开张不久也关了门，现在已到另一个城市重操旧业，再执教鞭，因还不出李总的160万元借款，又羞于见人，只好自甘埋没了。

　　李总说，通过这件事使他对"可能"与"可行"之间的关系有了刻骨铭心的认识。他说，有学历、有知识的人可以向人宣讲各种投资赚钱的可能方案，而了解这些方案的企业家也可以据此结合市场实际情况，凭自己的直觉做出判断，然后选择其中的一种可能，在实际投资中应用便成了有效益的可行方案。而对缺乏直觉的教授来说由于无法把自己所拥有的书本知识有效地转化为自身透析事理的能力，因此就出现了手捧聚宝盆苦于拣不出其中的珍宝那样尴尬的局面，这正是那位知道很多赚钱可能，又不具备实际判断能力的教授连续三次投资失利的根本原因。由此可见，一个企业家不仅仅要知道有多少种可能，更需要知道那一种是可行的，如果只知可能不知可行求得的知识也就谈不上活用，因为，任何一种经营方案如果不能在市场上印证其效益，其失败也就不可避免了。古人所说的"知易行难"的确是颠扑不破的真理。而且一个企业要成功，在行的过程中还要即知即行贯彻到底，吃必要的苦，耐必要的劳，才能取得最终的成功！

7. 身子与椅子

SHENZI YU YIZI

　　人们习惯将皇帝的坐椅称为宝座，将官员的职位称为交椅。无论是

宝座或是交椅皆身外之物。

在现代国家，若干选票即可让人坐上总统宝座，若票数不占优势即使其垂涎三尺亦不可得，而一般官员的职位更是顷刻之间连一行字都不到的一纸公文，便可决定去留。所以，标志着官职的所谓"宝座"、"交椅"，与餐厅的"餐椅"、茶馆的"茶椅"、会议的"会椅"无异，皆一时的过程而已。餐完、茶毕、会散，统统身椅分离，各自归位不能带走。

由此可见，人生不能光靠"椅子"，更多的时日需要本身的自立能力而生存于世、流动于途，这种自立能力就是人的德行、知识和能力。若肚子空空仅靠溜须拍马、攀龙附凤谋得一官半职，身椅相连时尚可蒙混，若一旦身椅分离，自己又无自立能力，在势利无比的红尘俗世真是难以为生！

8. 青蟹 与草绳

QINGXIE YU CAOSHENG

一位在浙东沿海某地当过秘书又任过县长的年轻朋友在一次座谈时告诉我，沿海地区一种称为"青蟹"的大螃蟹味道鲜美，价格十分昂贵。由于这种活螃蟹蟹钳强壮有力，锋利无比，很容易伤人，因此卖时必须用草绳牢牢捆扎，这样在称量时，草绳的价格也自然而然地上升到青蟹的昂贵价格了。

　　他说，当领导秘书的人往往在社会上"吃得开"，办事比较方便，其实就相当于捆扎在青蟹身上的那根草绳。一旦草绳离开了青蟹，便回归了自身的价值，草绳还是草绳，失去了比人家"方便"的办事能力。

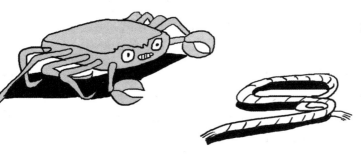

　　其实，不仅秘书是长官这个青蟹身上的草绳，就是为官为宦者也是"官职"身上的草绳，一旦失去职位便还了他平民本色，如无其他专长者，其处境犹如敝屣，比有一定自理能力的秘书还不如。

9. 人走与茶凉

RENZOU YU CHALIANG

　　茶凉与不凉皆在于"作用"这个加热器。通常人们所说的"人一走，茶就凉"，既指个人主观上的自我感觉，也指客观上的社会认识。从价值观来看，"人走茶凉"是客观规律的必然结果。因为"不在其位，不谋其政"，其职位之"茶"日渐冷却，可谓顺理成章。从自然科学角度来看，如果茶不凉，就不符合物理学的热交换原理。至于从道德层面上来看，人情本有冷暖，感情需要一定的温度维持。

　　什么都有个过程。我以为，可以考虑慢慢冷。譬如，刚从第一线现职岗位上退下来的官员可以到某些二线机构过渡一下，以调整心态，其犹如铸造厂刚浇铸出来的铸件那样，起先内部充满应力，为消除应力防止变形必须进行时效处理。处理办法可以采用露天存放，让应力逐步消除，也可以放入热处理炉中加速消除。前者相当于人类心态的自我调整，后者则相当于通过适当过渡和思想工作加速调整。但归根结底外部世界的"茶"不可能不凉。尤其是当事者不能由于一夜之间人情的变化而震惊，因为在你当政之时，权柄炙手可热，聚集在你身边的既有仰慕你学识的正人君子，也有敬畏你的权力者，还有那些希冀利用你的权力以求一逞的心术不正者，各种甜言蜜语和无微不至的照顾之举犹如浪潮之涌，撞击着你的心灵。如果你对这一切都十分在意、乐不可支的话，便会上当受骗，尤其是当你权力不再，某类人便会烟消云散，甚至相遇之时，还会故意回避，陌生如路人。

更值得人们重视的是在大力推行以利益为诱导的市场经济体制的今天，农耕时代所形成的人际感情关系日益边缘化，实际利益成了人们关系的主宰，倘我们仅仅依靠个人职位所形成的身外之"茶"，不但难以做到"人走茶不凉"，而且比以前的感情社会凉得更快。唯有从自身之品格和学识上下工夫，才有可能赢得人们发自肺腑的尊重和敬仰，做到"人走茶不凉"，因为人们发现你与众不同，还能发挥作用，具有市场所需要的价值。尤其当你还保有一副强健的体魄时，处于"人走"状态的你更能摆脱日常纷繁事务和人际瓜葛，获得足够的时间和精力用于研究有兴趣、有专长的学问，进入人生第二个学习的春天，实现自己在工作岗位上往往难以实现的价值，那时，真是其乐无穷，自我感觉之茶不仅不会凉，也许还会比在位时更热，更自在。同样，由于你对社会仍然有贡献，社会认识之茶也会

温暖如春。总而言之，人走茶不凉不是做不到，而是取决于你还有没有给茶加热的实际作用。

10. 饮茶随想

YINCHA SUIXIANG

　　到水乡古镇桐乡乌镇参观，一般的游客均先抵达东栅。东者，即镇之东隅。栅者，水城门是也，其结构是上有两条南北向石质桥板，下有木制水栅，其白天开启，可通航，夜间关闭，可禁止舟楫出入，以策镇内安全。也许桐乡乌镇在明清时是江浙两省，苏州、湖州、嘉兴三府及桐乡、石门、秀水、归安、乌程、震泽、吴江等七县相接之地，来往人员庞杂，社会治安较难管理，故有此安全措施。或许正因为此，乌镇也成了江浙多种风俗相汇之处。

　　你若有幸光临东栅的茶馆，就会发现乌镇"茶"有着许多与众不同的特色。我们常说的茶一般分红茶、绿茶两大类，而乌镇却有所谓熏茶、锅巴茶等内放冰糖且食之能饱腹的复合"茶"。这种介于主食与茶水之间的杂交优势也许十分适应明清时期行旅商贾解渴填饥之双重需要。

　　据陪同的向宏先生介绍，东栅茶馆的老板原是大户人家，拥有大批

房产，对制茶、饮茶有着家学渊源，只不过中国社会向来"富不过三代"，随着"君子之泽，五世而斩"，富商后代成为了卖茶人。

尽管那日天气阴霾，时有细雨，但由于来自江浙沪各地的游客甚众，茶馆的生意也还算兴隆，六七张八仙桌都坐满了人。我们在边饮茶、边交谈的过程中，发现卖茶人那种生意小而热情高的敬业精神始终洋溢在周到的服务之中——尽管他们的操作极其简单，无非是放料、放糖、充水、端碗、拿匙而已。

上茶时，店主热情高，开水现烧现泡，近100摄氏度的茶水竟烫得我们不敢满匙入口，再加上我们一行数人多要了一客，故一时难以喝完，最后只好将火烫的锅巴茶放在八仙桌上起身而去。一位同事说可以回来再喝，当时我并未介意，随口说可以嘛！而当我们踏着河边古街上的石板路，浏览著名的朝宗坊（相当于今居民社区组织）路段两侧街道的制笔、竹雕、工艺画等特色店铺时，我猛然间想起，民谚云"人一走茶就凉"，春寒料峭，回来至少要半个多小时，茶还能喝吗？再加上我们的茶座早已被新顾客所替代，不在其位，还能再谋饮其茶吗？在自然界，热交换原理决定了茶是非凉不可的。

人类社会，尤其从政族群对"人一走茶就凉"却有着两种截然不同的文化观念。一种是与自然界有着同一性的认识，即人走茶凉乃客观规律，不在其位，不谋其政，官员退休后心态十分平衡，完全融入百姓之中。如曾与美国前总统卡特合过影的台州林先生向我们介绍，年轻时当过木匠的卡特退休后心态极佳，生活也十分随和。1996年5月，林先生访美期间偶见正在家乡教堂做祈祷的卡特夫妇，在林先生一行的要求下，休息时卡特夫妇欣然与中国来访者亲切会见并一一合影留念，十分坦然，并无所谓等级、国籍之念，警卫安全之忧。至于2001年1月《看世界》第1期曾建徽写的《做客卡特总统家》一文和于恩光提供的《卡特：最好的年华是退休之后》一组照片，把他离职退休生活刻画得惟妙惟肖。文章说，卡特常在普通饭店小饭桌上用餐，并不使用什么包厢一类的专房单间。卡特现在住的房子也是1961年盖的很普通的红砖平房；他的书房是原来车库改装的；卡特因家中客厅较小，只好借用教堂的一间厅堂来接待中国人大代表团一行 13 人。在无拘无束的交谈后，卡特邀请客人共乘大巴到他家看看。途中，这位前总统站在大巴司机旁的导游位置上，拿起话筒向客人介绍他住的小镇风光，于恩光提供的照片可清晰见到这位 76 岁白发"导游"的风采。进房后，"我们一位同志好奇地从一张椅子上拿起一顶沾有汗渍的鸭舌帽，卡特说这是他近来帮别人修房子时戴的，还未来得及洗干净……"看来无须赘述，这位曾经是世界上最富强国家的元首，也相当于曾经是世界最高级权力茶馆的饮茶者，他如此客观地看待"人一走茶就凉"的权力，如此自然地融入平民化生活之中，这在我们的官本位文化传统中似乎不可思议。

因为在我们传统文化里，对于"人一走茶就凉"有着另外一种认识，即官是至高无上的，不少人在职时就有一种难以相攀亲近的凛然，即使退下来后，他们在私下里也还感觉到这个茶座应属于自己，并非属于茶馆主人，继续关心着权力茶馆里的新顾客是他们的崇高职责，所以他原有的那碗老茶凉不得，是天经地义的。但由于客观上的难度和差距，即使新顾客点头哈腰，处处检点，也难以尽如人意，因此难免就有人老是发出"人一走茶就凉"的叹息和怨言，特别是当在位者无法办理他们损害国家利益的小集团要求时，个别人为了报复甚至不惜运用极其卑劣的手段毁掉阻挡者的前程，希冀让人感知他的一种气势，一种距离，扮演一种茶永不降温的饮茶者角色。

11. 放弃也是效益

FANGQI YESHI XIAOYI

人类尽管处于同一地球，但在东西方不同文化背景下，对人生所下的定义却有很大差异。中国词典一般认为"人生是指人的生存以及全部生活经历";美国的教科书则表述为"人生就是人为了梦想和兴趣而展开的表演"。两者之间的差异在于前者是"生存",后者是"表演",生存显得有些被动,表演似乎较为主动。

若用经济学的成本与收益来衡量人的一生,除了要主动地取得收益外,更多的是需要主动放弃。例如,动手能力不强的一位华裔物理学家1943年赴美留学时,立志要写一篇实验物理论文。然而在实验室工作的20个月期间,他经常处于操作失当,甚至不时发生爆炸,工作进行得非常不顺利,以至于当时实验室里流传着这样一句笑话,哪里有爆炸,哪里就有他。此时密切关注着他的美国教授泰勒博士便直率地建议他放弃写实验论文的目标,而改写理论论文。他经过痛苦的思想斗争后,接受了泰勒的忠告,放弃了原有目标专攻理论物理,最后取得了成功。1957年10月他和另一位华裔科学家联手摘取了当年的诺贝尔物理奖。这是弃己之所短,扬己之所长,取得成功的范例。

至于不懂得放弃以至于得不偿失者比比皆是。例如一般搬入新居时舍不得放弃旧家具的老人,往往将那些已派不上用场的东西搬入新房,占据了一块不少的面积,让小辈眼睁睁地看着每平米化了几千元乃至上万元钱买来的住房成了废旧物资的仓库,既不能使用,也有碍观瞻,更不利于搞卫生,简单有百害而无一利。

又如在"一粥一饭当思来之不易"的中国,老人们年轻时饿怕了,在物质条件有很大改善的今天也舍不得放弃剩菜剩饭,为了节约硬撑着吃下去,久而久之便产生了高血脂、高血糖和高血压等富贵病,营养过剩造成大腹便便连行走都很困难,不但产生不了任何有利于健康的效益反而要消耗大量的医药费,甚至缩短了自己宝贵的生命。

再如有些人很在乎别人的说法,又缺乏宽阔的胸襟,以至于常常受不了人们无中生有的指责和那种莫名其妙的委屈,心中充满了无尽的愤恨,害得自己寝食不安,泪水不断,危及健康、危及生命。其收益与成本相比较,成本又是多么高昂,收益不仅小于零,而且还是极大的负数。如此看来,与其在乎,不如弃之如敝屣,等闲视之为妙。

当然还有另一种情况，那就是身居特殊位置，自视甚高者，对自己平常的一言一行都希望周边的人给予足够的重视，希冀获得诸如某某人的指示非常重要，向某某人学习之类的恭维，以此取得虚构的心理收益。倘一旦不能如愿以偿他便会懊恼无比，久而久之也就产生自我否定的自卑心理，露出平庸的自我形象，这种起先依靠虚假心理收益维持，而最后却以实实在在付出高昂成本告终的自许恭维则属于更大的得不偿失。

由此可见，人生要使自己每天的生活都充满阳光，实现收益大于成本的真快乐，办法之一就是要懂得放弃！

12. 次优化与最大化

CIYOUHUA YU ZUIDAHUA

前些日子在北京遇到一位在一家大型企业当老总的朋友。他说，他的公司最近引进了一位总经理助理，是20世纪80年代毕业于北京大学物理系理论物理专业的硕士生。此人不仅考取了注册会计师等诸多财会金融类的执业资格，而且颇具实际操作水平。但奇怪的是他不愿担任较高的职务，也不要太高的薪金，说这样他的精神压力会轻一些，有利于人生物质和精神利益的兼顾，做到身心健康。这位老总说，在当今寻求利益最大化的市场经济条件下，这样的人似乎十分罕见，建议我不妨与他聚谈一次，以窥见人心，获取写作资料。

在徐姓老总的精心安排下，这位矮矮胖胖的杨姓助理飘然而至。首先他自我介绍是20世纪70年代末刚恢复高考时当地的理科状元，进北大物理系7年读到硕士毕业，后来发现物理系毕业的学生若从事科研工作差不多一生都在向人证明"此路不通"，极少有人能取得"此路可通"的重大突破，于是他谢绝了导师攻博的推荐，踏上了人生自我丰富之路。10多年来，他当过大学教师、政府机关的处长、国有大型企业的中层领导、私营企业的财务总监、个体企业的老板，刚刚才踏上了这个岗位。此人不仅睿智，而且幽默风趣，他建议并陪同我们到北京植物园游览，在园中我们除

了观看各种植物以外，还参观了不少名人墓葬和碑刻。他边走边说，凡是矮胖者不是傻子便是聪明人，而且聪明人往往食量很大，人称"智者多食"。我说你应该属于后者。他笑着说，也许属于后者之中的中下水平，但食量却是上乘的，这就是俗话所说的"饭桶"。他兴奋地说，作为一个"饭桶"，我以为人生在世首先应该丰富多彩，为了这个丰富多彩，我硕士毕业后的10余年时间里转过不少岗位，而且每次都在最辉煌的时候转岗，这只不过想让人知道自己不但是有能力的，而且还在不断寻求丰富多彩的人生。对于人生，他认为不能只局限在单一的专业工作上发生量变，而是要在不同专业的工作上发生质变，才会拥有人生的丰富性。他举例说，一个人当乡长与当县长、当市长、当省长其实是一回事，只是管辖范围大小不同的量变并非工作性质不同的质变，只有转行才是质变，他所寻求的正是

这种有趣的质变。同时，他也在积极寻求人生物质利益与精神利益最大化的平衡点，这就是说，只有主动放弃物质利益的最大化，才能尽可能多地实现精神世界的利益。他指着那些名人墓葬感慨地说，他们如果能重新从九泉之下复活，来到我们中间，一定会支持我的观点："只有放弃单项利益的最大化，也就是说，只要求单项利益次优化，才能达到人生综合利益平衡的最大化"。

此时，我不禁沉思，西方经济学认为人作为经济人必然会寻求利益最大化，一般人都以为人们寻求的仅仅是经济利益也就是物质利益的最大化，其实不然。因为经济学源于哲学和伦理学，而西方的哲学和伦理学又与基督教文化息息相关，且基督教作为宗教涉及人生眼前和终极的关怀，所以人们所寻求的最大化利益还应该包括超凡脱俗甚至超越今生的精神利益，这就意味着人生应该拥有经历的丰富性和物质、精神利益的兼顾性。因为人之所以高于禽兽在于他的心灵，人类最大的享受是心灵的享受，况且自由还是人类一切财富中最昂贵的财富。有人说，人的一生是单程旅游，旅游是双程人生，但从旅游这一点来看，无论单程论和双程论皆具共性，也就是说人的一生如同在旅游线上游览，既要尽可能多地参观一些景点，也要兼顾其中的物质享受和精神享受，这样的人生才是对得起自己的人生。因此，寻求单项利益的次优化才能达到综合利益的最大化，只有这样，人生才会丰富多彩，尤其当晚年回首往事的时候，就可以自豪地说，我没有虚度此生。

13. 甘于寂寞

GANYU JIMO

古代皇帝自称"孤家、寡人"，既包含出人头地、至高无上的意思，也包含着以自甘寂寞、达到深谋远虑治国安邦的目标。对普通百姓来说，也需要寂寞，尤其那些希冀有所成就者。但这种寂寞不似高处不胜寒的皇帝般的孤单、冷清，而是一种"板凳要坐十年冷"的宁静致远，是一种成就事业必不可少的境界和生存状态。三国时代诸葛亮的"非淡泊无以明志，非宁静无以致远"、清末民初王国维的"独上高楼，望尽天涯路"、西方爱因斯坦的"寂寞旅客"所指的就是这种寂寞的境界。这种境界在戏曲艺术中最生动的反映，要算诸葛亮独自一人手摇鹅毛扇、踏着方步的形象。

在当今十分浮躁的社会氛围里，一个聪颖的人倘不甘寂寞地趋炎附势，谋求名利地位，其结果不但一事无成，而且还会有牢狱之灾。记得我10多年前的一个下属其智商极高，在文艺领域里写作和表演可以说做什么像什么，就是由于不甘寂寞始终没有取得令人羡慕的成果，尽管官职在节节攀升，人生的德性却在步步下滑，以致前几年跌入了贪贿的泥潭，被判了刑。也许在服刑期间有了电网高墙的寂寞，这位先生的才华才得以超常发挥：有人告诉我他已在狱中写了好几本书，并且还是新华书店的畅销书之一。当时，我不禁感慨系之：一个人不能自甘寂寞，而是被迫寂寞，尽管效果极佳，但损失真是太大了，不仅浪费了10多年的宝贵光阴，而且丧失了人生的体面。尽管"浪子回头金不换"，坐牢作为他进步的阶梯也不失为一种历练，但毕竟是不得已而为之的下策，倘能走自觉寂寞、自甘寂寞之路效果岂不是会更好一些。

人之所以要有寂寞的环境和心态，首先是找回自我的需要。俗话说，人贵有自知之明。它说明人认识他人易，认识自己难，尤其是有钱有势者认识自己更难。例如权贵出行大多前呼后拥，自我感觉非凡，一举一动均称百姓楷模，发一言写一字皆属重要指示，新闻报道成了宣传自我形象的窗口，甚至将秘书起草的报告也归为己有自称著作。殊不知人世间财势可以平步青云，德才却有一个漫长的熏陶和积累过程，绝非水涨船高能一蹴而就。君不见，有人在位时趾高气扬，离岗时丧魂落魄，这就是缺少寂寞历练的缘故。可见，世界上唯有寂寞才能使轰轰烈烈者找回真实的自我。

其次，寂寞是积累知识的需要。当今世界是知识爆炸的时代，其更新换代达到了瞬息万变的程度。若天天忙于应酬，时时不忘钻营，没有一个不受干扰的寂寞环境及宁静、恬淡、超然的心态，就不可能有充足的时间、足够的精力去学习、理解和掌握越来越来不及学习的知识。诚如人们所知，知识就是力量，没有知识就不可能拥有顺应潮流改造世界的能力。

再次，寂寞是远离功利追求真理的需要。在人类几千年的历史长河中，无数自然科学的研究和社会科学的探索都难以直接与功利目标相联系，不少课题非但无法换得丰厚的物质报酬，甚至得不到最基本的物质支持。如马克思仅仅依靠恩格斯个人财力的资助，啃着面包在大英博物馆的图书馆研究和撰写《资本论》，推动了震撼全球的共产主义运动，改变了亿万人民的生活轨迹。古今中外更多的科学家冲破重重阻力，自费开展对未知领域的研究，使人类迅速进步迈入了现代信息社会，其中也不乏像哥白尼那样的科学家，由于崇尚真理，触犯了教会的天条，而招致杀身之祸，献出了自己的宝贵生命。可见，从事创新工作不但要有强烈的兴趣、真诚的爱好所支撑，而且还要甘为寂寞，超越自我，不为外界的功名利禄所左右，甚至不惜牺牲自己的生命，才能坚韧不拔地不断探索，甚至在被人们所轻蔑的环境中有所创造，有所前进。

复次，寂寞是扬长避短的需要。世界上每个人都有自己的特长而要发挥自己的特长必须拥有一定的闲暇和自由。众所周知，五代南唐国后主李煜和北宋徽宗赵佶都是具有强烈艺术兴趣和天赋的帝王，他们为了有更多闲暇和自由支配的时间，发挥自己的特长从事文学艺术的研究，竟不惜荒废他们并无特长的政事，沉湎于创作。尽管他们作为不合格统治者最后都成了阶下之囚，但李煜的词作、赵佶的书画作为中华民族历史上的奇葩却代代相传，永远绽放。《虞美人》的词作、"瘦金体"的书法紧紧地与李煜与赵佶的名字联系在一起，他们在文学艺术上的名声远远盖过作为一代帝王的影响。总之，由于寂寞总是与闲暇和自由相联系，意味着较少受到外在时间限制，能够相对自由地掌握自己的时间，以便与周围日常生活的世界保持一定的距离，并且以独立思考、独立判断为前提，依靠强烈的兴趣和其乐无穷的激情，既促进自身素质的提高，也通过不停顿的探索和创造推动着社会持续进步。

又次，寂寞是体悟人生真谛的需要。2500多年前的古印度释迦牟尼贵为王子，由于痛感人生生老病死之苦，29岁时放弃了荣华富贵在寂静的菩提树下苦修6年，终成正果，创立了人生终极关怀的佛教，至今不仅是全球三大宗教之一，而且在中国还是信奉人数最多、影响最大的宗教。中国古代名垂青史的司马迁也是由于遭受了宫刑的羞辱和痛苦之后，才在被迫的寂寞中以更加深刻人生思考创作了《史记》。在《报任安书》中司马迁还列举了"西伯拘，而演《周易》；仲尼厄，而作《春秋》；屈原放逐，乃赋《离骚》；左丘失明，厥有《国语》；孙子膑脚，《兵法》修列；不韦迁蜀，世传《吕览》；韩非囚秦，《说难》、《孤愤》"等一系列由于寂寞凄孤的环境对人的启迪和激励所产生的不朽著作。同样如果没有穷困潦倒的罗贯中、施耐庵、曹雪芹、吴承恩、蒲松龄等人的寂寞人生所产生的真知灼见，脍炙人口的《三国演义》、《水浒》、《红楼梦》、《西游记》、《聊斋志异》等刻画深刻、反映真实人生的传世之作也就不可能诞生。可见，"士穷文工"是真理之一，"静悟"更是不可跨越的过程。

历史证明，文明既产生于财富的绝对增长和相对集中，也产生于一批甘为寂寞者的人生奉献。可以设想，没有寂寞，人类不可能从猿猴中分离出来，发展成为脑细胞发达并且能创造工具、具备思想、拥有文化的动物。尤其是你到欧洲卢浮宫等艺术殿堂参观精美的作品展览时，你一定会深切地感受到闲暇和自由意味着什么？参观中国传统的千工床、万工床、象牙雕、发雕等精雕细刻的作品和诸多精美绝伦的刺绣精品时你也同样会感受到这一点。可见甘为寂寞既是做人处世之道，也是社会发展进步的基本规律，非寂寞无以自处，非寂寞无以推动社会之飞跃。

14. "学坏一阵子"

XUEHUAI YIZHENZI

俗话说："学好一辈子，学坏一阵子"，凡夫俗子如此，高官巨富也不例外。

在南非考察时，当地人给我们讲了一个令人深思的故事。故事说，南非的一个高官刚上台不久便去南美参加一个国际会议，一回生，二回熟，几天会议开下来与朝夕相处的一个南美高官稔熟得不分彼此。于是他顺理成章地应邀前往南美高官家里做客。汽车还未停下，顺着主人的手势指处，南非高官远远感受到南美高官住宅的气派，待穿堂入室环顾领略后更充分感受豪宅内部排场的奢华。俟酒肉穿肠、谈兴正浓之时，百思不得其解的南非高官便壮着胆子请教这位先富起来的异国同事。他说："凭你的区区工资，何以过得上如此美好的生活？"南美高官慢慢起身，将他领到

窗户前，指着远处的一座大桥，说："此桥的工程款回扣10%足矣。"若干年后南美高官前来南非参加国际会议，本着礼尚往来的原则亦应邀前往朋友家做客。此时大开眼界的他发现南非朋友的生活比他更奢靡，于是在酒酣耳热之际便俯身过去，请教有何生财之道。这时，青出于蓝而胜于蓝的南非高官也如法炮制，领着他慢慢起步前往窗台指着前面一条大河说：你看到前面的大桥吗？南美高官一次又一次地睁大眼睛看，连桥的影子也没有看到。最后，他只好实事求是地说："真的，我什么都没有看见。"此时不再卖关子的南非高官才揭开谜底，说："工程款的100%！"可见教人变坏多么容易。

15. 调节有度

TIAOJIE YOUDU

金钱是财富，人体内的金钱是脂肪。脂肪对人体有着保护和支持作用，对人体来说须臾不可或缺。尤其是腹部的皮下脂肪适度可使男人显示健美和风度，女子显示丰满和匀称。但脂肪超标将会危害身体健康，引发糖尿病、高血压、高血脂等多种疾病，且在行动上也带来诸多不便。

如我认识的一位熟人，身高不足1.60米，体重超过100公斤，大腹便便已发展到连弯腰捡东西都很困难，更不用说行动灵活自如了。由于"横竖"比例失调，连小轿车的门都挤不进去，要人使劲往里推才能入座；衣裤规格与众不同，腰围大于裤长，除了定制以外别无选择。当然世界上任何事物都要一分为二，有弊也有利，唯一方便的是当坐在沙发上打扑克时，他的肚皮可以当茶几，起到别人起不到的牌桌功能。

　　人们所拥有的财富则是人体外的"脂肪"。财富对于人类来说不仅是人类持续发展的重要基础，也是文明进步的象征。但对于个人来说，超过需要的财富就是超标的"脂肪"，也会像便便的大腹，带来诸多不便。如亲朋好友借贷，妻妾子女争财，歹徒强盗觊觎，常恐被人绑架，天天如坐针毡，惶惶不可终日，出入不离保镖，不仅带来失去自由的精神痛苦，而且还有人身安全之虞。更兼常在金钱堆里行，习惯于以金钱作为万事万物的衡量标准，难免缺失了无数常人所应拥有的亲情和友谊。可见，包括财富与脂肪在内的任何东西都不能走向极端，调节有度方能获得幸福。

　　这种调节有度的尺度行之于社会便称为"政策"。所谓"政策"，其实就像渔夫套在鸬鹚脖子上的圈子。鸬鹚跳下水去若抓上大鱼，由于脖子被卡住了吃不下必须吐出来，但若抓起小鱼则允许吃下去，所以对鸬鹚的政策圈子既不能太紧，也不能太松。因为太松，抓到的大鱼都吃到肚子里去了，它不饥饿，不饥饿就不想去努力干，那就达不到渔夫抓鱼的目的。

　　医学专家经抽样调查后发现人在半饥饿状态免疫能力最强，所以出家为僧道者往往比一般世俗人士长寿。人作为利益的动物，与鸬鹚一样既不能饿死，也不能吃得太饱，就会永远有前进的动力。

　　中国历史上的统治者都为知识分子设计了两条合理之路。一条是当官之路，一条是职称之路。知识分子皓首穷经也爬不完九品十八阶的仕途和童生、秀才、举人、进士及其他郎、大夫一类名目繁多的职称阶梯，就永远会有动力，当然设计的台阶愈多愈好。这样绝大多数人未到达顶点就中途呜呼哀哉了，从而使社会的稳定有了切实的保证。

　　不仅知识分子有两条路，就是佛教界的僧众也有职务和职称设置之路：职务系列有方丈（住持）、监院（当家）、知客、维那、纠察、照客、殿主、香灯；职称系列有座元、首座、西堂、后堂、堂主、书记。甚至人们攀登浙江舟山普陀观音道场的佛顶山巅也有两条路：一条石级台阶，供信徒们走上去，可以一路走一路叩头祈祷；另一条是机动车道，专供旅游者快速登顶。两条道路形式不同，通过速度不同，但皆有各自的用处。

总而言之，一个社会对不同人群都要调节有度，让他们找到一种感觉，哪怕是一种不太有实际利益的感觉也可以。不过这种能让人找到感觉的政策也不能太紧、太烦琐，因为古人曾告诫我们："政剧事繁必败，政宽事简必成"，也就是说把复杂问题简单化，最好用人们在几分钟之内都能听明白的规定来表达你"四两拨千斤"的"阳谋"。

16. 有得
必有失

YOUDE BIYOUSHI

在劳务市场打工者付出劳动，老板就会给予相应的工资报酬；在商场顾客按价格付钱就能获得自己所需要的商品，这种得失关系就被人俗称为交易，其所遵循的原则是得失相当的价值规律。对于不同的客体有得失相当的问题，对同一客体也有得失的课题。在植物界凡挺拔的树木就不茂盛，而茂盛的树木就不挺拔；在动物界凡凶猛的动物一般不长寿，长寿的动物多温和。在自然界，柔软的水源远流长，善于应变，即使流入大海也能蒸发成云，下雨成溪，重新汇成江河；坚硬的石头一旦破碎或风化成砂粒，就难以像水一样再生复原。可见世界上万事万物皆一分为二，对某一事物来说都只能占有一时之利而不可能做到两全其美，也就是说"鱼和熊掌不可兼得"。人世间强者往往阳寿短促，弱者却能长命百岁；心态平衡与世无争者延年益寿，心态不佳好与人争短长者难有高寿。当官者声名显赫，出入舟车，但难以名利双收，若要名利双收势必违法违纪，贪污受贿，轻则受处分，重则失去自由，以致失去生命。当大官者尽管能决定天下大事，但在日常生活中却由于事事靠他人代劳，自理能力日益衰退，以致拿着工资信用卡，不是忘了密码，便是未带身份证，领不出现金。有一相当级别的干部曾向我诉苦说，不久前他跑了4次银行才领出了区区1.5万元的现金。至于当官者不适应社会发展的事例更比比皆是。一位担任重要职务的领导坦率地对我说："社会上很多人都会使用手机的多种功能，我如今竟然只会打打电话，别的什么都不会，如果我现在还是当年的工程师则不至于如此。"同时，当官者由于忙于应酬很少与家人团聚，不但缺少天伦之乐，而且往往容易在陪吃陪喝中不自觉地变成酒囊饭袋，患起脂肪肝、糖尿病和高血压等诸多富贵病，自折了寿命。早在清代曾任山东潍县（今潍坊市）知县的郑板桥，由于忙于公务和应酬，不能潜心创作，就曾感慨"酒阑烛跋，漏寒风起，多少雄心退"，表达了他无限凄怆与愤懑的千古悲鸣。现在不仅官员应酬极多，就连学术界最高荣誉获得者的两院院士应酬也变得不可胜数，不仅兼职

繁多，采访不断，而且还要迎来送往逢场作戏被人当做花瓶任意摆放，急得一位中国工程院院士在一家中央级大报上撰文："70岁了，来日无多，我只想按自己的方式生活，按自己的意志做人。……一句话，不再做花瓶"。另一位知名的两院院士则大声疾呼："一个科学家如果经常在电视

上出现，那么他的科学生命就结束了。"诚如人们所知，当官者忙于公务，不但缺少自由，而且为显示自身以身作则的榜样，往往在人群中间装出一副正人君子的架势，免不了扭曲了人的天性带来无言的痛苦。反过来，那些广播无声、电视无影、报纸无名的黎民百姓却享有充分的自由和天伦之乐。古代百姓虽处穷乡僻壤陋巷旧宅，却能合家团聚，教子饴孙，享尽人间对酒当歌之福，以致早在明代建国初年洪武皇帝朱元璋就深感当皇帝日理万机之苦，写下了"百僚未起朕先起，百僚已睡朕未睡。不及江南富翁家，日高五丈犹堆被"的诗句，抒发了他对自由的羡慕之情。但当百姓也并非样样好，贫穷者有饥寒之苦，巨富者有子孙不思进取、富不过三代的忧愁，更有家人被绑架、被勒索甚至被暗杀之灾。由于职业不同，一心为文者虽精神富有，但在经济上却大多有清贫之感；从商、从工者往往很难兼顾精神文化享受，且常惧经营不善，有亏本之虞。各类明星名人虽能找到鹤立鸡群之优越感，却常常由于被人事先安排、簇拥，被迫为人签名、题词、剪彩，充当花瓶沦为傀儡而痛感犹如笼中之鸟，缺少人身自由。而且在西方，无论何种名人明星都会被媒体追逐曝光，甚至在平民眼里的小事都会掀起轩然大波。可见任何人活在世界上都逃脱不了有得必有失的基本规律。同样，有失也必有得，如张学良从1936年12月12日"西安事变"后被囚禁了半个多世纪，以失去自由为代价，成为中华民族5000年文明史上活着的民族英雄；岳飞、文天祥、于谦则以生命为代价获得了英雄的桂冠；著名福建籍南洋侨领陈嘉庚倾家办学，输财抗战，以失去金钱为代价受到了国人的称颂；著名科学家陈景润以失去人生的多种情趣为代价，登上了哥德巴赫猜想的数学高峰。诸如此类有失必有得的典型事例俯拾皆是，不胜枚举。

可见有失必有得，有得也必有失，能在名利两端斟酌权衡其得失并作最佳选择，使两者都不再成为自己的沉重包袱者，方能做到知足常乐。这犹如佛教将人的精神享受称为定（空），将人的物质享受称为慧（色）一样，既不能只有定而没有慧，也不能只有慧而没有定，只有做到"定慧双修"才能心理平衡，跳出被名缰利索所羁縻的苦海，这也许就是反映对立统一思想的佛教"不二法门"和"中道"在人生得失观上的最好应用。

17. 别让自己迷失在细节中

BIERANG ZIJI MISHIZAI XIJIEZHONG

与浩翰的历史长河相比人的一生十分短暂，在这短暂的人生中有方向性的大问题也有细节性的小问题，如何抓大放小不让自己迷失在细节中至关重要。古人说："人贵有自知之明"。它意味着一个人最可宝贵的是明白自己拥有什么，自己又能做什么，这种涉及人生定位的大事比高智慧更重要。在人的一生中要把这两方面弄明白实际上十分困难。因为你自以为拥有的可能是虚无的，你自己浑然不觉的品质，可能是一笔宝贵财富。例如许多出生于僻远地区的运动员就是在当地体育老师的指导下，才发现了自己的优势，走上了国内和国际领奖台的。同样，世界上还有更多人才的潜质都是被慧眼识英才的学校老师挖掘出来的，可以说没有老师就没有他们的成长和事业，从这个意义上来说进学校的目的之一便是让老师发现学生的潜质。至于明白自己能做什么，那就更难，找不到生活方向的人实大太多了。尤其是在当今浮躁的社会氛围里，他们之中很多人觉得自己才能卓越，什么都应该去做，什么经商、做官、办企业、编辑报刊、当文体明星，都不在话下。他们喜新厌旧，见异思迁，人生像鱼一样，忽东忽西，居无定所般地游弋。这种既没有弄清自己拥有什么，以及在此基础上应该做什么，更没有顺应时代的潮流，而仅仅凭个人主观的志向武断地代替自己本身所拥有的潜质、潜能，导致一生扬短避长、屡战屡败，是所有缺乏自知之明者的症结所在。

人生在世细节颇多，尤其是在具有集体主义文化传统的中国更是"人言可畏"。如果你在意的话，领导的批评、同事间的磨擦、家庭的不一致、邻里的评头品足都会引起你的烦恼。有一位蓄有长须铺垂及腹的著名老画家，活了半个多世纪也没有因为长须带来烦恼，就由于有一天，一位好生奇怪的人突然问他，老先生你晚上睡觉时胡子是放在被子里面，还是放在被子外面？由于他平时对胡须安放一事从不在意，以至于他一时语塞，只好承诺说，待我晚上睡觉时弄清楚了再告诉你。及至当晚就

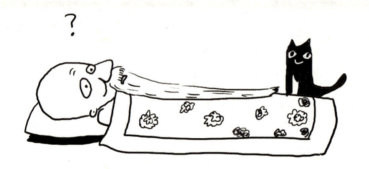

寝他对平常熟视无睹的胡子问题引起了极大的关注，起先将胡子放在被子上好像不舒服，后来放在被子里面也不自然，折腾了整整一个晚上连觉都没有睡好，反反复复还是解决不了胡子的安放问题。结果到第二天精神萎靡不振，什么画都画不成了。这种人为地在自己的思想上加压引起的心累，使老画家明白了人生对一些不涉及原则性问题的细节问题要顺其自然，切不可太在意，倘过分在意了便会使自己迷失在不必要的细节中，以至失去了大方向。

18. 学会简单

XUEHUI JIANDAN

人在世界上200多万种动物群体中，是最聪明也是最复杂的。仓颉

在创造汉字的时候却反其道而行之，把"人"字造得最简单，一撇一捺，仅仅只有两个笔画而已，形象地指引人们把复杂人生简单化。但作为有思想、有欲望的人，并不是每一个人都能自觉理解和遵循仓颉先生所提倡的简单行事原则，把自己的工作干得条分缕析，家务料理得干脆利索，人际关系处理得正常和谐，功名利禄都当作身外之物，随遇而安，等闲视之，而是相反地把自己的人生搞得很复杂。

　　君不见，有人每天都想得好处，出风头，时时刻刻风风火火，既应付工作，又周旋交际；既忙家务，又广交朋友；不但要随时奉承领导，求得青睐，还要落到实处，谋求个人名利；甚至为了一己之升迁，不惜寻觅他人之问题，挖空心思举报揭发，以至于身心皆疲，惶惶不可终日。

　　更有奉金钱为神者，不惜将自己变成钱的一部分，常常把人生渺小的衣食住行需求不断加温孵化成巨大的欲望。美味佳肴，声色犬马，豪宅名车，新潮时装，古董文物，无所不欲，甚至价值连城的艺术珍品都成了他不可或缺的需要，难填的欲壑简直想吞下整个世界。弱水三千，通常仅饮一瓢足矣的简单人生，因此变得无比复杂了。

　　犹如世界上能把复杂问题简单化者为大师，把简单问题复杂化者为专家那样，一个人能把复杂人生简单化和简单人生复杂化都不失为本事。但鉴于人的能力和精力都有限，执意要获得人间的一切好处，占尽人间的一切乐趣，势必要耗费自身的极大体力和精力，有时为了得到某种好处不得不违心地伪装自己，低三下四地做一些令人不愉快的事；甚至为了在竞争中胜出，还要处心积虑地冒着缺德风险去算计别人，做人行事时时刻刻都似枷锁在身，对仅仅是一

简单为美！

个过程的人生而言，活得既苦又累，又有什么实质意义呢？因此，在生活节奏加快、人心浮躁的当今社会，我们要提倡简单生活，让自己不但活得光明磊落，轻松自如，还有必要把减轻心理压力、提高人生效率作为一种生活艺术来提倡！

19. 最后的礼物

ZUIHOU DE LIWU

在一次聚餐会上，一位报社总编辑讲了一个发人深省的故事。他说，一位著名的工程公司总经理行将退休，在他向董事长告辞的时候，董事长说：您一生主持的工程几乎都是优质工程，在您卸任以前，我想最后一次劳驾您负责建造一座小型民宅。

志得意满的总经理心里想，造一座小型民宅与那些大型工程相比，几乎是小菜一碟，根本不在话下，便很快答应下来。由于他的自满和工作上的马虎，这座民宅建得很不理想。在竣工仪式上董事长郑重宣布，这座民宅是董事会送给总经理的退休礼物，以酬谢他一生为公司的发展所付出的辛勤劳动。

为之一惊的总经理此时环视民宅，这才发现整个建筑几乎没有一处称得上精美，是他一生从来没有出现过的败笔。这时，他才猛然醒悟，健

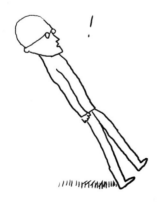

步走上前台对着麦克风说："董事会送给我的礼物不仅仅是我自己建造的住宅，更珍贵的礼物是人生的教训，即一个人任何时候都不能失去精益求精的工作激情。我一生通过自己刻苦钻研和一丝不苟的勤奋工作取得了一定成绩，得到了大家的认可，但在退休前夕的人生最后关头我却自满起来，放松了对自己的要求，没有了新的奋斗目标，失去了前进的动力，而且眼中也没有了周围的人，总认为自己能力最强、水平最高，结果在小阴沟里翻了船，付出了沉重的代价。从我的身上大家可以发现成功始终属于那些永不自满，而且坚持不懈地努力的人。永不满足是人生最珍贵的礼物。它属于我，属于你，属于世界上所有不自满的人。让我们一起牢牢地把这份珍贵的礼物收藏在心中，持之以恒地把我们的工作做成作品。"

20. 智慧比聪明更重要

ZHIHUI BI CONGMING GENGZHONGYAO

记得多年前，听不少出过国甚至在国外生活过多年的人说，中国人比外国人聪明。比如：外国人即使深夜在空无人车的马路上开车，只要前方红灯亮就会立即停车不前，等候绿灯亮起再开动；即使一张普通桌子，不但看得见的桌面用油漆漆得锃亮，而且把桌板反面也用油漆漆过，甚至连桌脚着地的那一面也用油漆漆得极其亮堂。起先，大家会认为外国人不如中国人聪明言之成理，并且由此产生了不少民族自豪感。后来，随着改革开放，国

际交往日益频繁，尤其是自己也有机会出国了，才知道这种自豪感只是一种误解。特别是到了德国，知道德国人的脑袋是"方"的：老太太不仅把自己的短裤洗得干干净净，而且还要将它用电熨斗熨烫得十分平整，这才知道德国人之所以科学技术领先世界，产品的精密可靠举世无双的根本原因是在于德国人的这种"不聪明"。看上去似乎很蠢，实际上是一种智慧。

聪明与智慧不同。聪明意味着一种技巧，一种手段，一种心机。例如，在汉朝末年的赤壁之战中，聪明的诸葛亮让老将黄盖略施苦肉计，取得曹操信任，以计谋诱使不习水性的北军用铁索将船只连结在一起，再草船借箭，利用刮东风的季节，火烧赤壁，以少胜多，打败了实力强大的曹操，为鼎定三国打下了基础。这一依靠聪明取得的胜利充其量也只不过是一种谋略。而智慧则是一种研究，一种思考，一种创造。例如，孔子给了中国人道德文章，老子给了我们辩证法，它们和佛教文化一起组成了中国传统文化，不仅使中国人明白了做人的道理，也使一代又一代的中国人懂得了如何处事，成就了一种认识世界、改造世界的心智和能力。可见，智慧是解决人整体素质提高之道，而聪明只是解决具体问题的一种谋略。

而且就聪明本身来说，也有"聪明反被聪明误"的问题。所谓聪明人常常会做蠢事。聪明人总以为自己比别人知道得多，这离无所不知也就只一步之遥了。倾听建议对于成功来说至关重要，但是，一些聪明人却没有耐心听取比他智商低的人的意见。因为，智力超群本来就是一种容易孤立的因素。那些聪颖的过人者往往自命不凡，极易固执己见，排斥合理化建议以至于最终走向反面。在某一领域显露出才华的人，并不意味着他无所不能，更不能确保他事事成功。这就是说，自负傲人、孤立偏狭、自认为无所不能，是"聪明反被聪明误"根本原因所在。

由此可见，智慧不但比聪明更重要，而且智慧是永远颠扑不破的真理，聪明不但只能在某一场合发挥作用，还会出现"聪明反被聪明误"的问题。

第四章 颖悟历史

1. 从历史中开悟

我是一个历史爱好者，从小就喜欢看历史书，也喜欢独立思考和与人探讨历史问题。有人曾问我，你既然读过那么多的历史书，能告诉我什么叫历史？我说历史就是人类社会在空间和时间上的发展。简言之，昨天在甲地发生的事是今天的历史，而今天在乙地发生的事又是明天的历史，如此永续不息，这就是历史犹如长河的特点。

历史不仅能启迪人的智慧，还能教人以深邃的目光看待过去、现在和将来，而不被周围方寸之地所局限，不被眼前的浮云所蒙蔽。因为人类只有深刻地认识过去，才能理解现在所发生的一切，通过不断地反思才能选择正确的前进方向。如果从历史学家对历史不断做出新的解释，为当代人提供借鉴的角度来看，"一切历史不啻是当代史"。可见历史与现实生活休戚与共，息息相关，须臾不可脱离。尤其在人心浮躁，急功近利的今天，回顾历史，在历史中悟出一些道理显得特别重要。因为不善于用纯逻辑进行分析和实验来推导知识的中国人，其思维擅长于领悟，即：外在的化约和譬喻（暗示、象征）；内在的体验和类推。这就是中国人常将×××总经理化约而称为×总、×头，把领袖譬喻为舵手、太阳，推动社会进步常用典型、榜样，开会学习更离不开谈体会和上行下效如法炮制进行类推的根本原因。佛教中国化的禅宗、儒教的程朱理学在唐宋年间能先后在中国这块土地上形成，并千百年来薪火相传，乃至一度深入人心，都离不开中国人这个善悟的慧根。

因此，中国人学习历史与注重逻辑推理的西方人不同之处，要从"悟"字上下功夫。比如中国历史上教育一直以学习如何做人为"第一要务"，在现时市场经济背景下，却变成了讲究实用，敲开金钱、权力大门的工具，因此假文凭、假学历、真文凭假学历一类"丑闻"便应运而生泛滥成灾，造假"一条龙"作业蔚为产业，致使让人捉刀代笔，一问三不知，却头戴"硕士"、"博士"桂冠的人物，层出不穷，遍及神州，其人数远比宋代市井在酒楼、茶坊里从业的酒博士、茶博士还要多。之所以出现这种不择手段的不端行为，探究其原因无不与当今社会完全抛弃中国2000多年来传统"重义轻利"的儒家思想，而又没有走上既以利益为诱导又完全制度化、规范化的市场经济之路的历史断裂有关。

在发生公共危机时，公众拥有知情权在世界上多数国家是一个不成问题的问题，而在中国却是一个数千年来难以解决的大问题。因为视百姓为"不谙世事之子民"的中国历代统治者为了巩固政权一向奉行"民可使由之，不可使知之"的愚民政策，因此为求大事化小，隐瞒虚报，报喜不报忧，自欺欺人的官场文化便成了地道国粹。

诚如人们所知，中国人向以泱泱大国礼仪之邦自居，打躬作揖、尊老敬贤在早年进入中国的西方人士心目中留下了极其深刻的印象，有些西方学者甚至将其写入自己的著作。可是近年来中国人却开始以不文明著称于世。凡出过国的人都知道以前很多国外旅游点都没有中文提示牌，现在从东南亚到欧洲，从欧洲到美洲都有了"请不要随地吐痰"、"请不要乱扔果壳"一类专门面向中国人竖立的中文提示牌，可见，中国人乱丢纸屑、随地吐痰，大声喧哗、不排队爱插队等不文明行为已经越出国境，走向世界。当今国内无所畏惧的饕餮狂餐之徒，天上飞禽地上走兽无所不食，醉生梦死成了他们的"幸福生活"；至于道路上那些呼啸而过的轿车窗口不时飞出浓痰、抛出果皮纸屑更是司空见惯，公共卫生，礼貌道德，人格气节在走向市场经济的今天似乎都成了保守封闭的代名词，被人弃之如敝屣。

　　古人说，"善有善报，恶有恶报，不是不报，时候未到"，忍无可忍的自然界终于奋起抗争，微生物家族中的"SARS"病毒对国人这种不文明的行为发起了攻击性的报复。由于一向金钱挂帅，长期重视有经济效益的医疗轻视只有社会效益的防疫，公共医疗部门普遍对突发传染性疾病无所准备猝不及防，再加上公众卫生陋习由来已久和内外有别、隐瞒虚报的传统官场文化使这场传染性极强的疾病愈演愈烈，从2002年11月起迅速越出市界、省界、国界，走向世界，以致华人成了不卫生和"SARS"病源的代名词，在加拿大一些学校黑板上出现了公开污蔑华人的文字，令华裔学生蒙羞于海外。

　　幸好在这场"SARS"病毒肆虐的公共危机中，中央果断采取措施，调整公共危机对策，避免了整个社会付出更为惨重的代价，并第一次在中国确立了"以人为本"的原则，使处于公共危机中的百姓有了知情权。这在数千年"以道为本"的中国历史上是一件破天荒的大事，真可谓具有石破天惊的历史意义。

　　今天，由于全国上下的共同努力和国际卫生组织及诸多友好国家的支持，"SARS"疾病在中国终于得到了真正有效的控制，回顾一个多月来的战斗历程人们记忆犹深，致人死命的小小"SARS"病毒"以小搏大"，惊醒了多少醉生梦死生活方式腐朽、置仁义道德于不顾的追名逐利者；唤醒了国人内心深处无私奉献、团结奋斗、共渡难关的精神；密切医患关系，树立了医务工作者救死扶伤的崇高形象；革除了多少年都革除不了的乱抛垃圾、厕所脏乱臭、随地吐痰、当众挖鼻孔擤鼻涕、咳嗽打喷嚏不掩口鼻、随处便溺、当众放屁、懒洗手、少洗澡、乱食野生动物、群食共餐等种种"陋习"；医治了多少红头文件都治不了的大吃大喝、公款旅游、文山会海、欺上瞒下、卖淫嫖娼；回归了多少年难以回归的家庭亲情和爬山涉水锻炼身体的自然亲情；尤其此次 SARS 事件在世人面前所暴露出来的一向自称优越的体制弊端并对其有了实质性的触动。同时，在全球化步伐日益加快的开放时代，一个国家既不可能游离于国际社会之外，也不能把法治建立在抽象的公共利益和个人权利之上已逐步成为国人的共识，更是中国之大幸。可见，历史是人类进步的老师，面对"SARS"病毒的袭击，国人生活方式不得不有所反省，有所改变的今天，我们倘重温老子 2000 多年前"祸兮福所倚，福兮祸所伏"的教导会感到多么亲切，其所放射出辩证的智慧光芒又是何等灿烂！看来此时此刻最值得人们庆贺的是因为以史为鉴我们才有了今日划时代的新开悟。

2. 五世而斩

WUSHI ERZHAN

我利用假日的闲暇，二访古老的水乡乌镇。承蒙向宏先生的推荐，我参观了古建筑构件艺术馆。展馆设在古宅内，馆内藏有向宏先生从全国各地精心搜集而来的各种古建木质构件，包括牛腿、梁垫、捎梁等等，琳琅满目。这些构件雕刻精美，有人物，有花鸟，神态各异，栩栩如生。尤其是一根长约 4 米、宽约 40 厘米的樟木捎梁，雕刻着描绘唐代中兴名臣、汾阳王郭子仪做寿场面的人物最为传神。图中的中堂大厅，上首站着郭子仪夫妇，他们正在接受七子八婿和受皇帝委派前来祝寿的三个大臣的

祝贺，其济济一堂、热闹非凡的欢庆场景既说明了郭家沐浴着浩荡的皇恩，而无女儿和儿媳参加的场面又充分说明了重男轻女在唐代即已有之。一个郭子仪拥有 15 个子女更体现了中国古代多子多福的生育观。至于左右两侧屋宇内若干丫鬟、随从侍立，随时准备听从召唤的造型，则充分反映了中国尊卑有别的传统文化。

郭子仪是在唐王朝生死存亡的危难之时率部打垮安禄山、史思明叛军，使唐朝中兴的名将。他不仅被封为汾阳王，在退休时皇帝还赏赐了大量钱财供他兴建王府。王府开工后，他老是怕建筑不牢固，三天两头拄着拐杖到工地上监工，不止一次地吩咐指挥砌墙基的包工头（相当于今日之建筑公司总经理）说，墙基要砌得牢固才能永固千秋。一而再，再而三，这位听得不耐烦的工头对郭子仪说：请王爷放心，我家祖孙三代在京城承建各种府第建设，只见府第换主人，从来没有发生过承建房屋倒塌事件。聪颖过人的郭子仪稍加思索，立即领悟工头这番意味深远、充满哲理的话，扬长而去，再也不来监工了，而是去着力教育自己的子弟，构筑子孙素质的牢固墙基去了。但是在中国，毕竟"富不过三代"，"君子之泽五世而斩"。尽管在他的谆谆教导下，子女都很有出息——孙女曾是唐宪宗的妃子，而且亲历宪宗、穆宗、敬宗、文宗、武宗五朝，但最终还是在宣宗时，这个孙女因郁郁不得志而死。郭家从此一蹶不振，其后代子孙皆淹没在茫茫的人海之中，郭家名不见经传长达 200 余年之久。

直至北宋庆历四年（1044年），宋王朝为了建立广泛的统一战线，寻找历史名人之后当官参政，以树立包容海内的正统王朝形象，结果花了九牛二虎之力才找到一个已沦为普通平民的郭子仪后裔郭元亨，将其任命为永兴军（治今陕西西安）助教（相当于今地方教委副主任）。曾任中书令（其地位高于宰相）达24年之久，并被唐德宗尊为"尚父"，与周代姜太公齐名的大将郭子仪，大概无论如何也不会想到，只有200多年时间，自己的后代竟需要用一个小小的助教职务来荣耀门庭。所以说，在中国历史上"富不过三代"、"君子之泽五世而斩"是千真万确的真理。

当我们面对这根被向宏先生用了仅仅3000元的代价从临安购得的樟木掮梁，以及当年乌镇古老的街道上众多富商大贾建造的深宅大院早年不断破败，而今日几乎全数更换主人才得以修缮的客观事实，你能说，谁又能逃脱得了这一规律呢？

郭子仪

3. 德昭千古

DEZHAO QIANGU

杭州太子湾公园边上有个名人墓，墓穴的主人是抗清英雄张苍水，他是宁波人，在明末抗清战争中被清政府俘获斩首。但这个墓却是清朝政府给他建造的。为什么要给曾经拿起武器反对他的敌人建墓？清政府是想通过建墓树立榜样，让人们学习张苍水精神，像他无限忠诚于明朝皇帝那样效忠清王朝。

不仅中国古代如此，就是现代也一样。像张学良这样有德行的人，也许一二百年以后，我们这些人都不在世了，人们还会怀念张学良。因为

张苍水祠

直到现在，国共两党包括所有不同见解、不同信仰的人，对张学良都十分崇敬，崇敬他的德行。《三国演义》卷首有这么一段话：

"滚滚长江东逝水，浪花淘尽英雄。是非成败转头空。青山依旧在，几度夕阳红。

白发渔樵江渚上，惯看秋月春风。一壶浊酒喜相逢。古今多少事，都付笑谈中"！

任何恩怨和是非成败都会成为过去，但一个有德行的人却有可能与青山同在，被人们所怀念。关羽忠义之声名远播流长就是一个例子。历

史证明，一个没有德行的人官当得再大，也会被历史所抛弃、为人们所不齿。例如封建社会早期改革家商鞅殚精竭虑、忘我改革，却为什么被五马分尸呢？这与商鞅失去诚信的德行有关。

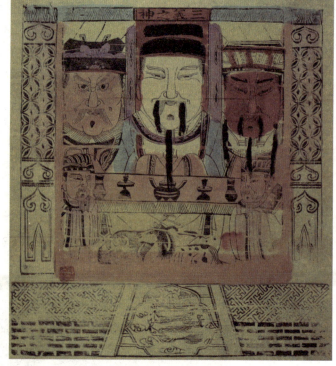

关公

商鞅原是魏国相府的工作人员，认识魏国的公子卬。公元前342年在商鞅当秦国国相的时候，为争夺河西地区，商鞅趁齐、赵两国进攻魏国的机会，也领兵进攻魏国。魏国公子卬被迫带兵与秦军对峙，商鞅为了取得战争的胜利，不惜运用欺诈手段请公子卬来秦国军营喝酒言和。公子卬认为三面临敌，如能解秦国一面之围也不失为一良策，再加他本人与商鞅是年轻时的朋友，轻信商鞅不会诱使他上当受骗，结果酒喝到一半，商鞅就命令秦军把公子卬抓起来，然后命令秦军向魏军发起全面的攻击。魏军因统帅在秦营喝酒，没有防备，结果兵败如山倒，秦军在这次战役中所向披靡，大获全胜。

商鞅原来叫卫鞅、公孙鞅，就是由于这次战斗的胜利，秦王

商鞅车裂

把"商"这个地方封给了他，他才有了商君的称呼。后来秦国的老国君死了，新国君上台，人家就告商鞅谋反。他跑到秦、魏两国边境要求进入魏国政治避难，魏国记着他当年卑鄙的德行不准他入境，关吏威胁他如擅自入境就杀了他。当时秦国在商鞅的主持下曾作过规定，住旅馆必须提供能证明个人身份的证件，商鞅由于不具备合法的身份证明，只好狼狈地逃往自己的封地"商"率众造反，结果被抓住而惨遭车裂之刑。商鞅死后秦国并没有取消改革的法令，可见，人家反对的不是他的改革政策，而是反对他的骗人德行。

所以一个人可以制定法令用来认定反对他的人是奸人，改日下台时人们可以"以其人之道还治其人之身"，将他确定为奸人。

中国封建社会中期的改革家王安石尽管在改革中得罪不少人，但由于他本人德行良好，个人生活一贯俭朴，穷困得堂堂宰相连替换衣服都不够，身上长满虱子，有时上朝时还在捉虱子。这既说明他有不讲卫生的一面，也说明了他本人的生活比较艰苦的一面。所以他改革失败后也没有受到严厉的惩罚，还能在江宁（今江苏南京）郊区安度晚年。至今南京还有王安石的故居。而封建社会晚期的改革家张居正就由于家人有贪贿的问题死后被抄家，其遭遇就十分惨了。可见自古是非成败转头空，只有德行才能留下来。

王安石

为什么说是非成败转头空呢？

因为历史能稀释怨仇。怨仇原来很浓，但历史却能像大海，将怨仇之水逐步稀释。共产党和国民党从1927年开始打了几十年的仗，但今天却能在一个中国的问题上达成共识，一致反对台独，不正是说明世界上万事万物都在不断发生变化吗？但有一条，就是人的道德品质不能变。人一定要有良好的德行。尽管我们这些人不是什么了不起的大人物，但在将来某一天，当有人要评论时说："此人还是有德行之人"，我想我们就应该心满意足了。有德才能永久，你光有职位，光有职权，是没有用的。只有德行才能经得起历史的考验，有德才能流芳千古。

4. 得益诚信
DEYI CHENGXIN

　　明清时期的徽商之所以能够脱颖而出，成为独执商界之牛耳、富甲一方的地域性商帮，除了他们敢于离乡背井、大胆搏击商海，前仆后继、百折不挠的精神之外，还与他们诚信、守法经营、注重内在素质提高直接相关。自古以来，制售假冒伪劣商品，以假充真，以次充好，是投机奸商获取非法暴利的惯用伎俩。尽管徽商中也有此类无耻渔利之徒，但就其总体而言，绝大部分的徽商还是非常重视商品质量，并在商业营销活动中自觉抵制和拒售假冒伪劣商品的，不少人甚至为此承受巨额亏损也在所不惜。例如，清代徽商吴鹏翔在一宗胡椒贸易业务中，购进了800斛胡椒。在得知这批胡椒有毒，原卖主请求中止合同原价退货的情况下，为防卖主将之"他售而害人"，他宁愿自己承担巨额损失而拒绝退货，"卒与以直（值）而焚之"，断然将800斛胡椒全部销毁，从而避免了一起可能导致大范围中毒事件的发生。

　　清代徽州茶商朱文炽因贩运茶叶至广州逾期，新茶已成陈茶。照理他可以私下以新茶名义售出，但为了遵守商业规范，显示良好的商业信誉，他在交易文契中"必书'陈茶'二字，以示不欺"。虽然当地"牙侩（中介经纪人）力劝更换"，他也不为所动，"坚执不移"。为此，朱文炽

徽商胡雪岩

付出了沉重的代价，"屯滞二十余载，亏损数万金，卒无怨悔"。以吴鹏翔、朱文炽等为代表的明清时期的徽商在商业贸易活动中，注重声誉，讲求商品质量，守法经营，绝不以次充好和拒售假冒伪劣商品的行为，使其在激烈的市场竞争中，赢得了广泛的赞誉，树立了良好的形象，最终达到了"吃小亏、占大便宜"的商业目的。

利用价格欺诈历来是投机奸商获取暴利的重要手段，但明清时期徽商则与此相反。他们"贸易无二价，不求盈余，取给朝夕而已。诚信笃实，孚于远迩"。清代黟县大商人舒遵刚对以欺诈手段获取非法利润的行为不屑一顾，他认为："圣人言：生财之道，以义为利，不以利为义。……钱，泉也，如流泉然，有源斯有流。今之以狡诈求生财者，自塞其源也。"舒遵刚把狡诈生财提到自塞其源、自绝其流的高度，充分反映了明清时期徽商反对价格欺诈、崇尚和依靠信誉、质量获利的长远立足点。清代歙县商人吴南坡正是凭借"人宁贸诈，吾宁贸信，终不以五尺童子而饰价为欺"的商业准则，在广大客户中建立了良好的商业信誉，赢得了人们的信任，市场上"四方争趋坡公，每入市，视封识为坡公氏字，辄持去，不视精恶长短"，最终获得了丰厚的利润回报。

5. 用人之道

YONGREN ZHIDAO

"亭"本为秦汉时期介于乡里之间的治安管理机构，110户为一里，10里为一亭，100里为一乡，亭长相当于公安派出所的所长。汉代的开国皇帝刘邦在起义前就是江苏沛县的泗水亭长。

三国时代的街亭之名则来自街泉亭。街泉是汉代的一个县，位于今张家川回族自治县境内，街亭则是甘肃天水街泉县境内的一个亭，也是陇山的一个山口，在小说《三国演义》一书中简称为"街亭"。据说在1700多年前的228年，诸葛亮亲率大军欲攻取位于今甘肃礼县东部的祁山，但由于前锋马谡在街亭打了败仗，使诸葛亮功亏一篑，只好退兵汉中，这就是《三国演义》中挥泪斩马谡的一段故事缘由。

当年的街亭是魏蜀相争的战略要地，谁先占领街亭，谁就掌握主动权。为了阻挡直奔街亭而来的魏军大将张郃及其5万兵马，一向处事谨慎的诸葛亮听信了奉承和吹嘘，一反常态，派遣了言过其实的马谡来防守街亭，结果铸成大错。好说大话、好话而又无实际作战经验的马谡无视诸葛亮的部署，墨守"居高临下，势如破竹"、"置之死地而后生"的兵法教条，扎营布防

汉高祖刘邦

于长 1000 米，高 500 米的山头。结果被老谋深算的张郃切断水源团团围困，不战自乱，兵败而逃，从战略上完全打乱了诸葛亮"出其不意，攻其不备"的伐魏计划。

可见，自古以来凡任用说大话的人办事，到头来会自食其果，在真刀实枪面前更有生命之虞。诸葛亮不仅为"失街亭"承担责任，自贬三级，而马谡也为自己的吹牛付出了血的代价，丢掉了宝贵的生命。但是千百年来这种文化还是生生不息，因为"天下十八省，马屁不穿棚"，在只对上负责的体制下，急功近利，希望别人吹捧、想听好话的人实在太多了。要改变这种状况的唯一办法就是变权力源的天河注水（天水市地名来自天河注水的传说）为平地喷泉，把官员自上而下的选拔改为自下而上的选举，让最广大的人民群众成为权力的源泉。这不仅是现代国家长治久安的生命力所在，也是避免一贯正确的诸葛亮先生竟也犯错误的唯一途径。

6. 瓦当庇椽

WADANG BICHUAN

中国父母望子成龙的迫切心态表现在方方面面，而初始的表现往往反映在孩子的取名上。志存高远的父母喜欢将刚出生的孩子取名为国栋、国梁、国桁、国柱，以寄托他们多年来蓄积在心中的殷切期望。然而，客观上大多数孩子长大后成不了栋、梁、桁、柱。

在中国古代石、砖、木混合使用，以木料为主体的传统建筑中，一座房子的栋、梁、桁、柱需要量太少了，而大量需要的是椽子、瓦片和砖头。推而广之，在国家政权架构中数以亿计的人口能有几人能成为国家的栋、梁、桁、柱，大量的不也就是椽子、瓦片、砖头罢了？而椽子，由于它能承载若干砖瓦以护栋、梁、桁、柱，荫庇居民不受风吹、雨打、日晒，而受到人们异乎寻常的重视。但作为橼子有其难言的苦衷，长年累月出头在外，看似风光无比，实是成天被风吹雨打，极难苟全，到头来必然由于腐朽而被淘汰撤换。所幸的是，橼子一向是有瓦当作为庇护的。

2000 年秋日，我有机会参观浙江嘉善县古镇西塘，邂逅设在古宅深院中的瓦当展馆。瓦当乃中国古代建筑物檐部橼头之筒瓦尾端的遮挡，其形状一般为半圆形或圆形。由于中国古代"当"即"挡"，以当代挡，故现代应写作"瓦挡"，在古代则一律书写为"瓦当"。从西周时期算起，

瓦当

瓦当在中国的使用已有近 3000 年历史。使用瓦当既可保护屋顶檐部橼头避免风雨侵蚀，以延长建筑物的寿命，同时制作精良、图案优美的瓦当还具有装饰性。

在中国历史上，战国秦汉时期瓦当艺术题材最广泛，纹饰也丰富多彩；隋唐时期瓦当的装饰由于受印度佛教文化的影响，不仅纹样单调凝滞，并且带有浓厚的佛教色彩。瓦当面上的纹样是绘画与雕刻艺术的综合，是当时无名艺术家以生活中的"艺术原料"创造出来的，直接或间接地反映了当时的思想意识和审美观念。瓦当艺术反映了时代的特征，是时代的产物。

在展馆里，当我面对琳琅满目的各类瓦当展品，默诵着汉代大文学家班固《西都赋》中"裁金碧以饰"的名句时，仿佛看到了它们以陶土

烧制的躯体为椽子挡风雨、添姿色，既起到了保护出头椽子的无私奉献作用，又作为艺术品为屋檐增光添彩。

7. 才华与际遇

CAIHUA YU JIYU

江南三大名楼之一的滕王阁建于唐高宗永徽四年（公元653年），系唐高祖李渊的22子、唐太宗李世民之弟、滕王李元婴都督洪州（即南昌）时所建的饮宴歌舞厅，阁以其封号命名，故有"滕王阁"之称。当时的滕王阁高30米，共3层，东西长28.7米，南北宽15米；还有两亭，南为"压江"，北为"挹翠"，是中国历史上建设最早、规模最大的省会酒吧歌舞厅。其闻名于世倒并非是酒吧和歌舞，而是才子王勃的一篇千古名文。

唐高宗咸亨二年即公元671年的重阳节前夕，洪州都督阎伯屿为了使女婿吴子章名扬天下，发布笔会布告，宣称农历九月初九重阳登高之日在滕王阁举行现场命题笔会。为了确保吴子章临场获胜，他不惜事先把笔

王勃

会的命题《滕王阁序》泄露给女婿，让他事先做好充分准备，以便临场默写，一举夺魁。说来凑巧，也正好在重阳节那天上午南下探望父亲的诗人王勃路过此处，当时他忙于赶路，饥饿难忍，见布告上说参加笔会者除文章被选中有物质奖励外，还可免费就餐。一举两得的待遇，使他大为振奋。于是他当即报名，席间宣布命题后他便挥毫疾书，写下了《滕王阁序》，其文辞气势力挫群芳，被公认为第一。

可见，人要出名首先要依靠自身所拥有的才华，想通过作弊夺魁不但是痴心妄想，弄不好还适得其反，贻笑大方。当然才子要出名也要有机会，阎都督的笔会的确给王勃提供了一个施展才华的舞台。没有阎都督也许就不会有王勃的《滕王阁序》，没有使王勃名扬九州的千古名篇了。

王勃的《滕王阁序》，是历代骈体文中最优秀的名篇。它既描绘了洪州形胜，也表达了作者怀才不遇的感慨，以及希望有所作为的心情。全文结构严谨，对仗工整，用典极其自然贴切；词藻华丽精致，神采飞扬，顾盼生辉；视角宽广，意境深远宏大。把一般思想上升到哲学的高度，把对自然景观和人

岳阳楼

范仲淹

文景观的审美上升到对人自身的写照。它在滕王阁及周围自然形胜的博大文化空间里，寄托了人类最深远最宽广的理想与追求。后人引用频率极高的"物华天宝"、"人杰地灵"等古语均出自这篇文章。其中"落霞与孤鹜齐飞，秋水共长天一色"已成为千古名句，这是诗人登上滕王阁，面对眼前无比瑰丽的景色所发出的由衷之叹。

同样，从来没有登临湖南岳阳楼的范仲淹，也由于任岳阳太守的朋友滕子京给他提供了撰写《岳阳楼记》的机会，方使他久积于胸的才华得以发挥，在遥远的河南邓州衙门写出了"先天下之忧而忧，后天下之乐而乐"的千古名句，使一座并不出名的岳阳楼成了中国江南三大名楼之一。

8. 要有机会

YAOYOU JIHUI

在习惯以榜样文化引导全社会的中国，即使你有最好的思想、最优异的表现，也要有机会被大人物发现和提携才能名扬四海，流芳后世。孔子之所以能以一介教书先生崛起为圣人，除了其自身的成就，一靠鲁哀公，二靠汉高祖，三靠魏文帝曹丕及历代帝王的不断拔高。孔子死后的第二年，重视发展文化教育事业的鲁哀公发现了这位热爱教育事业的好老师，将其树为典型，下令把他的住宅改为庙宇，并增盖房屋3间，保存孔子生前的琴、书和衣冠，每年祭祀。也就是由于有鲁哀公的发现，才建起了中国历史上最早的小型纪念馆。但鲁国是一个疆域很小的小国，这一初期的小孔庙影响范围也很小，仅限于今山东省西部地区的鲁国，对偌大的中国还没有产生举足轻重的作用。

对孔子在全中国范围内成名起决定性作用的则是汉高祖。代秦而起的刘邦建国后，深切地了解君王只能是马上打天下，不能在马上坐天下。坐天下还要靠知识分子，靠孔子的"君君、臣臣、父父、子子"的一套儒学理论来建立大一统的封建秩序，因此决定以孔子的典型引路。他于公元前195年亲自到曲阜用祭天的仪式，即太牢之礼祭祀孔子，并封孔子九代孙孔腾为奉祀君，并授以食邑和祭田，初为食邑800户，最多时达2000户，即将2000户的国家赋税交孔子后裔收纳，来表达他尊重知识、尊重人才的虔诚之心，以笼络更多的知识分子。三国时（220～226年）以异姓禅汉夺得天下的魏文帝曹丕为显示正统，笼络士子，下诏重修孔子旧庙。汉高祖和魏文帝先后以国家的名义开创了帝王亲祭孔子和修建孔庙之先河，使孔子这个

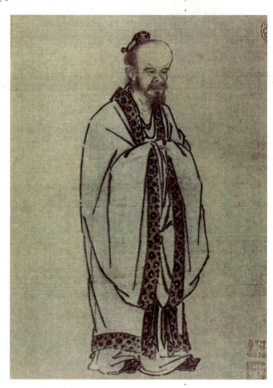

孔子

鲁国普通的模范教师和民办学校校长一举成了全国人民学习的光辉榜样。其封号从鲁哀公时的"尼父"，汉平帝时的"褒成宣尼公"，北周静帝的"邹国公"，隋文帝的"先师尼父"，唐太宗的"先圣"、"宣父"、"太师"，武则天的"隆道公"，唐玄宗的"文宣王"，宋真宗的"玄圣文宣王"、"至圣文宣王"，明嘉靖帝的"至圣先师"到清顺治帝的"大成至圣文宣先师"，代代拔高，直至最后由顺治帝决定统一规范为"至圣先师"。

死后能享受如此崇高的恩荣，孔子生前没有想过，九泉之下也未必

能料到国家能以财政之力给予其后裔封赏，为其家族修建"三孔"。从公元3世纪到民国时期为止有文字记载的孔庙重修扩建也达到了70多次。唐代时孔庙扩建为30多间殿房，宋代增加到316间，后来金代和元代又增修。由于雷击毁坏，明代再次重修。到清代雍正年间再次遭受雷击烧毁。雍正帝为了表示自己对孔子的尊崇，决定亲自指授督修孔庙（相当于自任孔庙修建委员会主任），历时6年，拨户部（财政部）银15.76万两，建成了规模宏大、雄伟壮丽的新孔庙。可见，一个人能否闻达于世，除了自身要拥有才能之外，还要有机会，我们的孔老夫子便是其中之幸运儿。

孔庙

9. 扬长避短

被称为佛祖的释迦牟尼是一位伟大的思想家。敦煌的大多数佛教洞窟都有释迦牟尼和他两位弟子的彩绘雕塑,一位是传说42岁出家的苦行僧、塑像模样约60余岁的老弟子迦叶,站立在佛祖左侧;另一位是不到20岁的小弟子阿难,站立在右侧。

年轻的阿难长于记忆,对佛祖的话句句在心,无一遗漏,所以又被称为多闻天王。迦叶以苦行著称,且长于书写。由于阿难有将佛祖的话完整、准确转述的特长,迦叶有一字不漏记录、且富文采的特点,所以与孔子一样,"述而不作"的佛祖就有了弟子帮他撰写的大量佛经面世。

社会是各种专业人才的组合体。"老、中、青"三结合的办法,能扬长避短,有利于工作,早就成了佛教界的有效组织形式。同时,这种组织形式的雕塑既表明佛教能接纳不同类型、不同专业的人,具有很大的兼容性,也证明了最伟大的思想家本人不一定要有著作,因为圣人周围有专业人士帮助撰写,如孔子、耶稣、穆罕默德无不如此。而那些著作等身者却往往成不了思想家,因为白纸黑字太有局限性了。

10. 退半步海阔天空

皖南一处古宅"大夫第",其东南角的部分建筑完全打破了徽派建筑高墙深院、依靠天井采光、内外隔绝的传统模式,别出心裁地在临街转角处建了一个用于观景的飞檐角楼，楼额上高悬"桃花源里人家"六个大字，外地人来此还误以为是富贵小姐抛彩球择女婿的古楼台。

由于角楼底部的东南两侧墙面各退了一步左右，所以此楼下面还嵌有"作退一步想"的小篆题额，一语双关，耐人寻味，反映了主人社会阅历深厚，对"忍一言风平浪静，退半步海阔天空"的哲理有着极其深刻的理解。

最典型的退半步海阔天空的故事发生在清康熙年间（公元1662~1722年）的桐城六尺巷。当时的叶姓乡绅与当朝大学士（相当于丞相）张英家为宅基地界的多寡发生了争执。张英在朝中收到家中来信后，十分焦急，连夜给家人写了一首"一纸书来只为墙，让他三尺又何妨。长城万里今犹在，不见当年秦始皇"的诗作为回信。家人接信后恍然大悟，当即拆墙让界三尺，深受感动的叶家亦随之退后三尺，本来没有巷的地方变成了宽为六尺的小巷。

300多年来，小巷两侧建筑几经拆建，面目全非，但标志着高风亮节的"六尺巷"精神却被人们广为传播。一个人给后辈留下万贯家财，还不如留下永恒的精神。而且以小见大的精神毫不失其魅力，正如世上很少有人知道张英在当宰相的时候干过什么惊天动地的大事，但古往今来不少人都知道"六尺巷"的互让精神，它与"孔融让梨"的故事一样永放谦让的道德之光。

11. 厚葬之祸

HOUZANG ZHIHUO

作为帝王，不少人都想以其特殊权力和财富把自己生前的幸福延续到死后，所以薄葬很难普遍和持久推行；而人是利益的动物，完全制止发丘盗墓在客观上也不可能实现。就拿清代诸陵来说，尽管在清政府存续的 268 年间，在陵区设有皇帝近支宗室或王公大臣担任的守陵大臣并兼驻地军队总兵，较好地起到了保护皇帝陵寝的作用，但在改朝换代以后的民国时期就无能为力了。

1928 年，军阀孙殿英垂涎清代帝后陵的大量珍宝，以军事演习为名，赶走守陵人员，切断交通联络，于深夜用炸药炸开慈禧太后陵和乾隆皇帝裕陵的地宫，将陵内随葬的珍宝大部劫去，然后军队立刻开拔，逃之夭夭。其后当地盗墓贼又乘机蜂拥进入地宫寻抢遗漏下来的珍宝，致使两陵被洗劫一空，损失惨重。尤其是乾隆地宫进深 54 米，总面积 300 多平方米，其随葬品不仅数量可观，而且十分珍贵。清东陵盗墓案发生后，新闻媒体迅速披露，轰动中外。居住天津的末代逊帝溥仪亦多次致电蒋介石、阎锡山，要求严惩首犯孙殿英。而孙殿英为逃避惩罚，早已将珍宝分别贿送当局要员，摆平了各方关系，从而得以从轻发落，逍遥法外。

1938 年，陵区附近的一些不法之徒又密谋策划盗挖了清西陵光绪皇帝及其宠妃珍妃的陵墓地宫，并窃走了东西两陵中地面建筑内原有的大量御用金银器皿。驻防河北滦州的北洋军阀唐文道所部甚至将东陵近千棵 200 多年的古柏尽行盗伐，以牟其利。其实，不仅在民国出现军阀拥兵盗墓，早在三国时期，曹操就为了增加财政收入公开成立盗墓的"发丘"部队，其司令官称为"发丘中郎将"。

世上无永恒不变之事物，在人类的历史长河中，任何人想长生不老图谋永久地占据权力高位、永久地享受荣华富贵都是不可能的，哪怕在"盖棺论定"的死后亦只能得逞于一时，不可能垂之永久。乾隆、慈禧、光绪陵墓被盗就是活生生的教训，至于一生的是非功过更非一块碑文就能左右人心，定鼎历史。对人生有更深刻领悟的现代人，身后将骨灰撒于江河大地，埋于绿树丛中，让矗立于天地之间的无形

武则天

之碑来展示人生过程，评价人生功过，也许比武则天当年有形的无字碑更彻底、更有意义！

12. 小人物做大事

XIAORENWU ZUO DASHI

早在尧舜禹时代，当官除了尽义务为社会服务以外，本人生计皆要依靠自身参加生产劳动来解决，因此，天底下不但没有人愿意出钱买官，即使被人看中欲让其任官者，亦往往推辞再三而不愿就任，这不失为看待尧舜禹"禅让"美谈的一种另类却颇合理的眼光。

后来，当官有了不必参加生产劳动，并且能享受到荣华富贵、金钱美女的好处，人们对当官便渐渐趋之若鹜。但由于当时官场文牍往来繁杂，且必须亲历亲为，如秦代始皇帝嬴政每天亲自处理的公文就超过120斤，文化不高者一时难以胜任，仍视之如畏途。

到了清代雍正年间，朝廷给官员发放巨额的养廉银，全面推行职务消费货币化。衙门有条件普遍配备师爷以后，当官不再是文人的专利，从政成了一种名利双收的享受，于是那些有钱而无文化者便蜂拥而来，买官卖官愈演愈烈且登上了历史的巅峰。例如在太平天国起义以后的晚清州县，朝廷命官中七个便有三个官是买来做的。

从那时候开始，官场便出现了大人物做小事、小人物做大事的怪现象。衙门中的一切事务和文书皆由小人物师爷安排和草拟，作为大人物的州县长官，只需按师爷设计的程序办理即可，上下行文只要在师爷写就的文书上画个押便算完成了公务，升堂判案则有师爷在长官的帘幕之后悄声细语地加以点拨，州县长官用不着动脑筋只须言听计从，按师爷的嘱咐处理，便能如鱼得水，游刃有余。

到了现代社会，开会作报告、剪彩讲话、主持各种仪式成了长官们的一大任务。应运而生的秘书便开始取代旧时的师爷做起草工作，不但报告、讲话要写成文字材料，就是极其简单的主持词都要一个字、一个字地写出来。即便如此，可怜的大人物还是常常出差错。例如某日一位市领导要参加甲、乙两个不同性质的会议，并作报告，在甲的会议上误读乙会的讲话稿，弄得听众满头雾水，秘书如坐针毡，不得不闯上主席台，谎称上级有急电请领导聆听，才结束了这场滑稽戏。事后并不自责的领导反而埋怨秘书误事，送材料时不该把两个稿子一起送，今后要一个一个地分开送。甚至有些领导自己读过的报告，时间一长记不起来了，便反问提问者："我说过这样内容的话吗？"更可笑的是有人在主持会议时，连没有几个字的主持词都读错了，弄得诸多与会者目瞪口呆不知所措。当然，也有偷懒的秘书从中钻空子，他们每遇撰写领导应景的讲话材料时，便把上年同样性质的材料略加修改交差，有的甚至只改日期不改内容也能蒙混过关。

也许正是因为处于社会管理高层的长官疏于亲自动脑、动手起草报告，精心组织会议，而把千斤重担仅仅压在工作层次并不太高的秘书身上，导致各种程序越来越烦琐的会议内容日趋空洞，应赴会者的兴趣日益消减，逃会者与日俱增的，为了防止逃会，主持人不得不采用签到、刷卡、点名、立姓名牌等"自己生病，让人家吃药"的种种办法加以限制。

至于人们司空见惯的笑话则是职能部门请行政长官作报告，行政长官的稿子则由职能部门办公室的秘书起草，在慷慨激昂的一番报告结束后，作为领导的"重要讲话"成了全系统学习的"重要内容"，此时，秘书又得抓紧收集基层单位"学习情况"，起草学习领导报告的"反馈文章"，上报领导自我欣赏，完成循环的最后阶段。对如此习以为常的循环，一手操办的秘书常常为之哑然失笑。如此之世，大人物做小事，小人物做大事，不仅为买官卖官提供了强大的诱惑力，也造成了为官者的"无能""无用"。人的功能用进废退，当官不动脑便意味着自理能力的丧失，很多长官不知如何发表无讲稿的讲话、出行如何订票、如何上车、如何登机、如何用信用卡取钱，甚至不止一次地出现过这样的笑话：官员晚间停车方便时，由于车门被大风吹上，马虎的驾驶员误以为后座的官员已上车而将车开走，结果长官被丢在路上，因身边未带钱、未带证件，陷入了寸步难行的境地。由此可见，当当官变得越来越舒服越来越不需要动脑筋的时候，我们离始自秦代的"以吏为师"的要求也就越来越远了，与伟大出于"平凡"的"大人物做小事"则越来越近了。

13. 如意与不求人

RUYI YU BUQIUREN

在博物馆的诸多展品中，人们常常可见各种材质做成的如意。如意，除了人们所熟知的象征心想事成及作为装饰艺术品使用以外，很多人并不了解它还有什么其他用途。可以说，在中国见过如意者不少于千百万人，语言中使用"万事如意"者更是数以亿计，而真正研究过如意从何而来，有什么实用价值者可也不多见。

其实，早先的如意是一种背部抓痒的工具。人们在抓痒时背部往往有手够不着的部位，为了解决手不够长的问题，便有人开动脑筋发明了一种其形如耙的工具，称为"抓痒耙"。起先，抓痒耙大多用竹木制成，

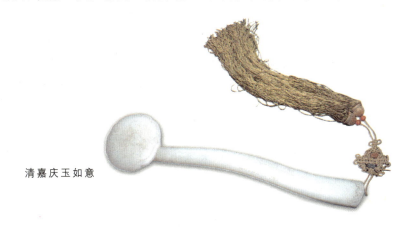

清嘉庆玉如意

且不叫如意，而称"不求人"。其柄长约为20厘米，头部弯曲如指，模仿手指功能进行抓耙去痒。后来，由于王公贵族用高贵的金玉材料将这种"不求人"精雕细刻成了艺术品，于是，民间实用的"不求人"，也就慢慢随着岁月的推移、身价的上升渐渐地脱离了低级的民俗阶段，上升为宝贵的艺术品——如意。

千百年来，"如意"是中国人常用的吉祥字眼，每当节日来临，不仅人人以万事如意相互道贺，而且在崇尚圆满的中国，"万事如意"一词还以文字的形式见诸各种场合，成了使用频率最高的词语。

作为人类的理想，万事如意不失为美好的祝愿，有着其他词语难以替代的作用，但在实际工作中，我们绝不可当真把希望寄托在心想事成万事如意的口头祝愿上，每前进一步我们都要如履薄冰，谨慎行事，因为世界上并不存在真正的万事如意。至于现代社会的诸多企业，由于相互之间专业分工越来越细，与社会各界的接触、沟通和相互依赖程度越来越大，作为企业家更不能万事"不求人"。要知道人世间凡是成了口号和祝愿的美好字眼都是很难做到，甚至是做不到的事，否则它就成不了口号和祝愿。

14. 财神爷
CAISHENYE

社会生产力能不断地发展，从一个特别的视角来看，是人性恶的结果，善良的过程是不能发展生产力的。比如，从理论上说，原始社会是一个很平等的原始共产主义社会，但它的生产力发展却不如奴隶社会来得快。为什么？因为奴隶社会产生了奴隶主和奴隶，奴隶主强迫奴隶劳动，在这个过程中推动了生产力的发展，而在原始社会，谁也不会去强迫谁。所以，也可以说，历史的进步是"恶"的结果。

赵公明

范蠡

　　当人们取得了一定的财富以后，有财富的人怕失去财富，没有财富的人希望得到财富，所以，当生产力发展到一定水平后，人们就会希望有人能来保佑他的财富，没有财富的人希望变得有财富，有财富的人希望变得更有财富，至少原有的财富不会丢掉。

　　于是，我国从宋代开始供奉财神。那个时期的财神是很抽象的，并没有落实到某个具体的人。到了明清时代，中国的生产力有了更进一步的发展，资本主义已经萌芽，这个时候就形成了文武、大小、五路等功能各异的财神，这中间以文武财神中的武财神最为著名。

　　中国的文财神是指范蠡和比干二位。范蠡懂得"飞鸟尽，良弓藏"、"狡兔死，走狗烹"的道理，早早就辞官下海经商做起了盐的生意；武财神主要是赵公明和关公。关羽虽然一生是个失败者，但他为人忠义，受到了很多人的敬仰。

　　财神爷虽然法力无边，但财力有限，而人的欲望却是无限的。千岛湖上有个财神庙，庙前写有这样一副对联："颇有几文钱，你也求，他也求，给谁是好？不做一点事，朝也拜，夕也拜，教我如何？"深刻地反映了在"人与财"的关系上，即便是号称"有求必应"的财神，其内心世界也充满着"有求难应"的困惑和无奈。

15. 钱的来历

QIAN DE LAILI

　　大家知道，与"钱"有关的字都是比较凶狠的字。比如"钱"，是"金"字旁边两个"戈"，金代表财富，戈是武器，意思就是两戈求金，拼命打架是为了求金。本来是美好的字，变成了这样。还有十戈求贝的"贼"字，为了财——"贝"，也要动枪动刀。

　　钱是衡量财富多寡的标志。钱币作为一般等价物，发挥了衡量财富多寡的重要作用。

　　最早的钱币是南海齿贝。这个贝像指甲那么大，有小牙齿的形状，现在非洲还有这样的贝。以前的人把贝串在一起，10个齿贝为一"朋"，而我们现在的"朋"，多是与"友"连用的，指彼此有交情的人。看来朋友朋友，也还是要有经济基础的。钱少的人可能门庭冷落，钱多的人可能门庭若市。

齿贝

　　后来还出现了武器形、工具形的钱币，比如，铲币、刀币，是钱币的第二个阶段。往后，因为工具形钱币不方便携带，逐步转变为重量形的方孔圆钱，外圆内方既是中国人天圆地方的哲学思想的体现，也是今天人们待人处世的原则。每个人外表对人应该有温和的态度、友好的精神，这就是圆的外形；而内心要有自己的做人原则，如果不讲究原则，有权的可能犯错误，没权的可能会得罪人，这就是外圆内方。

　　这些钱有一定的重量，钱越多分量就越重。唐初李渊做皇帝时，大臣提了意见，说我们不要造那么重的钱币，不如用标志性的通宝。于是钱币就到了第三个阶段——称作通宝、元宝、重宝的通宝型阶段。很多人看到的"大观通宝"就是这种钱币。

　　五代、宋朝的时候，因为唐朝末年战乱纷纷，很多人感到前途渺茫、生死未卜，都想保佑自己的来世，于是把钱捐到寺庙里，寺庙就把铜钱熔化，铸了很多铜菩萨、铜罗汉，造成社会上钱币奇缺；另一方面社会商品经济在发展，又需要增加货币供应量，迫使朝廷不得不以铁铸币。由于铁不如铜值钱，还会因生锈而蚀损，只好把铁钱铸得重一点，这样数量多了就很重。一贯钱是1000个，10贯大钱是120斤重，10贯小钱是65斤重，腰缠万贯就不得了。

　　后来四川的富商想出了办法，拿票子代替钱，钱不动纸动，就出现了"交子"。宋朝皇帝看到了，觉得非常好，就让政府来做。但无准备金的纸币导致通货膨胀。中国历史上有三个朝代是被滥发纸币搞垮的，它们是宋、元和民国。

　　从钱的发展史里面，我们可以明白，钱是社会发展的一部分。对社会来说，发展是硬道理，而对个人来说，快乐是硬道理。快乐是个人感受，幸福也是个人感受，不是完全能用钱来衡量的。钱是人生的一部分，没有钱，不行，但是，人生绝对不是钱的一部分。如果我们自己成了钱的一部分，为钱而活，就很可悲。

交子

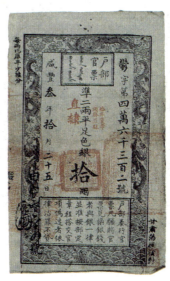

户部官钞　　　　　　　　大清宝钞

16. 修理什么

XIULI SHENME

在人和自然的关系方面，西方人强调征服自然，而中国人强调改造人本身。譬如，西方园林的草木修剪得很好看，呈几何形状，有圆形的、碟形的、菱形的、方形的、锥形的，甚至有修剪成各种动物形状的，种类繁多，令人目不暇接，充分反映了人控制自然、征服自然的科学精神。而中国的古典园林，则不去修剪草木，让它们自由生长，因为中国古代一贯强调"人法地，地法天，天法道，道法自然"的天人合一精神。至于中国现代园艺以及我们今天对于花草树木的修剪，则是从西方学来的，并非中国固有的做法。

苏州园林

在对待人的自由发展方面，中国古人刚好与西方相反。中国自宋以来强调用"存天理，灭人欲"的程朱理学来束缚人，以"天、地、君、亲、师"来规范人，寻求"与人奋斗，其乐无穷"；而西方则提倡人的自由发展。如女子亭亭玉立为美，中西方认识是一致的。为了达到亭亭玉立的目的，西方人动脑筋修理鞋子，结果发明了高跟鞋；中国人却去修理人的脚，其结果使女性足部肌肉和骨头都变了形，成为残疾。这一陋习从五代一直沿袭至清朝，前后近千年之久。尽管清朝皇帝反对包小脚，三令五申公告废止，但汉族女性还是不肯放脚，为什么改不了？因为女儿嫁人，大脚走起来过于稳重，不如小脚走起来危而不倒、亭亭玉立那样好看。在当时男性找老婆不但要比脸蛋，还要比小脚，三寸金莲为最美。

清初，为了改变汉族百姓的"大明"观念，清政府决定在全国统一薙发留辫。大家知道古代中国人一向对头发很重视，认为受之于父母的青丝绝不可认为有丝毫损伤。有一个故事说三国时曹操规定军队的马不能吃老百姓的麦子，结果他自己的马在行军途中把老百姓的麦子吃了，为了保持军法的严肃性，他要求将自己斩首示众。部属说曹丞相怎么能杀头呢？最后大家议定以割发代替杀头。这个故事说明在古代中国头发是何等重要。因此清政府薙发的政策不免激起了汉人的反抗，以至于走到"留发不留头，留头不留发"的地步。几十年前，中国街头巷尾常常出现的剃头担子就是清初剃发的产物。一般剃头担子前面挑的是镜子和脸盆架子，后边则是存放剃头工具的抽屉和一根高竖的木杆，这根木杆当年就是用来悬挂不愿薙发者的头颅的，其功能无非是以儆效尤。记得迟至20世纪六七十年代，留什么样式的发型虽无关乎性命，但仍会被当作某某阶级思想或某某生活方式的表现加以批判；也不乏将喇叭形的大裤脚和十分紧身的小裤脚当作奇装异服有伤风化来强制处理的事例。

随着社会的进步，国人的观念也在进步，他们不仅一改旧习，对自古放任自流的树木花草开始动手修剪，而且在新建的高速公路上对所种植的树木花草几乎达到了无所不剪的程度。至于对人们思想的修理则随着社会的进步有所放松。进入新世纪后，还公开提出了"以人为本"的口号，这不仅是对千百年来"以道为本"、"以理为本"的儒家思想的否定，也是对公民权利的尊重，尤其是《行政诉讼法》的实施，更体现了一种平等精神。

"多修剪树木花草，少修理人们的思想"，这是历史前进的必然。

17. 《岳阳楼记》与公款吃喝

YUEYANGLOUJI YU GONGKUAN CHIHE

以"先天下之忧而忧，后天下之乐而乐"的名句名扬千古的岳阳楼，其北宋庆历年间的修缮以及请范仲淹作楼记与中国历史上的公费用餐制度密切相关。

包括工作餐和宴请的中国古代官员公费用餐是国家财政支出的组成部分，其源头可以远溯至汉代。这一制度涵盖三方面：一是凡官员出差经过的地方，由地方官府或驿站负责供应公费膳食；二是官员平时在官府办公，享用"公厨"提供的工作午餐；宰臣在政事堂的专门餐厅用餐，称"堂食"；常参官每逢朝会供应一顿午饭，称"常食"或"廊餐"、"廊下餐"；三是官署内的定期聚餐，如宋代十天聚餐一次的旬设。

到宋代由于制度松弛，挥霍浪费严重，造成财政大量超支。为控制财政支出，朝廷不得不对各类、各级官员的公费用餐作出了一系列制度性的规定；开始实行职务消费货币化的改革，即不再对官员供应免费膳食，改为发放膳食津贴。津贴费分十一等，其中宰相最高为第一等，具体放发标准，按物价高低，时有调整。下表为宋高宗绍兴元年（公元1131年）的每月津贴发放标准：

等级	一	二	三	四	五	六	七	八	九	十	十一
月标准	40贯	37贯500文	35贯	32贯500文	30贯	27贯500文	25贯	22贯500文	20贯	17贯500文	15贯

宋代政府通过职务消费货币化基本控制了经常性工作餐的财政支出，但对滥用公款互相宴请却难以遏制，于是朝廷对游宴过度、超标准挥霍公款者做出了包括降职、杖刑在内的惩戒规定。北宋庆历年间修缮《岳阳楼》，并请范仲淹撰写《岳阳楼》记的滕子京即为诸多违规者之一。他在邠州任职时超标准吃喝、在庆州时毁掉吃喝账本，被御史中丞王拱辰"论奏不已"，并被审查。经时任参知政事（相当于今国务院副总理）的范仲淹出面为之说情，才被皇帝从轻发落贬谪至偏远的岳阳小城任职。

到岳阳后，一向胸怀大志的滕子京为了出政绩，立即着手组织力量，修缮已经破败不堪的岳阳楼。修成后，滕子京请画家画了一幅《洞庭晚秋图》，并请书吏抄下了旧岳阳楼上的所有对联，派人送给已被贬谪至邓州任职的老朋友范仲淹。接到老友来信后，从来没有登临过湖南岳阳楼的范仲淹，把他久积于胸的大志和才华一舒于文墨，在遥远的河南邓州衙门写出了"先天下之忧而忧，后天下之乐而乐"的千古名句，使这座三国时鲁肃的水军阅兵楼一跃成为江南名楼，滕子京被贬官的坏事也转变成流芳百世的千古美谈。

18. 与民休息任发展

YUMIN XIUXI RENFAZHAN

公元前221年，秦王气吞六合，结束了诸侯割据称雄的战国时代，建立了皇帝一统天下的中央集权制国家。为了便于控制，利于监督，以防叛乱，信奉法家学说的秦始皇采纳丞相李斯的建议，聚诸侯财宝于三辅，徙天下豪富12万户于国都咸阳，"收天下兵（器）聚之咸阳，销以为钟，铸金人十二，重千石，置廷宫中"。接着，五次出巡，封禅，望祭山川；修建宫殿，覆盖三百里；对外用兵，筑万里长城。此外，还发童男童女数千人入海求仙，并遣人求长生不死之药。

为了应付如此巨大的财政支出，朝廷不得不以横征暴敛的手段增加赋税。秦代的赋税分为田租、口赋、力役三种。相当于现代农业税的田租按亩计征"泰半之赋"，"泰半"即2/3，也就是说当时农业税税率高达66.7%。口赋是人头税，每口1000钱。相当于现代义务工的力役征收，更为严重。当时全国人口约2000万，劳动力占40%，为800万人，其中男劳力400万人，而每年所征用的劳役起码不下300万人，占男劳力总量的75%。如骊山始皇陵，在嬴政即位后开始修建，统一六国后又征发刑徒70余万人继续建造，直到他本人葬入墓中为止，前后长达数十年之久。至于修建万里长城动员的劳动力更多，以至于民间2000多年来一

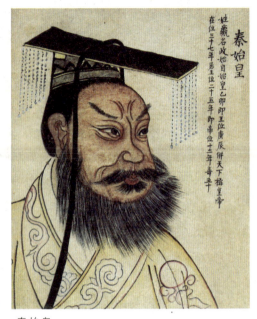

秦始皇

直流传着新婚不久的孟姜女找不到被拉夫服役的丈夫万喜良而悲愤万分哭倒长城的故事。所以汉董仲舒说："（秦）力役三十倍于古；田租、口赋、盐铁之利，二十倍于古。"造成全国"男子力耕不足粮饷，女子纺织不足衣服，竭天下之资财以奉其政（通'征'），犹未足以澹（通'赡'）其欲也"。处于水深火热之中的庶民百姓忍无可忍，终于揭竿而起，在大泽乡（今安徽宿州）爆发了中国历史上首次加载史册的陈胜、吴广起义，推翻了秦王朝的统治。

在秦时曾担任过沛县（今江苏沛县）泗水亭长（地位略低于今副乡长）的农村基层干部刘邦在夺取政权后，从秦王朝覆灭的历史事实中汲取了深刻的教训。他鉴于当时国弱民穷，国民经济处于崩溃边缘的严峻形势，为防止滥征乱罚，扰乱民生，在开国之初就实行节省政府开支和减轻赋税并行的财税政策，确保与民休息。并且接受大臣们的建议，改奉政治上清静无为，经济上自由放任的黄老之学治国。所谓黄老之学就

是以黄帝为大旗，从老子学说中演化出来并结合法、儒思想的治国理论。它推行文武并行，刑德并用，约法省禁，严狱缓刑的措施，强调赋役有度，节约民力。

公元前200年，萧何欲为刘邦兴造未央宫，刘邦就狠加批评说，"（天下）劳苦数岁，成败未可知，是何治宫室过度也"。汉惠帝时，为了修筑首都长安城，也不搞一鼓作气的政绩工程，而是根据国家财力可能分批、分期进行；以节俭著称的汉文帝，不但坚持穿带补丁的衣服上朝，而且"即位二十三年，宫室苑囿狗马服御无所增益，有不便，辄弛以利民"，带头倡导节俭之风。其中有几件事他处理得特别得体和感人：一是不搞游玩挥霍性的建筑，如宫禁中原打算造一"露台"，但造价要"百金"，他坚决下令不建；二是他一反过去祖宗的传统，不治坟墓，不许厚葬；三是南越王赵佗称帝搞分裂，群臣多主张用兵镇压，他坚持"以德报之"——派使者进行规劝，以阐明利害，"佗遂去帝称臣"；四是匈奴背约入盗，他在加强边防措施的同时，坚持韬光养晦，采取和亲的办法缓和矛盾，反对发兵深入进行大规模的战争。同时为了强调农业生产是"天下之本"，汉文帝还身体力行，亲开籍田，"躬耕以劝百姓"，开创了中国历史上皇帝劝农示范的先例。

建国之初，深知农民疾苦的汉高祖刘邦就着手大幅度调整赋税，实行轻徭薄赋政策。他将人头税从每口每年1000钱减为7～14岁儿童征口赋每人20钱，15～56岁成人征口赋每人40钱，分别为原来的1/50和1/25，至今汉语中的"人口"之称谓即源于此。同时，刘邦还把当时称为田租的农业税从"泰半"降为十五税一，税率6.6%，仅为秦代的1/10；汉文帝时，为了减轻农民负担使之休养生息，下令免除田租13年（从文帝十三年到景帝元年，即公元前169～前156年）；到了汉景帝时，又把农业税税率从高祖时代的十五税一再次减半，成为三十税一，税率3.3%，仅为秦代的1/20，相当于当代农村税费改革前江浙一带农村农业税实际征收水平。

和人头税、农业税一样，压在农民头上的另一座大山就是徭役。汉初的徭役制度和秦代的规定都是一个月，所不同的是秦代并不按制度办事，因此有制度也等于无制度，形成"赋敛无度"，"力役三十倍于古"的状况。这种没完没了的徭役，迫使农民不得不揭竿而起反抗暴秦。汉初吸取教训，非常注重减轻徭役，规定每年成年男子服役不得超过30天。文景之时，朝廷多次下诏，令列侯离开长安到分封地就国，以免除"吏卒给输费苦"。这样，农民的负担也就相对地减轻了，因而有利于农民的休养生息，也有利于国民经济的恢复和发展。

为了进一步解放生产力，公元前202年刘邦下诏："民以饥饿自卖为人奴婢者，皆免为庶人"，使自卖为奴者获得了解放，并根据法令每人还可受田20～30亩，使之成为汉政府的"编户齐民"。其次，对逃亡而"聚保山泽"的农民，也同样采取优惠政策，分给土地和房屋，使之安心地回到故里，努力搞好生产。这些措施不但大大地提高了他们参加和发展生产的积极性，同时也有利于把他们从反对汉王朝的对立面转化为支持现政权的群众基础。

汉初在对农业采取"休养生息"的同时，对工商业采取了"开关梁，弛山泽"的自由经营的放任政策，"富商大贾周流天下，交易之物莫不通"，国内市场进一步发展，城市居民日常用具，养生送死之具，"得其所欲"。西汉的商业大体有两种：一是"小者坐肆贩卖"和"日游都市"的行商小贩；二是在市列之外的富商大贾，工商兼营积储倍息，主要有盐铁商、运输商、囤积商、子钱家。西汉私营商业经营范围很广，除了煮盐、冶铁、酿酒、制酱、屠宰等行业之外，还有大宗贩卖粮食、薪炭、竹木漆器、铜器、马牛羊猪、皮革、鱼类、车船等货物，工商业发展使商人成为最大的受惠者，以至于晁错说："今法律贱商人，商人已富贵矣；尊农夫，农夫已贫贱矣。"

从汉高祖刘邦到汉武帝初年的六七十年里，朝廷在黄老之学的指引下，实行政治上不争论的清静无为和经济上轻赋役的与民休息方针，消除了各种不安定的因素，有力地促进了国民经济的恢复和较快发展，被史书盛赞为"百姓无内外之徭，得息肩于田亩，天下殷富，粟至十余钱，

汉酿酒图

鸣鸡吠狗，烟火万里，可谓和乐者乎"！

　　汉初的国家财政也由于经济发展，连年增收，国库充盈。司马迁在《史记·平准书》中说，"汉兴七十余年之间，国家无事，非遇水旱之灾，民则人给家足，都鄙廪庾皆满。而府库余货财。京师之钱累巨万，贯朽而不可校。太仓之粟陈陈相因，充溢露积于外，至腐败不可食"。这种繁荣昌盛的景象被后世称之为"文景之治"，它与秦末汉初的残破惨淡社会景象形成了十分强烈的对比。

19. 宽猛相济

KUANMENG XIANGJI

　　西汉之初，由于经过长期战乱，社会经济残破不堪，"自天子不能具钩驷，而将相或乘牛车，齐民无藏盖"，统治基础十分薄弱。若要使社会经济恢复，"治道贵清静而民自定"，必须与民休息。因而，西汉前期的统治者不得不因势利导，采用黄老之学治国，推动经济和社会的长足发展，取得了卓著成效。但随着社会经济恢复并有了较快发展以后，黄老之学治国便难免凸现出一系列弊端：一是君主实行政治上清静无为，经济上自由放任，有利于地方势力发展，不利于中央集权，导致皇权削弱，地方势力增长，渐成尾大不掉之势；二是由于实行轻徭薄赋的农业税收政策，使土地收益骤增，导致兼并盛行，不但有权有势的贵族官僚狂热追求土地，就是那些经商者也积极把拥有的财富转移到土地上，从而引发了圈地狂潮，造成大批自耕农破产，沦落为流民，而那些在无约束的环境下依靠垄断和投机手段一夜暴富的豪强却田连阡陌，家资亿万，严重分化的社会激化着各种矛盾；三是一些暴富的豪强勾结官府骄奢淫逸，出现了无数阳奉阴违藐视朝廷的越轨行为；四是请客送礼，贪污贿赂盛行，官吏腐败遍及全国。表面繁荣的西汉王朝隐藏着社会底层造反的极大危机。

面对经济发展，社会分化却日益严重的局面，向以三皇五帝自况的汉武帝深知：治国只强调发展、允许一部分人富起来是不够的，在"不患寡，而患不均"根深蒂固的中国还要考虑平衡，解决大多数人共同富

汉文帝

汉景帝

董仲舒

裕的生计问题，否则矛盾激化便会出现揭竿而起的陈胜、吴广。因此他采纳了广川儒生董仲舒"罢黜百家，独尊儒术"的建议，以儒家学说取代黄老之学，作为西汉王朝的统治思想，并在儒家学说的指导下，实施了一系列旨在维护皇权统治，加强中央集权，建立"大一统"汉帝国的举措。

为削弱地方割据势力，汉武帝颁布"推恩令"，规定诸侯王除嫡长子继承王位外，其他诸子都能在王国范围内分到封地，作为侯国，使"大国不过十余城，小侯不过数十里"，从而大大削弱了地方与中央抗衡的力量。出台"左官律"，规定凡在诸侯王国任官者，不但地位低于中央政府任命的官吏，而且还不得进入中央政府任职。实施"附益法"，严禁地方封国的官吏与诸侯王结党营私，以此达到孤立诸侯王的目的。利用推行向皇帝上贡的酎金制度，以"列侯坐献黄金酎祭宗庙不如法"的质量不合格问题，夺爵削地者106人，占当时列侯的半数。至此，王、侯二等封爵制度虽然没有废除，但"封土而不治民"的规定，使所封王、侯只能在经济上享受衣食租税的利益，失去了原有治民的行政权力。为了打击地方豪强，汉武帝一方面继续推行汉初以来迁徙豪强的办法，把他们迁到关中，置于中央政府有效控制之下，做到"不诛而害除"；另一方面则利用酷吏诛杀地方豪强，从而清除了地方割据势力，加强了中央集权。

为了提高皇权，限制丞相的权力，汉武帝提拔一批中下级官员，作为自己的高级侍从和助手，替他出谋划策，发号施令。由尚书、中书、侍中等组成"中朝"，九卿通过"中朝"而不通过丞相直接向皇帝奏事，"中朝"成为实际的决策机关。以丞相为首的"外朝"，逐渐成为执行一般政务的机关。儒家学说"三纲五常"中的"君为臣纲"从武帝时代开始终于落到实处成为可靠的制度保证。

为了整治腐败，加强对地方官吏的监察，汉武帝在全国范围内实行刺史监察诸郡的制度。公元前106年，他把拥有100多郡的国家划分为13个监察区，每个监察区派驻刺史，中央下派的600石级刺史是一个低爵级官吏，但他有权监察2000石级的高爵级郡守（相当于今省长），即所谓"秩卑而命之尊，官小而权之重"。为防止刺史权力膨胀，徇私枉法产生新的腐败，汉武帝规定刺史对郡县地方官有弹劾权，但无处理权。公元前89年，另在首都长安城设司隶校尉，纠察京师附近诸郡官吏。

为了强化中央政府对全国财政经济的控制，汉武帝收回地方的铸币权，改革币制，实行专卖和均输平准政策，强制推行算缗与告缗制度。公元前113年，汉武帝首先下令禁止郡国铸钱，把各地私铸的钱币运往京师销毁，把铸币大权收归中央。成立了专门的铸币机构，由水衡都尉的属官钟官、辨铜、技巧三官负责铸造五铢钱，"罢半两钱，行五铢钱"。从此，五铢钱成为西汉王朝统一使用的标准货币。其次，汉武帝采纳大商人孔仅和东郭咸阳的建议，把私人垄断的冶铁煮盐等重要产业收归中央，由国家垄断经营。在全国盐铁产区设立专卖机构，管理煮盐、制造铁器和买卖盐等事务。汉武帝采纳理财家桑弘羊的建议，在全国实行均输平准政策。所谓均输，就是调剂运输；平准，就是平衡物价。由大农令（相当于今财政部长）统一在郡国设均输官，负责管理、调度、征发郡国的租税财物，并负责向京师等地输送。大农令置平准官于京师，总管全国各地均输官运到京师的物资，除去皇帝贵戚专用外，其余一律作为国家商业资本经营，"贵则卖之，贱则买之"，以此调剂物价，防止富商大贾从中牟取暴利。同时，汉武帝在全国实行算缗、告缗制度。所谓算缗就是向大商人、高利贷者征收"率缗钱二千为一算"的财产税，按一算为120钱计算，税率为6%。所谓告缗，就是对隐瞒财产不报或自报财产不实者，鼓励知情者举报。凡举报属实，即没收被告者全部财产，并罚戍边一年。"告缗者以其半与之"，即举报者可得所没财产的50%，另一半

汉五铢钱

缴入国库。

为了安置流离失所的失地农民，汉武帝下诏"山林、池泽之饶与民共之"，"养马之苑，旧禁百姓不得刍牧，今罢之"，允许失地流民转移到皇室拥有的土地上谋生，在经营方式上汉武帝实行"假民公田"，向耕种国有土地的农民课征一定额度的假税，从而部分解决了失地农民的生计问题。

在军事上，汉武帝亲自组织御林军，开创了中国历史上最早的募兵制度，并且直接掌握军权过问重大战役。他登基后为使国家崛起，一改韬光养晦的和亲政策主动出击，北逐匈奴，沟通西域，破乌桓，灭南越，取得了扩疆辟土的重大胜利，仅仅反击匈奴的战争就先后打了十几仗，其中带有决定性的战役就有三次。在取得胜利后，汉武帝即下令在河西走廊设置了朔方、五原、武威、酒泉、张掖、敦煌诸郡，在西域设置军政管理机构，对东北的乌桓及鲜卑进行羁縻管理，在岭南置南海、合浦、交趾等十余郡。中国的版图由此扩展为东起东海，西到新疆库车，北至贝加尔湖，南迄海南岛的广大区域，奠定了泱泱大国的历史地位。

时至今日，雄才大略的汉武帝已逝去2000多年了，但他对中华民族的贡献却始终难以磨灭，尤其他的治国之道对历代统治者的启示一直十分深远，对经过20多年快速发展社会日趋分化的当代中国也许同样会有些教益。

20. 保存古物便是财富

BAOCUN GUWU BIANSHI CAIFU

土耳其的棉花堡原有一座建于公元前1100年的古城爱克罗堡，大概由于火山爆发的白色熔岩淹没了耕地，使这一带成了石质棉花遍地的熔岩景观区。古城居民迫于生计，不得不迁往他处安身，因此这座历史悠久的古城也就逐渐成了废墟。而这样的废墟今日反而身价百倍，全世界无数游客到此旅游怀古，寄托幽思，甚至古老的棺材和木乃伊都成了供人顶礼膜拜的宝贝了。

时至今日，在这个世界上，谁能保存历史遗物，谁就能赢得财富和人们的青睐。如我国某地农村的一株古樟要花数百万元搬迁，引出了不少老人"做人不如做树"的慨叹。但以"物以稀为贵"的价值规律来评价，古树比人"贵"是不足为怪的。

由于中国历史上的城市民房、皇宫多为砖木结构，很难存之久远，再加上凡改朝换代、揭竿而起者又喜欢纵火焚烧，大掠数日，故除砖石结构的万里长城以外，在中国的土地上尚能保留的古城遗址较之外国实在少得可怜。如果历史能够假设，当年我们的祖先倘用石头及其雕刻构筑和装饰我们中华民族的诸多古城，把历朝历代数百个皇帝都制成木乃伊，那么今天我们中国的旅游业将有可能是世界之最，其旅游收入绝对会大大超过土耳其全国每年100亿美元的水平，毕竟我国人口为土耳其的19倍，疆域是土耳其的12倍之多。

汉烽火台

第五章

驾驭知识

1. 读书明理

人生在世，为了生存和发展，不可无欲。有人喜欢金钱，有人喜欢古董，有人喜欢地图，有人喜欢书画，有人喜欢美女，有人喜欢官位，有人喜欢养生，有人喜欢读书……皆人之常情。除养生和读书外，人类多数的欲望皆为身外之物，今日可拥有，明日会失去。唯有养生和读书所获的健康和知识为身内之物，与生命相始终。难怪一位年近八旬的老前辈前几天一本正经地告诉我，他一生出入海内外，跨越大江南北，枪林弹雨，历尽艰险，可谓饱尝人间的酸甜苦辣，至今唯一刻骨铭心的体会是："健康、知识和朋友缺一不可。"健康是最大的财富，没有健康就没有一切；人是群居的动物，没有朋友就会变成孤家寡人；人是有思想有感情有知识的动物，没有知识就不是精神意义上的人，最多是行尸走肉，与猪狗牛羊等其他动物无异。知识对于人来说极为重要，是人与动物的最大区别之一。不过，人类还有比知识更重要的东西，那就是想像力和悟性。

就人类总体来说，知识来源于实践。如人类的祖先在实践中发现了钻木取火，并且在此基础上相继发现了火石，发明了火柴和打火机，从而使火广泛应用，成为人们生活和生产中须臾不可或缺的基本需求。倘没有火，今天我们可能还是吃着生冷食品，与野兽无异，更无法想像美好的现代生活。可见，古人在诸如此类的实践中将所获取的感性认识抽象和升华，上升到理性认识，若用文字将其记载下来，也就成了人们通常所说的书本知识。

对于人类个体来说，知识并不都来源于本人的亲身实践，更多的是来源于书本。如一个人要想通过亲身实践，从发现钻木取火开始，发明火柴和打火机，那简直是癞蛤蟆想吃天鹅肉——痴心妄想。因为在一无所知即零知识的基础上，就是发现钻木取火也是难以企及的科学高峰，更不用说发明火柴、打火机了。再如，人们要想知道世界地理单靠自己的双腿去实践，每天即使跑50公里，一生要跑遍全中国都很困难，更不用说跑遍全世界了。但是，我们只要学习书本上的地理知识，很快便会了解世界各国的地形、地貌和区位、人口，这就叫"秀才不出门，能知天下事"。如果我们能够在书本知识的基础上，进一步学习机械制造技术，那不但能设计制造打火机，还能设计制造出各类内燃机及应用内燃机的汽车、轮船和飞机等复杂的交通工具。反之，不读书，不学习，你一生要想成为发明大头针、回形针的发明家，都是异想天开。

书按不同标准划分有很多种。按有无文字划分，可分为有字书和无字书。古人常说的"读万卷书，行万里路"，前者指的是有字书，后者指的无字书。

有字书按学科划分可分为社会科学和自然科学两大类。其中社会科学的书又可分为文学、历史、哲学等；自然科学的书可分为数学、物理、化学等。作为文学又可细分为中国文学和西洋文学，现代文学和古典文学等；作为化学又可细分为无机化学、有机化学、物理化学、分析化学等。

　　按书的生命力来划分，又可分为风行一时的潮流书和长盛不衰的长效书。如前段时间风行一时的《谁动了我的奶酪》一书便是潮流书。当时，在排山倒海的广告效应下人人都欲先睹为快，唯恐没有读过此书被人视为"傻帽"，结果在很短的时间里全国便卖了数百万册，可如今在特价书店里连5元钱一本也无人问津。至于自然科学领域里的基础科学书籍，如数学领域里的阿基米德几何学，医学领域里的解剖学，中国古典文学领域里的《西游记》、《红楼梦》、《水浒传》、《三国演义》、《聊斋志异》都属于长盛不衰的长效书，爷爷看过的书传到孙子辈还在看。这些书或者揭示了科学的真理，或者反映了一种百读不厌的传统文化。

　　按书对人生的作用，又可分为三类：一是常识类的书，是对人生做人做事的基本要求，例如中小学课本、保健常识、交通规则等皆属于常识类书籍。二是谋生（业务）类书籍，一般大中专学校的教材和各行业的条例、法规、业务专著等皆属于此类书籍。三是兴趣（研究）类的书籍。它与本身的业务工作无关，纯属个人的兴趣爱好。如有位董先生收藏研究地图，与本身所从事的财政工作毫无关系，但古今中外的地图浓缩江山，凝聚历史，充满文化气息，不仅陶冶身心，而且从地图变迁的研究中还能概括和反映出历史的沧桑，对启迪后人治理社会发挥重要作用。

　　所谓无字书多半是通过自己观察、与人口头交流和本人在实践中所获得的知识，这些知识对人的开智起着重要作用。如从来没有进过军事学校的毛泽东之所以成为军事家，很大程度上依靠了这种无字书的作用。至于很多农民企业家，开始时根本不懂工业产品的设计制造和销售，后来在不断摸索实践中增长了才干，不但成为企业的领导者，而且还成了某一方面的专家，这也离不开无字书的启示。浙北地区有个潘姓农民企业家没有上过学，只认识自己三个字组成的名字，如果有人将三个字拆开写他就不认识，毋庸讳言，这样的人缺憾是没有读过有字的书，但他无字的书的确比我们一般人读得好，不少满腹经纶者皆难以望其项背。读无字书除了要与读有字书一样认真以外，还必须有远比读有字书强得多的主观能动性去观察、去打听、去琢磨，才能使那些无形之书成为自己脑子里的精神财富，达到印在脑子里，融化在血液里，落实在行动上的程度。

中国人历来崇尚读书，倡导"万般皆下品，唯有读书高"，其目的有三：一是谋利，二是成名，三是做人。

宋代真宗皇帝就是提倡读书谋利的国家领导人。他写过"劝学诗"，诗云"书中自有千钟粟，书中自有黄金屋，书中自有颜如玉"，教育青少年无须参加生产劳动，只要通过读书就可以获得锦衣玉食、华屋美女一类的物质利益。

古代私塾的老师提倡读书成名，不遗余力地让学生摇头晃脑、抑扬顿挫地背诵。北宋两浙路鄞县凤岙乡神童汪洙所撰写的一首《神童诗》，诗中"将相本无种，男儿当自强。朝为田舍郎，暮登天子堂"，充分反映了儒家崇尚读书，重视人的社会价值的思想。

历代知识分子大多认为读书是提高自身素质的需要。宋代的黄山谷是苏东坡的朋友，作为当年的名家名人，他强调"士三日不读，则其言无味，其容可憎"。黄山谷提倡读书的目的是为了提高自身素质，为了做人。

在当前以利益为诱导的市场经济体制下，人们要生存要发展离不开物质条件，因此完全否认名利、割裂读书与名利的关系是不现实的，但仅仅为了追逐名利而读书那也太渺小了，对于想做一个有修养的人来说将是一大缺憾。难怪鲁迅在《智识即罪恶》一文中指出："大约钱是身外之物，带不到阴间的，所以一死便成为清白鬼了……"

读书首先要精深。现代社会不是农业社会，而是从工业化向信息化迈进的社会。人们的分工越来越细，对专业知识的要求越来越高。一个人不可能什么都懂，但必须有从事某个专业的精深的知识。欲做到精深，读书要四到，即眼到、口到、心到、手到。眼到就要求看得仔细、真切，而不是一目十行，浮光掠影。口到指的是有些优美的句子要反复诵读以增强记忆，这对自己动手写文章增添文采也大有裨益。心到就是要专心致志而不是心猿意马，甚至还要作前后比较，这样读书才会有效率。记得我幼时一位邻居老先生，天天读《三国演义》，读得滚瓜烂熟，他对全书人物作比较以后就问我：书中无名无姓的人是谁，有姓无名的人是谁，有名无姓的人是谁。答案是无名无姓的人是"督邮"，有姓无名的人是"二乔"，有名无姓的人是"貂蝉"。老先生读书真正做到了心到。手到就是要求将重要文字画线做记号，甚至做读书笔记，或将重要的片断夹上书签或纸条，以便查阅，节省检索的时间。

其次，读书要博，既要学习自然科学知识，也要了解社会科学知识。处于现代社会的知识分子在精深掌握专业知识的基础上唯有博大才能触类旁通，举一反三，有所创造，有所发明，否则会成为孤陋寡闻的井底之蛙。现代社会非精不能成为专业人才，非博不能成为管理者。古人所谓"学富五车"就是要求人们博学。在古代由于用竹简和木简写字，其书本就十分笨重，秦代始皇帝嬴政每天要审批的公文即有120斤之多，"学富五车"的五车竹简（木简）则相当于掌握10万字左右的知识。古代西方在没有发明纸以前用羊皮写字，一本《圣经》要耗用300张羊皮才能写完。可见古人博学的条件远比我们困难。因为在古代最早是口头交流，如孔夫子时代传播知识即为口头交流；到东汉蔡伦造纸，纸张普及以后始有文字交流；待到宋代毕昇发明活字印刷，文字交流才逐渐普及；到20世纪下半叶，人类社会又进入了声像交流时代。应该说现在我们博学的条件已非古人可比，信息几乎随处可得，就看你有没有读书之心了。

再次，读书要融会贯通，不能读死书，更不能把书读死。世界上万事万物都是普遍联系的，书也不例外。如有人看了食品中含有致癌物质的书籍和文章以后十分害怕，什么食物都不敢吃，只怕中毒致癌。而他不知道也有书本揭示了人体自身具有相当程度的抗药性和"道高一尺，魔高一丈"的免疫力，并非某项指标超标就会致癌。还有人看到飞机失事的报道不敢乘飞机，看到某些杀人抢劫的报道不敢出门，殊不知这些失事及刑事案件是几万分之一的概率，并非就会在他的身上发生。也就是说兼听则明，偏听则暗，只看一方面的书，没有看另外方面的书，就会导致一个人的思维走向极端。可见，如果我们把书本知识互相孤立起来，那就会陷入"人生识字糊涂始"的泥潭而难以自拔，甚至你会由于想不开而跳湖自杀。总而言之，读书要做到博大精深，融会贯通才会有所成就。

复次，读书要讲究效率。尽管"开卷有益"，但毕竟书海茫茫，而人生精力又十分有限，在博大精深融会贯通的读书目标下，务须讲求读书之成效，因此对所读之书应作选择。要集中精力读那些必读书，诸如人生必读书、职业必读书和求知必读书，有时间再读那些可读书，然后再去浏览慎读书，对那些不堪入目之庸俗低级读物知之即可，万不可为之浪费精力，这样才能提高有限人生的读书效率。

有人说，我现在工作很忙，没有时间读书，等我空下来以后，再抽时间补读；也有人说，我现在家庭住房面积很小，没有书房，待有了书房以后再说；更有人说我现在出差很多，大多数时间都在舟车劳顿之中，没有读书的环境，待以后出差少了再读书也不迟。这些说法听起来似乎有一定道理，实际上却是自我安慰。人生短暂，如白驹过隙，百年岁月，来去匆匆，倘不抓紧每一分钟用来读书学习，永远不会有整块的时间、美好的环境供你从容不迫地读书。即使你年纪大了退下来，似乎有时间读书，可那时也许身体不济、老眼昏花，已经不能读很多书了。因此我们要每时每刻地抓紧读书，如厕之时、舟车之中也要抓紧读书才能锻炼自己的读书意志，使自己的一生在浩瀚的书海中占有一席之地。否则我们就会成为古代打油诗所描述的那种"春天不是读书天，夏日炎炎正好眠，秋多蚊虫冬多雪，收拾书包待明年"的一事无成者。

少年时，当教师的父母曾给我看过不少古人劝学的故事书，如"孟母三迁"、"凿壁偷光"、"囊萤映雪"、"悬梁刺股"等。其中对"悬梁刺股"的故事我一直心存疑虑。因为，我认为读书是一种精神需要，与吃饭、喝茶、睡觉一样是一件乐事，它不但能综观历史，神交古人，与秦始皇孔夫子沟通，还能旁通百科游历世界，了解不同国家民族的特点。倘能著述，你还能与数辈乃至数十辈的后代交谈，其乐无比。正如古人在《四时读书乐》一书中所说的那样，"读书之乐乐如何，绿满阶前草不除"，也就是说人们端坐寒窗喜爱读书已经到了忘身于外的程度，不知阶前长满了青草。因此，当时我脑海里经常冒出一个念头，那个"悬梁刺股"的读书人，肯定不是一个读书爱好者，而是一个被迫学习的人。因为，凡是发自内心的自觉学习者用不着去头悬梁、锥刺股，以形式主义的方式给人树典型，当榜样。我曾推测此人悬梁刺股恐怕还是父母、塾师强迫的结果。成人后我还看到过国外一篇介绍读书能治病的文章，文章说西方某国的药店，常将诗歌等文学作品制成卡片装进盒子，作为药品出售，专治某些与情绪障碍有关的疾病，由此可见读书作用极其广泛。

　　诚如人们所知，读书之乐在于内心之乐，读书之苦，则在于人身之苦，如寒冬腊月夜读的熬夜之苦，手脚麻木、躯体冻馁，所以古人常将书生书桌前的窗格设计成冰裂纹，称为"寒窗"。人们所说的"十年寒窗苦"，泛指蚊叮、虫咬、炎热、寒冷、饥饿一类的皮肉之苦，并非仅仅指寒冷之苦，如果从这一层含义上来说，"悬梁刺股"还有其合理的一面。当然，读书倘是仅仅为了文凭为了名利，那也是痛苦的，尤其是为了获得文凭读那些自己并没多少兴趣的专业书时，不仅有皮肉的外在之苦，更多的恐怕是内心之苦了。那些读了书花了钱拿了文凭又当不上官的更是苦上加苦，悔不该当初者更是揪心之苦。这些与当年居里夫人将荣获的金质奖章给小女儿当玩具，让她从小就懂得荣誉也是一种玩具的崇高境界相比，真是天壤之别。

　　读书人要有藏书，好比工厂生产产品需要原材料一样，是必不可少的库存。但藏书的目的有三种，一种是为自己阅读需要，另一种为供他人借阅的需要，还有一种是炫耀的需要。

　　宁波的"天一阁"是明代兵部侍郎（相当于今国防部副部长）范钦

创立的著名私人藏书楼。其藏书的目的主要是为了供他人借阅。在现代公共图书馆业高度发达的今天，这种私人藏书楼已经没有存在的必要了。因此家庭藏书便只有两种需要：一种是供自己阅读，另一种是向人炫耀。我认为我们如果不是那种缺少文化底蕴的富商，就没有必要为了附庸风雅不惜辟出巨室购买各种书籍装点门面。我们可以花费较少的钱购买一些有用的工具书和常用书置于案头藏于书架，至于那些偶尔用到的书籍大可不必收藏，完全可以通过图书馆借阅和上网来解决。在现代社会，家庭藏书是必要的，但藏书更多的是不应该藏在室内的书柜里，而是应该通过阅读和融会贯通转化为知识藏在脑子里，让书为人增长知识服务，而不是让人当书的奴隶。因此凡购入之书都应大体浏览一遍，哪怕是极其粗略地看一看，做到心中有数，而不是将其束之高阁，炫耀于人，声称本人藏书有多少多少册，而读过的书却少之又少，难以启齿奉告于人。一般人藏书不仅受居室面积的限制，还有防蛀、晒书、编码等不时之劳，不如少藏实物之书多读社会之书藏之脑海，既无须防蛀也无须防盗，其安全性无与伦比，需要时又可随时调用，效率之高速度之快绝非任何计算机可比。

如果说中国的文化是儒、佛、道三足鼎立，那么人的素质便是才、学、识三者的有机组合。才是才能，学是学问，识是见识。才能与天赋有关，学问与后天的勤奋有关，见识与悟性相联系是才能与学问的综合反映。

一个有才能的人如果不读书就不会有学问，也就不会"腹有诗书气自华"，而那些才能不那么突出的人只要能够努力学习，刻苦地读无字书和有字书，日积月累，他也会"问渠哪得清如许，为有源头活水来"。一个人能将才能与学问高度融会贯通，那他的见识一定会大为长进，离读书明理的目标也就不远了。如果你能动手写作，且有文采，那么"明理"不仅仅限于你自身，而是凭借文字的流传，会激励更多的后来人读书明理，其无量功德，将昭千古。

2. 学习的思索

XUEXI DE SISUO

今天我们生活在一个嘈杂而充满生存竞争的环境中，对于我们这些南来北往，整日疲于奔命，从一个会场到另一个会场，貌似日理万机，其实所从事的事业很多工作却是周而复始的人来说，能有机会参加脱产学习是一个多么难能可贵、值得珍惜的机会。

首先，学习要有紧迫感。世界上已定名的动物超过200万种，而有时间观念的动物恐怕仅仅只有"人"一种而已。在蓝天白云下的大草原，由于牛羊没有时间观念，不知老之将至，不知死期不远，甩着尾巴，踏着碎步，悠然自得，乐趣无穷。而有时间观念的"人"，则不免感叹人生的短暂而"壮怀激烈"。2000多年前的一天，孔夫子曾站在江河之畔，面对流水，无限感叹"时间"有如眼前的江水奔腾不息地流逝，曰："逝者如斯夫！"千百年来有此同感者何止亿万计，直至20世纪60年代，毛泽东畅游长江时还情不自禁地吟诵："子在川上曰：逝者如斯夫，不舍昼夜！"叹息时间的流逝、人生的短暂、革命事业的紧迫。众所周知，有一首叫《长歌行》的古诗更是耐人寻味，诗曰："百川东到海，何时复西归。少壮不努力，老大徒伤悲。"前面两句讲大江东流、一去不复返的自然现象，后两句提示了时间的宝贵与自身努力的价值和意义。由此可见，作为人，不仅要努力学习，努力工作，还要有时间上的紧迫感和历史的责任感，"学习，学习，再学习"，活到老，学到老，真正做到"老骥伏枥，志在千里"。生物科学告诉我们，人的智力用进废退。一个善于学习的人应该经常给自己出点难题，苦其心智，劳其筋骨，饿其体肤，悬梁刺股，埋头苦读一些艰深、实用而又富有哲理的书，以便向自己发起一次又一次的挑战，因为周而复始的工作驾轻就熟惯了，会使原本聪慧的头脑退化，原本勤劳的肢体僵死，惟有不断攀登学习高峰的人才能达到"问渠哪得清如许，为有源头活水来"的高尚境界。所以说，有紧迫感的学习不失为人生寿命的延长和效益的递增。

其次，要扎实学习。有一天早晨，我起床到户外活动，有人不无震惊地告诉我，昨天晚上由于大雨如注，禅源寺前面的一株大树竟然倒掉了。我问他，这株树有多大。他打了个手势，表明树径有30～40厘米，并说至少有五六十年树龄。我说，这不奇怪，因为凡是扎根不深的树木，其矗立于世的力度本来就不大，倘其根系一旦遭受水流浸泡洗涮，导致山土松动，势必无力支撑树干的枝繁叶茂，其倒地也就无疑了。对此，我们不妨由树及人，倘我们不努力学习人类浩瀚的知识，把自己的理论功底扎深扎透，那么有一天社会上竞争的暴雨倾盆而下，难保会有人由于"头重脚轻根底浅"，像禅源寺门前的那株大树一样砰然倒地呢。

再次，学习要持之以恒。古人说，"只要功夫深，铁杵磨成针"，一个天资最聪颖的人倘不能持之以恒地学习，毕生亦将会一事无成。君不见中国历代多少神童、多少状元青少年时代崭露头角后，却大多在历史的长河中，在茫茫的人海里默默无闻地消逝了，而罗贯中、施耐庵、吴承恩、蒲松龄、曹雪芹、吴敬梓等科场失意者却由于能持之以恒地学习，百折不挠地钻研，终于有了《三国演义》、《水浒传》、《西游记》、《聊斋志异》、《红楼梦》、《儒林外史》等传世之作，成了名垂千古的作家。拿当代来说，浙江有一位癌症患者，当医生告诉他"此生离终点已经不远了，金樽对月须尽欢"时，他没有像通常的患者那样悲观失望，玩味余生，而是振作精神，钻研学问，竟写出了一套上百万字的理论书籍，并举行了作品研讨会，至今他仍健在世间，真是令人惊讶！可见，有人说，癌症患者"病死的少，吓死的多"很有道理。至于20世纪最有影响的伟人马克思，更是世界上持之以恒学习的典型，他长年累月地在图书馆里学习、写作，过着用面包充饥的艰苦生活，终于以毕生的精力写出了以《资本论》为代表的巨著，从而改变了世界上诸多国家亿万人民的生活轨迹。

　　复次，学习要戒骄戒躁。古代有一位百发百中的射箭高手。一天他在靶场上表演，围观者甚众，连发十箭，箭箭皆中靶心，只有一箭略有偏差，中在靶心之侧，介乎九环与十环之间，射毕顿时全场掌声雷动，赞誉不绝。此时此刻，他心花怒放，禁不住大声向周边的观众发问，"诸位，老夫技艺如何？"站在他身边且相貌不扬的一位卖油郎，突然冒出了一句与众不同的评语，曰："不过如此！"这个评语恰似一盆当头冷水，使高手心里凉了半截，刹那间脸色不禁为之一变，冷冷地说："你年纪轻轻，有何高明之处？"卖油郎不紧不慢地拿出一枚外圆内方的铜钱，放在小口油瓶之上，然后不用漏斗，仅仅用大碗舀油，缓缓倾倒而下，其油流如线，不偏不倚，恰从铜钱方孔之中心进入瓶内，直至油瓶注满竟然没有一点油沾在方孔之侧。在现场亲眼目睹之高手不免幡然醒悟，自思十箭之中尚有一箭偏离中心，倘换成倒油，岂不是有油沾在铜钱方心之侧边了吗？于是当即向卖酒郎作揖称谢，表示此后要戒骄戒躁，百倍努力练习射箭之术，以百尺竿头更上一层的精神达到精益求精之目的。前几天到玉皇山登高活动，我和同事登临绝顶玉皇阁，俯瞰杭城十万人家，极目远眺，左湖右江，望不尽天涯之路，彼时彼刻，触景生情，不禁想起国学大师王国维先生的一段话。王先生在其所著的《人间词话》中描述，做学问须经过三种境界：一是"昨夜西风凋碧树。独上高楼，望尽天涯路"，此为第一境，喻知识浩瀚，初学阶段莫自满。二是"衣带渐宽终不悔，为伊消得人憔悴"，此为第二境，喻做学问要潜心专注，废寝忘食。三是"众里寻他千百度，蓦然回首，那人却在，灯火阑珊处"，此为第三境，喻为学者当千百度探索、钻研，一旦有所发现，其快乐无穷。此时此刻，我想这"三境"倘作为我们学理论做学问的座右铭似乎亦有可取之处。

3. 反思思维

FANSI SIWEI

　　每种职业、每个人都有它特有的思维。新闻记者善于点状思维，经常希望抓住一点不及其余，惟恐天下不乱。历史学家基于研究对象朝代相沿，惯于线状思维。地方官员所从事的工作涉及东、西、南、北、中，工、农、商、学、兵，诸多方面，希望方方面面都摆平，惯于面状思维。普通百姓由于职业特点不明显，点、线、面皆有，属于混合思维。西方人只关注自己该干什么，不在乎别人干什么、想什么；中国人很在乎别人干什么，有些人甚至不知道自己该干什么。协调双方矛盾，只有双方都不太满意的方案，可能是最佳方案。财政支出不会有皆大欢喜的结果，税收征收不可能挤干没有水分的"柠檬"。最好的编辑也做不出没有缺点的报刊杂志，最差的报刊杂志也有它赖以生存的"救命稻草"。计划经济花钱养人再办事，市场经济花钱办事不养人。

　　在中国自古以来，小孩喜欢扮大人相，大人喜欢装小孩相，由于社会上存在着根深蒂固的均贫富思想，有钱的人怕露富，无钱的人却要装阔，急于致富者常常不惜牺牲健康去换取财富，却不知财富不能买到健康，更不能起死回生。药剂师可以配制各种药物，却配不出长生不老和后悔之药。任何救死扶伤为出发点的医生，最多只能使人延缓生命，而不可能承诺不死，因此到头来只能得到爱恨交加的结果。惯于怀念昨天的老年人为了事后不后悔，宁肯事前不冒险，因此思考多于行动，议论多于果断；喜欢期盼明天的青年人则短于思考长于创造，短于讨论长于猛干，短于持重长于革新，两者截然相反。市场经济富人赚钱，斤斤计较，讲效率；赚了钱的富人，为了享受却最不讲效率，一人居数人之屋，坐拥数人之车，消耗数倍以至数百倍于常人的财富，可见万事万物皆有两面性。

世界上凡有精力者往往缺乏经验，有经验者已无机会；有需求者往往没有条件，有条件者则已无需要。如掌握恋爱经验者，已经结婚。旅游休闲，有时间者没有金钱，有金钱者没有时间，有时间有金钱者已老朽，难以出行。知晓为官之道者，已近退休。不过人生是一个过程，早退晚退，早晚要退，早死晚死，早晚要死，客观上还是早退晚死有利于延年益寿。生前受人忌恨者，死后受人敬仰。成功不仅在于付出，更重要的是要有所放弃，正如一个人走到岔路口，不放弃其他路径就只能在原地徘徊，难以继续前进。

表面上自尊心特强者，其内心的自卑感更强。有钱者缺少安全，有名者缺少自由。搞宣传者习惯于把不知道说成知道，搞人事者则往往把知道说成不知道。搞治安者满眼坏人，习惯于坏中选劣；搞人事者满眼好人，惯于好中选优。摄影师善于抓住瞬间，留下永恒。建筑师的设计方案则先从大做到小，再从小做到大，不同方案的人文关怀始终如一，创新精神却各有各的不同。在中国，先人后己，助人为乐，并非人人都能做到，但在酒席上劝酒却个个堪称舍己为人的楷模。博士者，其实知识面不宽，却钻研极深，应称深士。

中国人以绝对对称为美，"三"为基本构架，古代造牌坊有左中右"三门"，建房当中为正房两侧有厢房，现代人买轿车要有前中后三厢。考虑问题要"三思而行"，切磋学问"三人行，必有我师"。佛教有"三圣"，道教有"三清"。古代有自称"三味书屋"（五经为米饭、四书为佳肴、诸子百家为调味品）的私塾。反映冬去春来，阴消阳长的吉利为"三阳开泰"（民间称农历十一月为一阳，十二月为二阳，次年正月为三阳开泰）。描写战争的小说最著名的要算《三国演义》，战争规模最大的要算20世纪40年代中国解放战争时期的"三大战役"，长江水系险滩奇观要算"三峡"，搞书画有"诗、书、画"三绝，领导即席讲话一般为三点，古今中外军队皆为三军，至于"三大法宝"、"三面红旗"，以及三的倍数"六六顺"、"九龙壁"、"十二生肖"、"十八罗汉"、"二十四节气"、"三十六计"、

"七十二变化"、"一百零八将"比比皆是，可见思维不仅有着一定的规律，反思思维更有无限的情趣和寓意深远的哲理。

4. 启迪心智

QIDI XINZHI

一个人要在社会上谋生起码得有技能，而比技能高一点的是技术，比技术更全面的是知识，比知识更高的则是智慧。一般来说，技能靠熟练，技术靠切磋，知识靠积累，智慧靠启迪，通过启迪的智慧犹如甘泉会自然流淌出来。作为智慧的启迪，离不开"博闻强识，融会贯通"。"博闻"来自自身的学习，"强识"有赖于勤奋；"融会"和"贯通"则离不开"思索"和"直觉"。

就自身学习而言，动手实践、见多识广是直接学习；读书是间接学习；与人沟通、交流，读无字之书则是另一种间接学习。在知识爆炸的现代社会，一个人不可能事事亲身实践，因此，人们的知识多数来源于间接学习。

人作为社会关系和自然关系的总和生活在世界上，几乎没有谁可以回避外部世界对自己所提出来的各种要求，因此，便产生了如何应对的问题。要应对便要思索，而思索的基础离不开对问题的综合研究，而综合研究的基础则是对相关材料和知识的充分掌握，从而博闻强识便成了人们脑子存储信息的重要前提。

作为思索，首先是个人的冥思苦想，然后才是与他人共同探讨的集思广益。若希冀省心省事贪图走捷径，欲绕过诸葛亮"踏方步，摇羽扇"那样的冥思苦想阶段，直接进入与人探讨的集体决策，那就很容易产生应对失误的大问题。因为参与者不仅没有自身感受，又无直接利害，也无须承担任何后果，唯有友情、同情而已，而作为缺乏理性的感情恰恰因为容易冲动而极有可能造成决策失误。

君不见，当今多少经济建设和社会发展的重大决策都声称是集体决策，其实为数不少的与会者并非是直接利益的相关者，他们更关心的是自身利益，即使主要领导的决策是错误的，为了保住乌纱帽谁都不会傻乎乎地提出反对意见，这就说明了为什么社会上"皇帝的新装"故事不断重演。根本没有穿衣服的皇帝，却获得众多臣民的赞扬，人们并未忘怀的"文化人革命"便是典型的"皇帝新装"之现代版。

作为非逻辑推理的直觉，是人类高度综合的一种本能，在不同人身上有着不同的反映，与个人自身所拥有的天赋密切相关，犹如有人读书成绩并不突出，但极具经商才能，就是这种从商直觉在发挥作用。可见，启迪智慧要依靠诸多因素的综合，既有主观努力，也有客观条件。在客观条件相同或相似的情况下，博闻强识，独立思考，不耻下问，集思广益的主观能动性起着决定性的作用。

5. 两种教育

LIANGZHONG JIAOYU

千百年来儒、佛、道三教鼎立影响下的中国传统文化无不以儒家"将相本无种，男儿当自强，朝为田舍郎，暮登天子堂"、"书中自有黄金屋，书中自有颜如玉"的思想来教育青少年实现人的社会价值，以道教清静无为的思想来教育人们特别是老人重视人生的自然价值，以佛教的痛苦人生"善有善报，恶有恶报"的轮回转世思想来教育那些不幸者和犯罪者。直至今日，凡痛苦之人还常常希冀通过信奉佛教获得解脱。

可见，中华民族对青少年的教育其目的历来是为了"做人"，而不光是为了"生活"。因为只有"读书明理"，懂得做人的人伦之道后，再去开发智力，学习各种谋生的知识和技术，才能成为德才兼备、知行双全

之人。如《孟子》一书中的"故天将降大任于斯人也，必先苦其心志，劳其筋骨，饿其体肤，空乏其身，行拂乱其所为，所以动心忍性，曾益其所不能。人恒过，然后能改；困于心，衡于虑，而后作；征于色，发于声，而后喻。入则无法家拂士，出则无敌国外患者，国恒亡。然后知生于忧患，而死于安乐也"的一节，就是古代典型的做人教育。年轻时朱元璋对此也不理解，曾下令取消了孟子牌位配享孔庙的亚圣地位，但当他在年事渐高、阅历增多的晚年，再读此段文章时，幡然醒悟，痛感自己对做人之道理解之肤浅，又重新恢复了孟子配享圣庙的亚圣地位。

可见，学问不是文字，也不是知识，学问从人生经验中来，从做人做事中体会。随时随地的生活阅历都是书本，都是教育。

而今日之教育，全然是以谋生为目标的知识教育，学生读书受教育只是为了竞争到一个好的职业，高的待遇，出国留洋，过优裕的生活。有不少家长还把自己一生的失意或一生做不到的事都统统寄希望于子女身上，让他们替自己去实现伟大理想，以至于有些家长不择手段地逼迫子女课余时间去学英语、学钢琴、学画画、练书法，完全不考虑孩子的个性、兴趣、智力和健康的差异，拔苗助长，竭泽而渔，把人体当作机器，乱点鸳鸯谱，希冀将来个个都能成名成家。这种急功近利的做法不仅使青少年的脑力受到过度负荷的伤害，而且产生了诸如高中生厌学杀母、学生不堪重负跳楼自尽之类层出不穷、闻所未闻的人间悲剧。因此，要从根本上振兴中国教育，就必须把知识教育和做人教育紧密地结合起来，绝不可有所偏废。

6. 使人聪明的学问

SHIREN CONGMING DE XUEWEN

孔子的弟子子夏曾经说过"仕而优则学，学而优则仕"，后半句的意思大家很清楚，就是说读好书就可以当官。小说《红楼梦》里说"书中自有黄金屋，书中自有颜如玉"，只要读好书，金钱美女亦在其中。在"文化大革命"中，有人利用群众痛恨这种腐朽的封建思想的心理，就以批判"读书做官论"为名，反对读书学习。当时辽宁的张铁生就是反对"读书做官论"的典型，用交白卷来向读书学习挑战，结果变成全国闻名的"白卷英雄"。当然现在看来，做官还得读书，不读书是不对的。但不是光读书就能做官，做官还有多方面的内容，不光需要文化知识，还有很多其他的知识和机遇。所以，荀子就说过："学者非必为仕，而仕者必如学。"至于"仕而优则学"的"优"字不是良好的意思，不是说官做好了去读书。官做好了去读书的也有，如到省委党校、中央党校去念书的。这个"优"字是空余的意思，整句话就是说当官的人也要抽出时间来学习。因此这句话所体现的中华民族的传统文化，自然有其合理的一面。

读书学习有两种截然不同的情况：一种是学以致用，事半功倍；另一种是学用脱节，书呆子的学习，这些人也就像鲁迅先生所说的，人生识字糊涂始。这两天的发言中，不少同志讲到上面来了文件，我们必须进行调查研究，然后根据文件精神，结合浙江的实际，再制定计划，拿出方案，这是一种正确的方法。假如我们把上面的文件仅用传真机传达下去，那还要我们干吗？电脑不是更好？而且电脑铁面无私，没有廉政问题，它不会去跳舞、吃喝，也不存在感情面子问题。我们的学习如果"面子"很多的话，就会变成孔乙己，孔乙己就是这样的一个人物，最后变成了悲剧。所以我们即使书读得很多，但如果读死书，用死办法，像孔乙己那样一副狼狈相，害的不光是自己。因此我们学习提高必须掌握一个正确的方法。学习的内容很多，有文化、历史、业务，有做人的道理等。有一位同志在第一天的发言中讲到的"修身、齐家、治国、平天下"，这是中国传统教育中很有哲理的一句话。不少读书人受这句话的激励，敢于说出"将相本无种，男儿当自强，朝为田舍郎，暮登天子堂"的豪言壮语。这也就说明了必须要有一个正确的观点去读书、学习，而不是去念死书。有些人只知道读死书，而不知道书与书之间知识的相互联系。一个人能够把读过的书上下贯通，左右融合，书就读通了。读书不求甚解或一知半解，自以为很有学问，也许只会越读越坏，成为鲁迅先生笔下"人生识字糊涂始"的可悲人物。王明尽管马列书念得很多，以至滚瓜烂熟，对《资本论》的章节了如指掌，倒背如流，并成为党中央的总书记，但他念的还是死书，结果使中国革命造成损失，本人也客死前苏联，现葬在莫斯科新处女公墓。毛泽东则不然，他同其他中央领导同志一起，把马克思主义同中国的革命实践结合起来，最后形成了毛泽东思想，指引中国革命走向胜利。这样，书就念活了。

古人曾经说过："世事洞明皆学问，人情练达即文章"，意思是如果把世界上的事物认识得很清楚，那就成为一个很有学问的人；如果能够较好地处理人际关系，那就相当于做了好的文章。中国古代文章写得好的人不少，如孔明的《出师表》、范仲淹的《岳阳楼记》、苏轼的《赤壁赋》等，颇具感染力，但是从某种意义上讲，写好文章易，做人难，不少文学大师就是因为处理不好人际关系，所以人情不练达而未能善终。国学大师王国维以及台湾作家三毛的自杀，便是这样的事例。因此，"世事洞明皆学问"就要求我们正确地认识世界，"人情练达即文章"就要求我们必须处理协调好部门间的人际关系。我引用这两句话的目的也就是为了提出一个问题，即我们要用正确的哲学观点来指导我们的学习和提高，而这个正确的哲学观点就是马克思主义的唯物辩证法。

学习的内容很多，要学马列主义、毛泽东思想，学邓小平同志建设有中国特色的社会主义理论，将来或许还有新的学习内容。不同的历史时期有不同的中心任务，但我们必须始终坚持用这个哲学思想来指导学习。像我们的财税体制，尽管千变万化，但有一点必须牢牢把握，即是否促进生产力发展，是否有利于国家经济的发展和政治的稳定。应该说，唯物辩证法是一门使人聪明的学问，是指导我们学习提高的一个很好的哲学思想。

辩证法有三个要点：一是事物的普遍联系，二是事物的矛盾法则，三是事物的不断运动发展。

先讲事物普遍联系的观点。曾经有人说，我认识世界上所有的人。这句话对不对？回答是肯定的。譬如你认识×××，×××或许认识某个在美国的湖州人，那个湖州人或许认识某个叫汤姆的美国人，那你就完全有可能认识汤姆，从这个意义上说明事物是普遍联系的。因此我们学习的内容要有一定的广泛性，纵向要研究历史和未来，横向要研究各行各业。普遍联系肯定形成一个系统，并且相互之间也肯定存在着平衡关系。平衡关系有很多种，诸如生态平衡、国家平衡、经济平衡、社会平衡、人体各器官的平衡等。世界上到处存在着普遍联系，到处存在平衡。生物圈的恐龙，由于气候的变化，觅食越来越困难，所以恐龙就灭绝了；有人说长颈鹿也是由于气候变化，地上的草不太有了，只能吃树上的叶子，所以脖子越伸越长；又如我们黄种人的黑头发、黑眼睛配上黄皮肤，是一种很协调的色调搭配，而现在街上有人把头发染成黄色甚至红色，这样就不太协调，即使皮肤可以通过化妆涂抹成白色，眼睛却无法变蓝，最终还是失去了色调平衡。又如世界的经济也需要平衡，中国与美国在贸易中出现顺差，失去了平衡，产生了矛盾，所以国家计委的副主任就带队去美国采购飞机、汽车，这也是一种维护国家贸易关系的平衡。再如关于鸦片战争的起因，也是由于当时的清政府与英国在贸易上产生不平衡，英国人便开了东印度公司专门种植鸦片，并倾销给中国，基于鸦片对中国人的毒害性，道光皇帝便命令令林则徐虎门销烟。可见，贸易的逆差最终导致了以资本主义列强侵略中国为主要特征的鸦片战争的爆发。

再举个例子。过去干部实行行政级别和职务的双轨制，这也是沿袭了古代的官吏制度，知县、知府、巡抚等职官都有相应的品级如清代知县为七品，知府为四品，巡抚为二品。1985年曾经实行过职务工资制，把级别给取消了，实践证明这是不行的。1993年10月开始的工资改革又把它改过来了。"文化大革命"为什么搞得一团糟，其中有一个原因是等级制度被取消了，行政的框架被破坏了，统治的手段一遭破坏，国家就乱了。我们的机关讲究的是行政等级，像事务所、研究所这样的事业单位讲究的是技术等级。因此我们做任何工作，要遵循以等级为主，资历为副的原则，只有这样去研究政策、分配房子或解决其他问题才比较行得通，否则的话势必乱套。如果在解决实际问题中把处长、科长和其他干部职工加以混淆，不讲究行政等级，这样必然引起不平衡。

第二讲事物的矛盾法则。毛泽东在《矛盾论》一文中对矛盾的论述主要可以归纳为三方面的内容：一是矛盾的普遍性和特殊性；二是主要矛盾和次要矛盾；三是矛盾的可转化。矛盾的普遍性和特殊性要求我们有克服困难、解决矛盾的进取精神。世界上到处充满着矛盾，内部之间有矛盾，我们与外部也有矛盾。有人认为矛盾不应该存在，这样的想法是错误的。没有矛盾就没有世界，这是放之四海而皆准的普遍真理。处理主要矛盾和次要矛盾的关系就要求我们工作必须有重点，要善于分清主次，否则就会出问题，影响工作。矛盾可以转化，要求我们处理问题不能光凭老经验，要调查研究，了解情况，一切从实际出发。譬如说，第二次国内革命战争时期，五次"围剿"和"反围剿"就反映出当时农民与地主阶级的矛盾；到了抗日战争时期，中华民族与日本帝国主义的民族矛盾上升为主要矛盾，所以农民、工人、地主、资本家、共产党、国民党要形成统一战线，团结起来进行抗战；解放战争时期，矛盾又转化为农民和地主的矛盾。众所周知，"文化大革命"反对的是资产阶级，但是在旧中国实际上没有多少资产阶级。自宋朝以后，尤其明清时代，中国的社会经济发展比较缓慢，制约了资本主义因素的发展，所以中国几千年以受封建主义的影响为主，但在"文化大革命"中却把反对资本主义作为主要矛盾，而忽视了反对封建主义，忽视了发展生产力。当时，把生产力搞上去应该是最主要的矛盾，邓小平就是紧紧抓住"以经济建设为中心"这个基本点，党的十一届三中全会后，将党的工作重心迅速转移到经济建设上来，使国力有了增强。所以我们必须清醒地认识到矛盾是可以转化的，如果还是老办法、老思路是肯定行不通的。

第三讲事物不断运动和发展的观点。这就要求我们的工作必须明确方向，着眼发展。假如一个决策有利于发展，就要努力去实现。譬如每个单位都难免碰到分房子这个难题，"造房不易，分房更难"，这是每个

单位领导的切身体会。如果有人认为分房会出现矛盾而不如不造房的话，显然是因噎废食。不造房子是停滞不前的表现，不是发展的观点，即使造房子有矛盾也是发展中的矛盾，要用发展的观点去解决处理矛盾。在某些情况下，更不能由于做事要影响做官，就不去做事，以至于一事无成。做官要做事，做事才能更好地为人民服务，这就是做事与做官的辩证法。当年孙中山先生倡导革命党人要做大事，不要做大官，这在目前仍然有其现实意义。又比如有些单位尽管目前的业务开展得得心应手，人才需求问题还不是很大，但这并不意味着就可以不引进人才、储备人才。用发展的眼光来看，任何社会经济的竞争归根结底都是人才的竞争，只有不断引进各种高层次人才，才能适应不断发展的社会需求，将来才会有更大的发展，才会有更强的竞争力。

上面讲的是辩证法的三个观点，下面再引用中国古代对官员素质要求的两句名言。清朝林则徐写过一副对联，上联是"海纳百川，有容乃大"，意思是一个人要有大的肚量和宽广的胸怀，才能做大事，成大业。中国历代名人都很欣赏佛教寺庙里弥勒佛像前的对联，即"大肚能容，容天下难容之事；开口常笑，笑天下可笑之人"，这说明一个人不仅要有肚量，还要有爱憎分明的感情；同时，还必须是一个心胸宽广、宽厚待人、团结同志、善于合作、具有凝聚力的人。法国著名作家雨果曾经说过："世界上最宽广的东西是海洋，比海洋更宽广的是天空，比天空更宽广的是人的胸怀。"所以说，一个人不仅要有被动的肚量，还要有主动的胸怀，才称得上"有容"。林则徐所撰的下联"壁立千仞，无欲则刚"，意思是一个人如果没有什么贪欲，就会成为无所畏惧的高尚的人。这两句话对我们也同样适用。因此我们的学习提高不仅要运用辩证法的观点，还要有"海纳百川，有容乃大；壁立千仞，无欲则刚"的精神，只有这样，学习才能落到实处。我这里不妨撰写一副对联送给大家作参考，上联叫"有容无欲握平衡"，下联是"求实进取促发展"，横批是"永无止境"。我们的学习提高要把握基本要领，特别是平衡与发展的问题。平衡不等于平均，平衡的关键在于找准位置，着眼发展。大家知道，汉字是象形字，"衡"

字可拆卸成"鱼"和"行"两字，意味着鱼儿游水既要掌握方向维持身体平衡，同时更要在行进发展上有连续不断的动作。

7. 觉悟与制度

JUEWU YU ZHIDU

藏传佛教的展佛又叫晒佛，在哲蚌寺左侧的山坡上进行，僧人事先在山坡上制作了一个巨大的钢架，远远看去足足有一个足球场那么大，然后将同样大小的羊毛织成的佛像抬至钢架下部，再将佛像挂在活动钢管上，钢管用数根绳子穿住，从而只要将钢管上移佛像便随之上行展示。随着东方微露曙光，指挥僧人一声令下，站在钢架上部山坡上的僧人用力往上拉绳时，展佛便开始了。

展示没有机械，全靠手工拉绳子操作，过程十分缓慢。直到朝霞散去，阳光灿烂之时，佛像才拉到顶端。此时满山遍野的信徒欢声雷动，祝愿晒佛成功。

观看展佛活动的不仅有拉萨本地人，还有特地从四面八方赶到拉萨来的佛教信徒，他们长途跋涉，不免姗姗来迟，这样就导致早来者要下山之时，迟来者仍如潮涌般地上山。两股人流在山道上互相挤轧，谁都难以挪动半步。后来随着上山的人越来越多，下山者只能节节后退甚至不得不返身，再往山上走去。我和胜凯先生两次试图下山都被反挤上山，并且有一次差点被人流推倒。如果真的被推倒在地，踏上无数只脚，肯定要成为肉饼，那是永世不得翻身了。

正在一筹莫展之际，胜凯先生看到有人从路旁的围墙上打开缺口，攀着一株柏树往下溜入荒坡，我们也顾不得体面，登上右侧围墙再下去。结果到了下面有围墙挡住，僧人又不肯开门，无论如何出不去。后来落荒逃遁者越来越多，人们终于扒开了一道由荆棘堆积起来的门洞，找到了出路。

在登上汽车离开现场的时候，我一直在想，展佛节管理如此混乱，差不多就要踩死人，出人命案子，说明了科学管理与人们觉悟并不是一回事。佛教讲究觉悟，这些信徒应该是最具觉悟者，但由于脑子里缺少逻辑思维的科学管理才酿成了如此危局。可见，一个社会，仅仅依靠个人的觉悟是不够的，我们更需要的是科学和法制。

8. 可怕的集体无理性

KEPA DE JITI WULIXING

理性，是人与动物的一大区别；集思广益则是人类进步的重要阶梯。人的理性往往在冷静思考中领悟，而不是在感情冲动中获得；集思广益之"集思"，是集理性之思而不是集非理性之思。在某些情况下，作为高级动物的人常常会发生个体理性、集体无理性现象。

在戏剧中，我们看到六出岐山与曹魏作战的蜀国丞相诸葛亮在决策前，一边踏着方步，一边摇动羽扇思考的形象，就是领悟作战方略的一种个体理性；科学家在创造发明过程中所表现出来的那种冥思苦想的独立思考精神更是人类追求个体理性的典型表现。若用古代文人的话来说，要领悟个体理性，便要"慎独"。

而那种在聚众之际，群情激愤之时，基于冲动所做出的决策往往会偏离理性，乃至产生严重的破坏作用，倘若被人误导或利用其后果更是不堪设想。其小则伤人，如居民区里出现打伤、打死小偷的集体无理性事件；大至骚乱，如中国农村常常为水利灌溉所发生的宗族械斗；更大的会发生战争，如20世纪二三十年代希特勒通过口若悬河的演说，激发了部分德国人的非理性，从而导致纳粹党人上台，屠杀犹太人，爆发了席卷全球的第二次世界大战。在20世纪60年代的中国，爆发"文化大革命"及其出现的跳"忠字舞"、"早请示、晚汇报"等种种宗教式行为也与集体无理性密切相关。时至今日,以集体决策为名做出种种伤害平民百姓利益的非理性行为亦屡见不鲜,如无理摊派、强行拆迁、强征农地、强制收容,甚至强行割除弱智女性的子宫等,不胜枚举!

由此可见,多一点个体"慎独"的理性思考,不仅能使集思广益建立在真正的理性基础上,达到推动社会进步的目的,而且对于以集体决策为名的非理性行为更是一种有力的制约。千百年来以美妙的"集体"之名,不断侵犯人民权利的非理性实在太可怕了。

9. 超越知识的力量
CHAOYUE ZHISHI DE LILIANG

谁都知道杭州不但是山水秀美的国际旅游城市,而且还是南宋历经152年的故都,具有深厚的文化积淀,拥有这方面知识者在杭州,在浙江,乃至全国可谓不乏其人。但他们之中谁也没有运用自己所拥有的知识发挥想像力,着手在杭州郊区建设一座用于旅游的宋城。而这个富有想像力的金点子却被一个专业知识并没有专家那么丰富对杭州也没有太多了解的浙西南山区的黄姓青年所撷取,他捷足先登,在时人眼中以匪夷所思的气魄筹资1.2亿元,建起了一座占地200余亩、集游乐宴饮歌舞于一体的杭州宋城,取得年收入数千万元的经济效益,这不能不引起人们的深思:想像力与知识相比谁更重要?

同样,世界上不少人拥有低空跳伞知识,也知道上海浦东有一座88层、高达345米的金茂大厦,但在如此之多掌握两方面知识的人中间谁也没有想到在金茂大厦举行一次国际低空跳伞表演,不仅有轰动效应,而且还会通过表演展现上海城市的大气和高雅,当一位富有想像力的智者提出这一建议并在2003年10月被上海市政府采纳和付诸实施,提高了城市知名度之时，人们才恍然大悟，这个富有想像力的主意竟然是一个提高上海城市知名度的金点子。

至于铁丝具有弹性是尽人皆知的常识，但谁也没有想到利用一根几厘米长的细铁丝可折成状如汉字"回"字的回形针，用作夹住纸张的文具，当西方的一位发明者发挥了他丰富的想像力，成就了他简单却具有创新意义的发明时，人们又一次沉思知识是力量，想像力似乎是更大的力量。因为人与动物的区别在于人具有思维能力，而人与人的区别不仅仅在于所掌握的知识多寡，更重要的是被称为想像力的创造性思维的能力，由此可见想像力比知识更重要。

10. 管人管事管协调

GUANREN GUANSHI GUANXIETIAO

人是我们一切工作的出发点和归宿，人的生活质量和内在素质的提高是社会进步的最高标志。所以，孙中山先生倡言"天下为公"；列宁号召布尔什维克当"人民公仆"；毛泽东要求共产党人"为人民服务"。

"管人"，先得从"人"字说起。据说，古代仓颉造字先从最重要、最常用的字开始造，所以，最重要的字笔画最简单，如："一、二、三"，"大、中、小"，"人、犬、牛"。人号称万物之灵，在自然界的地位最为崇高，字的笔画也很简单，只有一撇一捺两个笔画。"人"字在结构上，撇与捺也是相互支持的，无论缺了谁都站不住，所以，人也被称为社会关系的总和。"人"字的撇与捺起笔之处是连在一起的，差别不大，但随着笔画的延伸，差别也不断地扩大，这说明人是环境的产物，不同的环境条件和自身努力程度不一样，培养出来的人差距是很大的。同时，人也是有思想的动物，兼有动物性和修养性，而修养性是人类所特有的。关于修养问题，古人就很重视，周代以"周礼"，汉代用"孔孟之道"，宋明提倡"理学"来规范人们的行为举止。作为马克思主义者，刘少奇1938年在延安中央党校所作的《论共产党员的修养》的报告中，就着重强调共产党员要有严于律己的修养。在当前社会主义市场经济条件下，共产党员加强自我修养，对于反腐倡廉，不仅是十分必要的，而且也是非常迫切的。所以1998年党中央举行了纪念刘少奇诞辰100周年大会，决定重新发行《论共产党员的修养》单行本。所有这一切都说明，人的管理是最根本的管理，而对负有"管人、管事、管协调"职责的部门领导而言则更为重要。正如毛泽东所说的："政治路线确定以后，干部就是决定的因素。"

"管人"，一是管自己，管本人；二是管别人，管部门里的人。管人的目标是最大限度地调动人的积极性，包括自己的积极性。古人言"天时、地利、人和"很重要，而其中"天时"不如"地利"，"地利"不如"人和"。只要"人和"，什么事情都好办，所以领导者一定要将"人和"抓好。《论语·子路》说："其身正，不令而行；其身不正，虽令不从。"古谚称："桃李不言，下自成蹊。"都强调领导以身作则的重要性。因此，管人应管好本人，要加强自己的思想政治学习，要带头搞好廉政建设，同时，要不断地提高自身的业务素质。第一要掌握本部门的业务；第二要有宽阔的知识面，要多读书，丰富自己；第三要多和同志们交谈、探讨，拓宽自己的社会知识面；第四是要不断地锻炼自身的口头表达能力和文字写作水平。同时要注意改进工作方法，理清工作思路。一是要严于律己，宽以待人，胸怀豁达，开诚布公。要吃苦在前，享受在后，带头苦干、实干。要带头遵守纪律，以模范的行动来带动整个部门的工作。要善于听取不同意见。我们不光要有肚量，而且要有胸怀。二是要敢于探索、敢于创新。现在在改革年代，假如不探索、不创新，你工作的领域将越来越窄。三是遇事要冷静，多思考、多研究，碰到问题要敢于挑担子。我们经常碰到很多紧急的事，有时也碰到一些不是太急的事。中国有句古话："急事缓处，缓事不拖"。就是说，"急"的事如果考虑不周就不要急办，要三思而后行；"缓"的事不能由于大家认为不急，就一直拖下去，时间一长就难以解决，甚至转化为难题。同时碰到问题不要互相责怪，责怪是解决不了问题的，相反只会徒增新的矛盾。第四要关心同志，团结同志，善于调动干部的积极性。我以为领导者要有才能，但主要领导的工作不是与周边的同志比个人才能，而是要不断地与自己的缺点和弱点作斗争，致力于研究如何最大限度地发挥周边同志的才能和智慧。所以，领导者要努力创造一种人格的力量，带动和影响周围的同志，达到"不令而行"、"下自成蹊"的境界。曾记得，前几年，我右手受重伤住院治疗期间去上天竺散步，在禅寺回廊的墙壁上发现贴着佛教界告诫信徒的20句话。其中有两句话与世俗的关系最为密切：一曰人生最大的财富是健康；二曰人生最大的敌人是自己。一个人健康的时候，真体会不到健康的可贵，一旦失去健康才痛感健康之宝贵。我年过半百，对于"手"从来没有研究和认识。1996年4月1日上午奉命去浙江大学经贸学院给研究生班讲课，不幸摔倒在地，右手被玻璃茶杯切割重伤。一刹那间，血流如注，血管、神经、肌腱皆断，生活工作顷刻无从谈起。儿时读过"切肤之痛"的成语，40多年后才将其含义"印在脑子里，融化在血液中，落实在行动上"。嗣后在辗转浙江医院、上海华山医院治疗期间，才知道生物界中只有人的"手"具有对指功能，所以，"手"是人和动物的重要区别之一，一位在杭州邵逸夫医院工作的美国医生说："唯有人，才有手；唯有了手，才成为人。"如果不能把手伤治好，那就将失去作为人的重要功能，其后果不堪设想。健康真是人生的最大财富。当我看到第二句话时，不由得想起唐代杜牧《阿房宫赋》中的一段话："呜呼！灭六国者，六国也，非秦也。族秦者，秦也，非天下也。"真是令人振聋发聩。一个人、一个单位的敌人不也是自己吗？当今，就拿一些行政执法部门来说，其工作人员办理社会事务往往比其他人顺手，个别不知就里者还颇以其为能者。其实这多半非能力使然，乃权力所致，而且此等事宜倘办得超过限度，不是祸起萧墙，就是社会上闲言碎语、怨恨诽谤由此而生。所以，我们务须"如履薄冰，如临深渊"以自律，凡事把握左邻右舍之间的平衡，做到将心比心，适可而止，平顺之际要考虑拂逆之时，将夹着尾巴做人作为每个干部的座右铭。

管人也要管好别人。第一是领导要懂得用人之道，要用人所长，补己所短。疑人不用，用人不疑，这是中国历史上传统的用人之道，在现代还是有借鉴意义的。第二要建立规范化、制度化的管理，绝对不能有随意性。同时，我们的干部也一定要实行分级管理，不要越俎代庖。第三要从尊重人、关心人着手，启发同志们的主动性、创造性。第四要培养人，提高干部的素质。第五要敢抓敢管，大的问题不能姑息迁就。

"管事"，先得从"事"字说起。"事"在商务印书馆出版的《现代汉语词典》中解释为"关系和责任"，在中华书局出版的《说文解字》中解释为"职也"，如果将两者联系起来，"事"即为"有关关系的职责"。所以说，"管事"就是要"尽到处理关系的职责"。因此，我们强调管事，首先就要强调尽职尽责，做好本职工作。在这个基础上，我们对领导者"管事"有七条要求。第一，工作思路要清晰。中央的方针政策要全面掌握，小平的理论要认真学好，在这个基础上，上级的指示要很好地研究，本省实际要很好地调查，上级的要求要很好地贯彻落实，部门内职工的想法要摸清。这样工作才有清晰的思路。工作有思路，实际工作才有道路。第二，"管"字从竹从官，古代曾以竹简记事，也就是说，官员按竹简文字规定的制度办事，就称之为"管"。所以，管事一定要管得规范，按制度办事。第三，办事要有个程序，才有科学的决策。第四，工作要有个合理的分工。第五，工作要有计划、要有目标。第六，在综合平衡的基础上，工作要抓重点，抓主要矛盾。第七，要抓检查落实，做到办一件成一件。

"管协调"。事物是普遍联系和矛盾的，凡是有人类居住的地方都会产生不平衡，要取得新的平衡，非做协调工作不可。在这里，我们不妨将"协调"两字拆卸开来。"协"字左边是一个竖心，说明做协调工作要诚心诚意；右边繁体字是三个"力"，说明要一而再、再而三地花力气，简体字右边是个"办"字，再拆卸开来，"办"字当中有一个"力"字，力字身前背后又各有一点水，同样说明要付出力气和汗水。因此，"协"

字就表明我们在做协调工作时必须怀着坦诚之心，不遗余力地付出辛勤劳动。"调"字，左边是个"言"字，右边是个"周"字，意思显然是协调时讲话要周到、得体。所以说，做协调工作一定要诚心诚意、竭尽全力、言语周到、不厌其烦，才能平衡各方，取得协调的成功。协调按照其对象来讲，分为内部协调和外部协调。要处理好五个关系：一是上下左右关系，上的关系是处理好与上级领导的关系，当好上级领导的参谋，争取上级领导的支持；同时要处理好相邻部门的关系，求大同，存小异，相互支持，互相理解；对下级要尽量倾听意见，用说服的办法来解决问题。绝不可沾染上明末袁宗道先生所概括的那种"对上司要做狗，对同僚要做鬼，对百姓要做神"的官场腐朽作风。二是处理好整体和局部的关系。三是处理好长远和眼前利益的关系。四是处理好主动与被动的关系。五是处理好原则性和灵活性的关系。六是处理好审时度势和抓住机遇的关系。

对于不同层次的人来说，平衡协调的要求是有所差异的。一个大国的总统曾经说过"政治就是妥协"，这就是说上层领导更多的是平衡协调，而基层的工人、农民则主要是干活，很少有人际协调任务，起着承上启下，处理事务作用的中层干部，应该做到平衡协调和业务工作并重，当然这是就总体情况而言，并非"五五"分，视各部门情况不同，有所侧重。

11. 有德有才有表率

YOUDE YOUCAI YOUBIAOSHUAI

在一次旅途中，看到路边农家大门上的一副对联，受到了启发，想了一个与"管人管事管协调"相对应的联语"有德有才有表率"。

我想我们的中层干部应该有德，就是有良好的道德品质、道德风尚，要有适应当干部的领导才干，还要有当干部的表率，发挥以身作则的作用。

现在的社会经济发展很快。大家记得，当年我们生活很困难的时候，单位里发一些吃的东西，诸如米、油、猪肉、咸腿、水果、饮料之类的东西，大家都很高兴，发得越多越高兴。现在可不一样了，如果这些东西发得太多，有些同志就会给我们的办公室、工会提意见：怎么会发这么多实物，吃都吃不了。尤其是双职工，更是成了负担。有个别人平时缺少体育运动又吃得太多，都吃出糖尿病、脂肪肝、高血脂等富贵病来了。为什么会出现这种情况呢？因为现在生活水平提高了，物质丰富了，社会进步了，人们的要求也不一样了。就拿穿衣服来说，1984年奉化县几乎没有人穿西装的，县领导班子中就是我一个人穿西装，大家都习惯于穿中山装。到国庆节前两天，我提议县级领导班子都穿西装，以穿西装来反映我们班子改革开放的精神风貌。9月30日国庆晚会，由于领导班子突然全部穿西装，面貌焕然一新，使全场的老百姓为之一震。奉化县是中国出西装的地方，当时有300多家工厂加工西装。但是竟然没有一个人敢穿西装，人们认为西装是卖给外面的人穿的，奉化本地人穿西装是"出洋相"。当时人们的思想很封闭，这几年应该说大为改观了。现在反过来很少有人穿中山装了，穿中山装的是一些老先生，包括像我父亲一辈这样的人才穿中山装。穿中山装成了守旧和不开放的表现。这几年社会的发展变化很快，社会上的开放精神也渗透到方方面面，包括我们农村里造房子，过去的房子墙头打得很高窗户很小，现在的房子不仅用落地窗，甚至门也都采用玻璃门从上到下全面透明。这种开放和透明的精神跟我们当前的政务公开，跟我们穿着开放式的西装都是有联系的，是全社会一种"透明"思潮的形象化反映。所以说公开透明是全社会进步和发展的总趋势，是一股不可阻挡的潮流。大家知道，过去拥有一台电视机很不容易，我20世纪80年代第一次出国的时候带了一台电视机回来，那个时候1港币合人民币4角7分，花了2050港币买了一台20英寸的，看看已经很好了。现在已经没有这种类型的20英寸电视机了，就连直角平面的 21 英寸电视机都不需要花那么多钱了。当时 2050 港币折合人民币接近 1000 元，相当于我当时 7 个多月的工资，今天我们把工资、奖金等折合起来，不到一个月的收入就完全能买一台这种电视机了。所以说，社会发展很快，变化很大，几乎我们每个人都能亲身感受到国家不断前进的脉搏。

但是大家要看到，在社会不断进步、不断创新的同时，整个社会也进入了人欲横流的浮躁时期，千奇百怪，什么东西都有。有一天上午我到省人大常委会开会，碰到计经委的孙主任，他说："老翁，你们原来省政府办公厅工交处的那个孔 × 犯罪杀人了。"我听后，惊呆得好长时间回不过神来。记得 10 多年前我调到省政府办公厅任副主任时，孔 × 是我分管的工业处副处级调研员，人很爽直，不像一个杀人犯。几年时间怎么会堕落成一个罪犯？真是不可思议。现在为什么这种以前闻所未闻的事情多得不得了？这主要是以前我们实行计划经济体制下的禁欲主义，而现在转变为市场经济体制下的利益驱动。在公平、公正、公开条件下的利益驱动使人们在满足自身欲望的过程中给整个社会带来生机和活力，推动着各项事业的蓬勃发展。但是利益在驱动社会前进的同时除了积极作用也带来了很大的消极面。什么消极面？人欲犹如泛滥的洪水肆意漫过合理的边界到处流淌，不少为官者经不起诱惑而利用职权贪赃枉法；不少经商者为了聚敛钱财而不择手段；就是一些素来以清高自诩的文化人也难耐寂寞，他们之中的不少人为了欲望的满足不惜斯文扫地，在生活中不断上演邪恶欲念，不断上演、导演闹剧与悲剧，使社会有机体无时无刻不在受到令人扼腕叹息的侵蚀。

从腐败的进程来看，20 世纪 80 年代拿物的多，拿钱的少。20 世纪 90 年代初期开始拿钱，紧接着现在升级到第三阶段是贪"色"。"物、钱、色"是三部曲。人是欲壑难填的动物，我们现在所处的社会环境极其浮躁。开开飞机掉到地上，开开汽车翻到沟里；开开船，沉到渤海海底；造造桥，桥垮人亡；挖挖矿产不是塌方，便是爆炸；连偶尔运运废旧爆炸品，也会运出新疆伤亡这么大的爆炸案。做什么事都丢三落四，屡出事故。

在这种利益驱动浮躁不安的社会形势下，我们要冷静处世，我认为首先要做到有德。因为人跟其他动物不一样，人是有道德品质的，而其他动物无所谓道德品质。所以我们要有羞耻感，哪些东西是光荣的，哪些东西是羞耻的，大家一定要清楚。很多读过《三国演义》的人都知道，关羽以其忠义受人尊敬，死后还获得很多崇高的封号，一是被晋封为武财神与赵公明齐名；二是被佛教界任命为伽蓝殿菩萨，相当于佛教警卫部队的高级将领。到清代道光年间竟被皇帝封为"大帝"，并敕建其纪念馆"关帝庙"，至今"关帝庙"几乎遍及全国城乡。有人问，关羽为什么受到这么多人的尊重？除了有封建帝王刻意树立榜样及封建迷信思想的作用外，最终还是离不开关羽忠义的德行。所以说有德是第一位的。

第二是要有才。"才"由两方面组成，一是人们先天拥有的天赋。我们这些人不能说有天才，因为我们不是大人物，没有人会吹捧你有"天才"。但每个人都有不同特点、不同程度的天赋。如有些人从来没有受过特殊训练字就写得很漂亮，他就有写字的天赋。有人有音乐细胞，听一两遍就能把歌唱得有滋有味。有人小时候看看小人书，画儿画得十分相像，他就有绘画天赋。假如没有这种天赋，光靠勤学苦练是没有用的。艺术家也好，文学家也好，音乐家也好，书法家也好，都是有天赋的，没有天赋绝对成不了这种特殊的"家"。应该说这类人大多数都是有各自的天赋，只不过表现的程度有差异而已。二是人们后天通过学习所获得的才干。后天所获得的才干，很大程度上取决于个人自己的努力学习。有一首不少人少年时都曾念过的古诗叫《长歌行》，诗曰："百川到东海，何日复西归，少壮不努力，老大徒伤悲。"诗中感叹千百万条河流小溪都向东海流去，什么时候这个水能够回来呢？覆水难收，不能回来啦！人跟人的差异，就在于有人在努力学习，他就前进，成为智者；有人却让时间像流水一样白白地流逝，他就很快成了愚者。我们这里有不少人经历过上山下乡锻炼，他们之间的差距特别大。有些人上大学成了专家学者，或成了领导干部；有人却下岗在家，生活困难，连子女上学都无力供养。

可见我们面对短暂的人生，要珍惜时间。像我们这些年过半百的人，已经老了。但是我认为还要"垂死挣扎"，努力学习，做到不要愧对光阴的流逝。因为钱是身外之物，而时间则是属于自己的宝贵财富，抓紧时间努力学习我们才会拥有身内之"才"。一个人完全没有身外之物的"财"是不行的，因为毕竟"民以食为天"，不吃饭人要饿死。但是现在在座的绝对没有人会濒临饿死的地步。所以今天对我们大家来说无"贝"的"才"比有"贝"的"财"更重要。在座诸位，将来有一天你要离开人世时，绝大多数人肯定会有余钱存世。假如留的钱多，可能会使下一代坐享其成、不思进取，留得少，反而能激励下一代自力更生、奋发图强。没有房子租住阁楼的上海人，几乎没有下一代为争夺房产而引起兄弟阋墙甚至动手打架的。在农村就由于有自己的住房，下一代往往为了争夺很小的一块墙基就不惜大动干戈，甚至伤及性命。农村里为纠纷而死掉的人几乎都是为了争夺有"贝"之"财"的小事而死的，很少是为大是大非而牺牲的。你看现在成克杰、胡长清之流犯罪、坐牢、吃枪子儿也不是因为反党、反社会主义的政治问题，而是人为"财"死，人为"色"死。

有天赋的人千万不要由于自己有天赋而骄傲，天赋不高的人也不要因为自己缺乏天赋而自卑。比如，你想当教授。如果你财经学院毕业，在财经学院当老师，你只要天天学习，不断笔耕，当你50多岁的时候一定能成为教授，因为教授是做学问的。做学问不需要很高的天赋，其关键在于"做"字上下功夫，更多需要的是勤奋。如果你要到美术学院当教授，那就必须具备美术天赋，没有天赋光靠勤奋是不解决问题的。像我这样一个没有艺术细胞的人，再努力也不可能在音乐上有造诣，连唱好一支歌都很困难，想到音乐学院当教授简直是癞蛤蟆想吃天鹅肉——痴心妄想而已。我记得李卜克内西曾经说过这么一句话"天才就是勤奋"。这句话可以作为我们的座右铭。我们所需之才，主要要靠勤奋，也就是说，大家要静下心来努力学习。现在最难的就是静下心来，利益驱动的市场经济条件下应酬多、交际多，很多时间都花费在我们不该浪费的地方。现在社会上什么活动、什么娱乐都有，你什么都要参加都要试一试，那你就永远没有时间学习了，现在你认为自己年轻有知识，好像很了不起。宁波人说："眼睛一眨，赖孵鸡娘变鸭。"你很快就落后了。像我们这些"文化大革命"以前的大学生，有人不断学习，还能跟上形势，成了一方面的专家；有人长期不求上进，早就被历史淘汰了，甚至有人已经退休在家，无所事事了。所以，不管你原来有什么学历，有什么基础，不力争上游、努力学习，有一天会"老大徒伤悲"。当然像我们这样年过半百的人再学习也不可能超过年轻人，因为"长江后浪推前浪，世上新人超旧人"，这是事物发展的客观规律。我们这一类人的学习无非是使自己不要落伍得太多而已。学习有多方面的内容，甚至要包括学习做人的道理。因为只有这样你才能真正感受到富有。倘一个人拥有很多钱，但他什么都不懂，看到文化底蕴很深厚的东西一无所知，他就会感到自己很单薄、很寒酸，这时候身内之物的"才"就会超过身外之物的"财"了。记得我有一次出差去山东，有机会参观了淄博市淄川区蒲家庄的蒲松龄纪念馆。蒲松龄是个很有才华的人，19岁考秀才时县试、府试、院试三试第一，而考举人，一直考到70多岁，还没有考取。为什么呢？科举考试的八股文有严格要求，不能多一个字，也不能少一个字。这种科举考试是隋文帝发明的，隋文帝在西方一本关于全球伟大人物排名的书中曾与毛泽东一起被列为中国两大伟人。科举制度在隋唐时考试内容主要是考诗赋。考诗赋有个缺点，考官难以评分。并且当时还规定，一要推荐，二要考试。但是推荐这一关就大有文章可做，大家记得唐代有一位写过"南朝四百八十寺，多少楼台烟雨中"优美诗句的杜牧，他为了考进士写好《阿房宫赋》去请人推荐给考官，由于考官已经接受了4位名人对4位考生的推荐，不得不告诉他，你的文章写得很好，但由于我已经答应了前面4位名人所推荐的学子中进士，所以只好将你委曲地排在第五位。因此到明代人们就想了个办法，以南宋学者朱熹给《四书五经》所作的注解为依据，所有的考卷必须严格按照他注解的东西为答题标准。从此，科举考试就标准化了。但标准化走到极点就成了机械的东西，也就失去创新能力。所以我们平常讲规范是讲制度的规范，并不是说不需要创新，更不能使规范成为工作"一成不变"的理由。创新的精神是人类生命活力的反映，是生产力发展的最终动力。由于蒲松龄写文章不拘一格，答卷始终不合规范，多次往来省城，考了几十年，就是考不中，成了老秀才。而他平时勤奋撰写的《聊斋志异》在他死后半个世纪，慧眼识英才的清代浙江严州府知府赵杲组织力量在府衙后花园——青柯院刻印发行了这本著作，使他有如崂山道士破壁而出，成了举世闻名的文学家，这是他生前所始料不及的。可见人生不能追求结果只能追求过程，尤其是做学问一定要追求过程，因为做学问主要靠勤奋，而当官主要靠机遇，其差异是很大的。例如，生在帝王之家的溥仪 3 岁就能做大清皇帝，但 3 岁的孩童却连木匠都做不了。因为皇帝有人会帮他料理，而木匠则要凭借自己的能力。所以在中国历史上没有人肯出钱买木匠、泥水匠的头衔，只有买官卖官的丑闻。所以大家不要把当官看得太重，要看重的是抓紧时间学习，争取成为有才之人，要往有才方面去努力。

最后谈谈对有表率的认识。有表率，就是为人师表。我们在座的是中层干部，承上启下，是一个为人师表的岗位。对普通干部而言，中层干部就是他们的表率。但是现在社会上却产生了一种怪现象，当官的人老是想着自己应该享受什么，而不是想我应该为老百姓做表率为社会多做贡献。这差不多成了当今社会的一大痼疾。中国人宗教意识淡薄，是一个"无事不登三宝殿，习惯临时抱佛脚"的民族，千百年来流行典型引路的"榜样文化"，早在2000多年前的秦始皇就提出了"以吏为师"的要求，汉武帝以后，作为当年"博导"的孔夫子成了"万世师表"。中华人民共和国建国以来，河南兰考焦裕禄，西藏阿里孔繁森，都成了人们的学习榜样。可见有表率是自古以来各种不同政治力量对下属干部的基本要求。作为中层干部，首先是要在学习中作表率，自己动手，自己写文章，不能只会"君子动口不动手"。其次是在物质利益上要作表率。有些东西要谦让一些，什么东西你都要优先，那是不可能的。譬如，一个人走路左右两条腿要交替行进，你每次都想捷足先登，总有一次会得不到的。你今天落后了，明天却优先了。所以在物质利益方面我们还得讲究表率，懂得一些"有得必有失"的辩证法。作为中层干部，退一步海阔天空，工作反而好做；而进一步，你就被动，工作反而难做。再次，要在尊重别人团结同志方面作表率。人生短暂，大家在一起工作很不容易，要谦虚谨慎，绝不能认为自己了不起。社会上有人尊重你，甚至拍你的马屁，无非是看中你的位子有权力，并非是你具有特殊才能，其实只要一张16开纸头上面打印一行免职文字，就足以让你离开。因为椅子是国家的，仅仅这个几十公斤的血肉之躯是你自己的。可见我们大家要有椅子，更要有自己的人格，有自己的才能，这样才会有表率。第四，表率要从小事做起。因为大事大家都能明白，小事很容易糊涂。一个人被人家瞧不起往往都是小事处理失当所致。所以古人告诫我们"小不忍则乱大谋"。

12. 两种经济学

LIANGZHONG JINGJIXUE

大家都很清楚，水电站如果水位高，落差大，它的势能转化成动能的可能性就大，这个水电站单位水量发电的能力肯定不小。浙江省有几个高水头的水力发电站，如在文成县的百丈漈水电站，有208米；还有安吉天荒坪抽水蓄能电站，落差有600米，这些水电站只要有少量的水就能发很大的电量。但水电站的落差也不是越高越好，若超过一定的限度，就会走向反面，造成机毁人亡。根据现在的技术水平，落差不能超过750米，若超过750米，水轮机就会被冲坏，即现在水轮机的材料和设计都承受不了750米以上水落差所产生的冲击力。所以到现在为止，世界上还没有超过750米水头的水电站。当然，假如说水位很低，落差很小，那么发电的能量也是很有限的。如杭州西湖也有个水电站叫少年儿童发电站，这个发电站只有几个千瓦，因为落差太小了，只能是给少年儿童用于水能转化为电能的实验而已。至于完全没有落差的水，那就不能发电。

水电站如此，社会发展也是如此。

三年前，在一次开会的间隙，我与浙大校长潘云鹤闲谈。他说他去国外参加过一次世界著名大学的校长会议，坐在他边上的西方国家的大学校长恰好是一位有名的经济学家。那位校长说："世界上只有两种经济学，不是效率经济学，就是公平经济学，没有第三种经济学。"具体地说，以效率为目标的经济学，其实现形式是公平竞争的市场经济体制。在这一体制下，人们展开竞争，形成落差，可能有人在竞争中取得了胜利，获得了很多的财富，而大多数人在这个过程中都是失败者或半失败者，没有获得很多的财富，甚至还有个别人失去了财富。这样持续不断竞争的结果，资本也就不断集中到少数人的手里，从而形成了促进生产力迅速发展的资源优化配置，反之就不能推动生产力的发展。假如有 200 人，每人都平均分到 10 万块钱，能推动生产力发展吗？不可能的。假如 2000 万元钱集中到某一个人身上，就能推动投资，促进生产发展。由于有了 2000 万元，他就能到银行再借 2000 万元，就能办一个很像样的工厂了。而假如我们走公平经济学之路，每人平均拿 10 万元钱，那只能投入个人消费，根本不可能投入生产。而且，由于个人生活过得去，根本不愿意低三下四给人打工。可见只有使我们 199 人始终处于相对贫困的状态，资本跟劳动力才会有合理的资源配置，即一人办工厂，我们去打工，从而促进生产力发展。

有人曾经说过："文明产生于财富的绝对增长和相对集中。"现在杭州有一个全中国最有名的豪宅——胡雪岩故居，当年建造的费用是 500 万两银子。按照当时的物价，相当于 6 亿斤大米，即好几亿元的投资。现在杭州值得骄傲的，浙江省值得骄傲的，胡雪岩故居是其中之一。这个豪宅完全是财富集中的结果。仅仅整修和拆迁费，杭州市政府就花了 5300 万元人民币。可见，文明不但是财富的相对集中和绝对增长，而且文明的过程也是痛苦的过程，没有痛苦就没有文明。痛苦就是社会的穷富差距拉大了，人们的心态失衡了，社会不稳定因素就上升了，像水电站一样，若水头一旦超过极限，水轮机以至整个电站将全部被破坏，甚至被摧毁。

公平经济学，也就是说人们在计划经济条件下在从事无差别的劳动，相互间的收入落差很小，心态都比较平衡，社会也肯定是比较稳定的，但是它的弊端是缺乏竞争机制，不可能形成资本的积聚及资本和劳动力的优化配置。假如全世界就只有我们一个国家，这样公平而缓慢发展的社会也是可以生存下去的。但现实的情况却不是这样，全世界有200多个国家，并且都在你死我活地竞争，假如别人都发展很快，我们却发展很慢，最后就会挨打。在现代社会，在一个国家范围内推行公平经济学导致生产力发展缓慢，影响综合国力增长，在国际上不但没有地位，可能还要被开除球籍。在世界上那些灭绝或行将灭绝的种族就是活生生的典型，原来居住在美洲的印第安人，不就是因为本民族生产力发展缓慢而被发现新大陆的欧洲移民所取代，落到了今日地位低下的局面吗？

千百年来，人们的实践表明，如果对两种经济学非此必彼，各执一端，那么都会出现弊端。推行公平经济学，平均主义盛行，生产力发展停滞；反之推行效率经济学，生产力发展很快，贫富差距拉大，社会不稳定，结果若干年后物极必反，从效率转向公平，再从公平转向效率，不断转换，所以历史上无数统治者和学者都自觉和不自觉地去寻找两种经济学的最佳结合点。现在人们所能找到的最好办法就是在市场经济体制条件下，建立完善的社会保障体系，以保证生产力在竞争中能够得到迅速的发展，同时使那些由于多种原因在竞争中最终没有取得胜利的普通老百姓能过上最起码的生活。

市场经济是很残酷的经济，有人说平等竞争，但出身于贫家的子弟和出身于富家的子弟其生活教育的条件不一样，会平等吗？即使家境条件差不多的人也有不平等的问题。如高考，既平等又不平等。那些基因特别优异的父母生的子女，他们不需要花很大的力气，就可能在竞争中取得胜利；而那些基因可能比较差劲的孩子，就是很努力，在竞争中也难以取胜。能怪他们本人吗？不能怪他们的，他们已经够辛苦了。当然，有些人也可能是既有好的基因，又有勤奋的精神，平时家长在教育上也花了很大的精力，加上儿女的基因也相对地比较好，所以考进了著名大学。对大多数人来说，毕竟还是有不公平的一面，如唱歌的人能赚很多的钱，首先天赋是爹妈给的，没有音乐细胞，能唱好歌吗？不可能的。没有艺术细胞的人叫他再勤奋，他在竞争中能有取胜的可能吗？我看万分之一都没有。竞争既有公平又有不公平，你不能只说是公平竞争，因为公平竞争里面有不公平的一面，所以说，那些在竞争中没有取得优胜的人，也必须要让他过上最基本的生活，获得必要的社会保障。

13. 理财十要

LICAI SHIYAO

　　中国自古以来即有"财"字，此字由两个偏旁组成：左边是"贝"，乃古代之货币，如各地博物馆均有展出的南海齿贝即是当年通用的货币；右边是"才"，专指人才，如"才华横溢"的成语就被用来形容那些出类拔萃的人物，也就是古人所谓的君子，可见君子爱财取之有道，"才"与"贝"紧紧地联系在一起才称得上财。至于"财"与"政"组合而成的"财政"一词则迟至清朝末年才从日本与"科学"、"体育"、"社会"等名词一起传入中国，代替中国原有的"理财"、"度支"、"国计"、"国用"等名词。记得孙中山先生曾经说过"政"就是"众人之事"，那么"财政"就应解释为"为大众理财"。

　　说到财政的专业知识并不复杂，如涉及数学运算，也无非是加、减、乘、除、开方、乘方而已。因此在西方发达国家的大学里一般不专门设置财政专业，而是在综合性很强的经济系里传授这方面的知识。在中国，财、税分家，财政功能从表面上看似乎是分钱，其实质是处理人际关系，因此它的复杂性不在于其本身而是在于它涉及单位与单位、个人与个人、单位与个人之间利益分配的纷繁关系，要理顺这类错综复杂的关系并非拥有财政专业知识就能应付阙如，尤其在强调伦理道德注重人情关系的中国，财政与人际之间关系更为密切，它名之曰经济工作，属于经济基础，实际上更接近上层建筑与人学相通，因此其功夫既在财政之内也在财政之外，而更多的功夫应在财政以外。如果要给出比例，凸显数量概念"二八"、"一九"都不为过。此为一要。

既然财政更多的是处理人际关系，调动人的积极性，"以人为本"便成了财政工作的总纲，有如渔夫捕鱼只要抓住纲绳，便纲举目张，一网打尽，全盘皆赢了。此为二要。

"人"字极其简单，一撇一捺仅两画而已，是典型的象形字，谁都会写。由于仓颉造字遵循"先简后繁"的原则也就是最重要的字先造，因此涉及越是重要的事物其所造之字笔画越少，而最不重要的事物笔画越多，如唐代李白诗中"两个黄鹂鸣翠柳，一行白鹭上青天"中的"鹂"和"鹭"字笔画分别为 11 和 17 画，远比两画的"人"字为多。不仅如此，"人"字尽管很简单，但人的本身却很复杂，其复杂性在于人类既有动物的自利性，也有动物所不具备的思想性，即人有修养。所以说我们深刻地认识到人是有思想的动物，不仅是当前财政工作不可或缺的理念，也是我们必须付诸实践的指导思想。在市场经济的条件下，对于人这种特殊的动物既要用物质利益来诱导也特别要注意沟通思想，多一点循循善诱，少一点凶神恶煞，因为财政部门不可能自行印制货币产生财政收入，但完全可以通过自己内心的努力，生产出更多、更好的态度，给当事人以温馨的人文关怀。此为三要。

世界各国财政收入主要来源于税收，发达国家可占 GDP 的 30% 以上，中国也不例外，只不过比例较低近年仅为发达国家的 1/2 左右。可见中国财政收入与银行及其他社会所拥有的资金相比永远是一个"小儿科"，但财政拨款却有它的特殊性与银行谁借钱谁还贷的原则不同，具有无偿性，因此财政资金具有银行和其他社会资金难以比拟的导向性和杠杆作用，这就是我们通常所说的要发挥财政"四两拨千斤"的作用。此为四要。

对全社会来说，人们公认"发展是硬道理"，所以改革开放的种种措施，无不围绕着推动发展，促进发展这一中心任务进行，对财政工作来说同样要以发展的思想来推动，那就是"会干活的孩子多吃奶"，如果财政政策向"会哭的孩子多吃奶"的方向倾斜，那么谁都不想努力，谁都会等靠要，希冀"天上掉下大馅饼"。如果造成这样一种局面，财政便掉进了不可自拔的万丈深渊，越陷越深，难以解脱。因为你贯彻有困难便能获得补助的原则，谁都愿意制造困难，以求补助，补助便成了无底洞。此为五要。

古代中国人席地而坐没有凳子，大约在汉唐以后始行倚凳而坐。当今世界上大多数国家都流行凳子，且凳腿都会锯得一样长，因此凳面皆呈水平状态，用经济学的眼光来看这便是公平。若将人类社会视作一把凳子，那么人们所拥有的利益和财富便是凳腿，这些凳腿，几乎都参差不齐，从而导致凳面的不平衡。若要改变这种状况实现平衡，最简单的办法是剥夺富裕，以最短的凳腿为标准将长腿全部锯掉，以降低代表生产力发展水平的凳面为代价实现低水平的公平。20世纪下半叶，在中国就进行过此类剥夺富裕的试验，差不多20年后，人们发现这种办法只会使中国人在国际竞争中被淘汰出局，于是便有了邓小平的改革开放和允许一部分人先富起来的政策。这一历史教训本身就说明人是利益的动物，伤害利益便会伤害感情，伤害人们追求财富的积极性，尤其以人情定天下的中国，轻易伤害他们的既得利益其后果更为严重，因此在条件许可的情况下，财政尽可能在增量上做文章，切忌在存量上动脑筋，因为只要认定发展是硬道理，财政愈日俱增蛋糕做大是必然的结果，当然对那些获取过度甚至非法利益者采取必要的削峰填谷、锯短凳腿的措施也未尝不可，只不过不能常用而要坚持以垫凳腿政策为主导罢了。此为六要。

计划经济讲公平，政府以养人办事为首要；市场经济重效率，一般办事不养人。前者要产品便下计划招工开厂；要看戏便招演员办剧团；要打扫环境卫生便募人建立环卫站，凡此种种，不一而足。由于养人难免带来人与人之间的矛盾，从而派生了思想工作及专做此项工作的高中级职称。后者要产品，要服务，便实施政府采购，公开招标，谁的价格低、质量好、服务优便向谁下订单，不仅思想工作消弭于无形，而且运用上两者有了明显的区别，市场经济化钱办事不养人，计划经济化钱养人再办事。此为七要。

人们常说"生命在于运动"，世人遵循这一要求付诸实践，通过登山、游泳、跑步、拳术、跳舞等不同形式，加强体育锻炼，大多取得了强身健体，延年益寿的良好效果。其个中原因便是体育锻炼促进了自身机体的新陈代谢，财政收支同样蕴含着新陈代谢，它既要保证一定的税收收入，以促进企业降低成本，提高效益，增强自身的竞争力，同时又要通过加大支出来引导企业技术改造和推进社会发展，进一步改善投资环境，吸引更多的投资者，开辟源源不断的新税源。可见，财政与人类一样它的生命也在于运动，倘长期实行小收小支政策，收支的新陈代谢不旺盛，财政的职能便会日益枯萎。此为八要。

人们都知道涓滴之水聚成溪流，千百溪流汇成江河，"小河有水大河满"这是自然界司空见惯的一条规律。但这一规律在中国这个极端强调集体主义的国度里，长期被颠倒为"大河有水小河满"，从而产生了种种遏制庶民百姓创造精神的陈规戒律，甚至集体的意志被个人所左右，发生了"文化大革命"一类的人间悲剧。对财政工作而言，同样存在着"小河有水大河满"还是"大河有水小河满"的争论，也就是面向基层、增强基层财政的活力还是收权于上，变相限制基层财政的创造性及活力，这是两种财政观的反映。若要遵循自然规律还财政发展的本来面目，便要坚持"小河有水大河满"的方向，面向基层，以增强基层财政的活力为宗旨。此为九要。

人们都知道，什么东西最紧缺，掌管该项权力的人便会成为香饽饽。记得 20 世纪 80 年代以前猪肉很紧张，国营食品公司的工作人员便成了人们追逐的明星和结交成友的对象，即使是操刀司秤的营业员，打开店门立在肉案之后也颇有一番非凡气度，其刀斧所向可以使你得到一块如愿以偿的好肉，也可使你大失所望连带毛的猪头肉都买不到。这种非同一般的感觉既来自猪肉的紧缺，更来自缺乏制度的随意性，倘有一套行之有效的制度即使猪肉紧张也不至于如此。至于财政的资金分配也存在着同样的困惑，因为财政资金的紧缺是永恒的难题，即使像美国这样富有的大国也有惊人的赤字。因此当前各级财政机关欲找到受人企求的感觉便用不着建立制度，通过随意性不断地运动群众，让基层单位像当年买肉者那样轮番往上跑不断来企求拨款补助，那么这种赵公元帅所能享有的感觉便会在财政干部身上油然而生，当然随之而来的财政分配环节成本的提高，效益的降低，甚至腐败也就在其中了。倘要降低财政资金分配成本，提高资金使用效益，避免产生腐败，唯一办法就是建立一种寓约束与激励为一体的机制。此为十要。

综上十要所述就是浙江十年财政改革为什么始终贯彻"以人为本，四两拨千斤，建立理财新机制"的理财思想和"抓两头，带中间，还财政于政府，赋权力于制度"的工作方法及实施"两保两挂"、"三保三挂"、"两保两联"、"三保三联"、"亿元县上台阶"等具体措施的根本原因。

14. 经营十识

JIYING SHISHI

意识是观念的形态，也是思想的集中体现，归根到底是人类进步的先导。对于企业及其经营者来说，拥有超前的意识尤为重要。没有超前的意识便没有超前的思路，也就失去了前进的方向。一个搞不清前进方向的企业，其效益便无从谈起。

在中国，自汉武帝接受董仲舒建议"罢黜百家，独尊儒术"以来，儒家文化几乎一统天下，历代王朝无不推行重农抑商政策，按"士农工商"排序，将"商"排为末业。直到1840年鸦片战争后中国进入近代社会，商人的地位才有了改变。但随着"官督商办"的洋务运动兴起，公权力介入工商业，官商勾结，成了尽人皆知的生财之道，从此中国的商业文化又误入歧途。

今天，尽管对政治资本过度偏好的中国企业经营者仍然能够运用官商一体、投机取巧甚至弄虚作假等急功近利的传统手段在某些领域取得可观的经济利益，但随着社会进步、市场经济体制的逐步完善，老一套势必渐行渐远，如不及时改弦易辙，企业经营必将坠入难以自拔的万丈深渊。因此，及时更新意识，顺应潮流，与发达国家的工商业意识接轨成了经营者的当务之急。

一是危机意识。危机意识是人类进步的动力，有了危机意识就会使人警惕，激励人们防微杜渐，奋发图强，转危为安，挽狂澜于既倒，救企业于不衰。

二是竞争意识。市场经济是优胜劣汰的经济，在经济全球化的今天，竞争不仅限于国内还扩展到全世界，"胜者王，败者寇"，天下没有常胜企业，一次成功不等于永远成功！要想立于不败之地，唯有坚定不移地确立自身的竞争意识。

三是创新意识。古人言："兵无常态，水无定形，守业必衰，创业有望。"随着岁月的推移，社会在进步，需求在更新，作为企业经营必须适应人群之需要，合乎时代之潮流，才能永操胜券。诚如伏尔泰所言："创新是时代的精神，谁不具备这一精神，谁就要承担时代的全部不幸。"

四是战略意识。企业是现代社会的经济细胞，"量物宜长，放物宜远"。在复杂多变的环境中，把握未来的发展，便是对企业生死攸关的战略要求。经营者有了清晰的战略意识，才能通过强化自身的优势，平衡内外资源，把握最佳发展机遇，使企业长盛不衰。

五是市场意识。马克思把产品从厂家走向消费的销售环节称为"惊险的跳跃"。如果这种"跳跃"不能成功，摔死的不是商品，而是生产者或经营者。因为任何商品不能实现向货币的转换，投入的资金便无法收回，企业必然难以为继。可见市场意识是企业家须臾不可淡化、更不能掉以轻心的生命意识。

六是知本意识。知识包含了人类对自然和社会的所有认知和适应，是一个真正意义上的生产要素。离开知识就不会有经济的增长，而经济增长的过程就是知识增长的过程。在进入知识经济时代的21世纪，人力资源与知识资本优势已经成为企业重要的核心技能，人力资源创造知识的价值更成了衡量企业整体竞争能力的标志。因此，是否具备"知本意识"是现代企业家和传统企业家的分水岭。

七是知识管理意识。知识管理就是以知识为核心的管理，即利用市场等手段，对企业包括商标和专利在内的已有的知识和将获取的知识实行有效的管理，尽可能促进知识由潜在的生产力变为现实的生产力，确保企业持续发展。

八是资本营运意识。在自然界，"大鱼吃小鱼，小鱼吃小虾"，不但是符合客观规律的必然循环，也是世界多样性赖以存在的基础。企业同样适用这一"优胜劣汰"规律，其"快鱼吃慢鱼"的主要表现形式便是"并购"，诚如曾获得诺贝尔经济学奖的美国学者施蒂格勒所说的那样："没有一个美国大公司不是通过并购成长起来的，也几乎没有一家公司是靠内部积累和扩张成长起来的。"由此可见，资本营运是资源优化配置、企业快速发展的必要手段。

九是组织重构意识。在现阶段，跨国公司的结构，已从"U"形经过"M"形发展并转化为"E"形。所谓"E"形，就是以商业生态系统来确定企业在其中的地位和作用。这一系统由客户、供应商、生产厂家、资金渠道、行业组织、标准制定和管理机构等组成的一个协调群体，类似于一个生物群落，相互依存，优势互补，共同进化和发展。任何一个企业都必须在其中找到自己的位置，并充分发挥自己的特长，方能获得生存和发展的机会。

十是可持续发展意识。企业的可持续发展包含两方面内涵：首先是增长，其次是发展。反映在资产保值、增值上的产量增加和销售扩大，仅仅标志着企业可持续发展在经济数量上的"增长"；而"发展"对企业的内在要求则远比单纯数量增长为高，它要求企业对内外资源加以合理利用，不断开发新产品，提高产品档次，适应日益增长的社会需要，促使企业保持长久活力。在现实生活中，我们既要防止有"增长"无"发展"或以眼前"增长"牺牲长远"发展"，也要避免只讲长远"发展"而忽视即期"增长"的不正确意识。

15. 管理九别

GUANLI JIUBIE

人性崇尚自由，谁都不愿意被人管理，只不过为了创造财富、实现价值人们才聚集在一起，从而产生了人与人、人与物之间不可回避的管理问题。

要搞好管理既需利益驱动，更要激发潜能，看似复杂，其实简单，无非是激发团队的创造精神，发挥成员的聪明才智，自觉实现自身的社会价值。因此，管理是科学，更是艺术；是理论，更是悟性；是知识，更是见识，但归根结底是文化。管理因人而别，因地而异，与民族文化传统有关，存在着明显的中西差别。

第一，在管理过程中，中国讲究现场协调，提倡随机应变，把"船到桥头自会直"作为回避事先设计解决今后将会发生某种矛盾的遁词；而西方管理则强调事先分工，研订完整预案，做好未雨绸缪的全程准备。

第二，在管理方案上，中国皆事先经领导定调形成初稿再提供讨论，与会者发表修改意见时还得加上"不当之处，万望诸位多多包涵"一类话语以示谦恭有礼；而西方管理则要求与会者独立思考，各自带上事先准备的方案，在会上畅所欲言，各抒己见，通过辩论、论证，再达成共识，然后形成付诸实施的方案。

第三，在管理设计上，中国讲究原则方向正确，西方强调过程细节设计，常常把"细节决定成败"作为座右铭。

　　第四，在管理关系上，中国讲究以德报怨，宽宏大量；西方则坚持是非分明，不和稀泥，即应得者就给，不应得者绝不会给。

　　第五，在管理思想上，中国注重循规蹈矩，萧规曹随；西方鼓励标新立异，有所突破。

　　第六，在研究工作时，中国讲究述而不争，即阐述而不争论；西方提倡建设性对抗，鼓励争论。

　　第七，在管理方法上，中国强调综合归纳，注重"从小到大"，将一件事思考得很透彻，达到举一反三的目的；西方讲究逻辑推理，系统运作，注重"从大到小"，运用系统方法运作一件事情。

　　第八，在做事依据上，中国注重正本清源，讲究对错；西方强调法律制度，讲究依法办事。

　　第九，在员工素质培养上，中国强调个人修养；西方讲究团体修炼。

　　正因为中西管理文化存在着上述方面差别，也就自然而然地要求中国企业家必须立足本国文化，结合西方管理科学精神，牢牢掌握"立意高远，隐忍以行，审时度势，积极稳健"的原则，以知识就是力量来要求被管理的基层，以见识才是力量来要求高层主管。

16. 人才三用

RENCAI SANYONG

　　天下人才，形形色色，但归根到底可分为"贤、能、忠"三类：一类是道德情操特别优秀，素孚清望，堪为楷模，但办事能力相对薄弱，权略机变相对逊色的"贤者"；另一类是道德品质也许尚有瑕疵，声誉名望或许不那么让人仰慕，可办事能力出色超群，韬略权谋老练娴熟的"能者"；还有一类是办事能力和道德情操并不出众，但与之相交，替你服务周到且绝无二心的"忠者"。

贤者乃是大旗，是招牌，树立正气不可或缺；能者是得心应手的工具，是使单位部门机器运转的动力、开展工作的刀斧；忠者则是工作生活中寸步难离的直接助力。

领导者对待"贤者"，要给予崇高的地位，提供优厚的待遇，让他们以其无与伦比的道德魅力感化民众，体现道德风尚的正确导向，是谓"贤者在位"。对待"能者"，要充分发挥其办事能力强、应变功夫深的优势，让其担任具体的职务，委以干实事的权限，快出业绩，是谓"能者在职"。而"忠者"则宜引为朋友。因此，"尊贤、使能、忠为友"乃千古不易之真理。

17. "栈道"功夫

ZHANDAO GONGFU

在江西三清山的栈道上我们边走边观察，只见栈道的建筑结构十分简单，无非是在悬崖峭壁上打洞，然后种上钢筋混凝土牛腿，牛腿与牛腿之间再用钢筋混凝土浇上10余厘米厚的面板便可供游人行走之用。

修栈道有点像财政工作，功夫在业务之外。财政的具体业务所应用的数学知识并不多，无非是加减乘除四则运算再加点开方、乘方便足以应付，但其在财政以外的功夫，尤其是处理以人的利益为中心的各种关系则纷繁复杂，难以言状。建栈道也是如此。打洞、扎钢筋、浇混凝土，相当于财政的四则运算，是最简单、最基本不过的技能，其实际难度在于建筑基本技能之外，譬如说，为了在海拔1600米的悬崖峭壁上种牛腿浇面板并且还要保护古树名木，就必须在复杂的地形条件下找到合理而安全的施工方案，包括线型、支点在内的一系列远比建筑本身复杂得多的工作。

　　由此可见，世界上很多工作就其本身而言业务并不复杂，复杂的是要处理好与周边诸多因素的关系。正如凑巧与我们同行的几位从事保险业的人士所说的那样，保险业务十分简单，参加几天培训班便可出发去拉客户投保，其实需要掌握的不仅是简单的保险业务知识，更需要掌握保险业务以外的复杂的心理学知识。例如比拉业务更重要的工作在于出事故后的认真理赔和周到服务，因为理赔服务到家了，那些感动不已的人们一定会到处宣扬投保的好处，这种现身说法的效果远比任何业务人员的苦口婆心、甜言蜜语更有成效。

18. 迂回而成

YUHUI ERCHENG

　　中国人习惯含蓄，小至到他人家中造访，为表示好客，主人一般要坚持倒茶，而客人为了显示礼貌，皆自觉不自觉地向主人表示坐一会儿就走，无须倒茶。如此相互推辞再三，耗费了不少时光，主人的客气、客人的礼貌都分别得到了充分的表达，双方才一边喝茶一边叙谈。中至有人到某机关要求解决某事，该机关明知此事无法办理，却不直接明说，转个弯子说"我们研究研究"，弄得当事人三番五次往返拜访，多次求办不成，失去了信心，方才作罢，而该机关也终于达到了"打不垮拖垮"的目的。大至古代社会改革正面出击阻力甚大，如公元1581年明代大学士张居正下令推行"一条鞭法"的财税改革，遭到了利益受损的地主阶级的强烈反对，在次年张居正去世后即掀起一场反张之风，张居正不仅遭到抄没家产的惩罚，而且一子自杀身亡，一子自杀未遂，一家十余口人饿死，身后极其悲惨凄凉。此后各地不但不坚持推行"一条鞭法"，反而变本加厉征收"三饷"（辽饷、练饷、剿饷）和加收杂派，加重了百姓负担。直到清初朝廷宣布免除一切杂派和"三饷"后，才又进一步明确以明万历"一条鞭法"征派赋役。至康熙五十一年（公元1712年），朝廷又宣布以上一年丁银额为准，以后额外添丁不再加征的"永不加赋"政策。雍正时，又进一步采取"摊丁入亩、地丁合一"的办法，把丁银平均摊入各地田赋银中一并征收等一系列曲折的措施，才完成了彻底的"一条鞭法"，前后历时达一百数十年之久。

可见，在喜含蓄的中国文化背景下，迂回而成乃是一种最好的策略。君不见，早在20世纪80年代国家就提出了"政企分开"的要求，结果久未奏效，直至1998年中央明令军警政法机关不准经商办企业的要求时，由于军警司法部门的强烈攀比，终于迫使十余年来难舍难分的"政企分开"水到渠成，迅速瓦解。二是自20世纪80年代以来迅速膨胀的预算外资金其财务一直很难管理，财政部门从正面接触不是收效甚微就是束手无策，而在1994年纪律检查部门从廉政建设入手进行督办，久管不成的预算外资金管理终于屈服于查处压力而逐步就范，实行"收支两条线"。三是20世纪80年代以来各部门大力兴办会计师事务所、审计师事务所、税务师事务所、律师事务所、评估师事务所等中介机构，这些机构逐步成了部门的附庸和福利来源，如政府部门直接要求其独立，挂靠部门就会提出国有资产的流失，工作人员就会提出如何处置公职等难以解决的问题。为了解决这一问题，中央未正面从脱钩入手，而是巧妙地抓住这些中介机构出具假报告、不公正执业的违纪违法问题作为切入点，要求它们成为适应市场经济体制需要的独立中介机构，于是脱钩问题便在迂回斗争中迎刃而解。诚如人们所知，要推动社会生产力的发展，必须使企业的资产集中在少数人手里，其正面实施与私有化无异，必然会遭到各方面的强烈反对，而通过建立现代企业制度的股份化改制，便顺理成章迅速地取得了成功。

在东北某地数十年前曾发现了一块硕大无比重达数百吨的岫玉，前几年地方政府欲将其运入市区雕琢成佛像，恐怕阻力太大，就先作为艺术品雕琢为释迦牟尼和观音像，并建起了一个称为"苑"的艺术品展示建筑。稍后，见社会上无动静，便请当时的中国佛教协会会长赵朴初先生挥毫书写了"大雄宝殿"四个擘窠大字，并在合适时刻制成金碧辉煌之庄重匾额，高悬于主体建筑门额之上。看社会上反响还不大，于是就请当地高僧极其低调地给玉佛佛像开光，目前香火渐趋兴旺。看来若干年后该处必将逐步建成山门、天王殿、藏经楼、方丈殿、膳堂等一系列配套设施，形成东北地区乃至全中国最大的玉佛寺。这种办法绕过了新建佛寺难以获得批准的障碍，达到了所谓"宗教搭台，经济唱戏"迂回而成的目的。

可见，在有着含蓄文化传统的中国，正面出击不但不受欢迎，而且会遭致失败，因为人们普遍认为赤膊上阵是一种不礼貌和无教养的表现，而迂回战术却是一个既体面又实惠的办法。在当前各项改革工作中我们又如何认识和运用"迂回而成"这一文化传统呢？

19. 效益选择体制

XIAOYI XUANZE TIZHI

追求财富和自由，实现自身价值是人类的天性。如果说追求快乐是人生的硬道理，那么寻求生产力的发展的确是社会进步的硬道理，诚如人们所知，要发展就要讲求效率，要提高效率其唯一的途径就是力求社会资源的合理配置，而社会资源的配置就离不开经济体制这个大背景。

在人类历史上曾经经历过三个经济体制。首先是最古老的自然经济体制，当时人们的活动大体上处于相互隔绝的状态，也就是老子所说的"鸡犬之声相闻，民至老死不相往来"的"小国寡民"状态。在这种状态下，社会资源被分别固着于一个一个极为狭小的地域范围内，根本谈不上在广阔疆域内的资源优化配置，因此提高效率也只能是美丽的憧憬。

几百年前人们进入了海洋时代，随着世界性的闭关锁国被一个个地打破，人类的第二个经济体制市场经济便以崭新的面貌取代自然经济，它一开始便展现了生气勃勃的无比活力。由于市场经济强调平等竞争，优胜劣汰，使资源配置在很大的范围实现了优化，从而使生产效率极大提高，全面推行市场经济体制的结果，使西方世界国家迅速强大，呈现了前无古人的繁荣景象，但在繁荣的同时也开始暴露出市场经济初始阶段的严峻问题：一是穷富差距太大，出现了穷人难以维持生计的分配不公问题；二是生产失控，经济无序，出现了世界性经济危机的宏观经济不稳的局面。因此，市场经济普遍受到人们的非议和攻击，初始的市场经济处于危机之中，特别是在马克思揭示了资本秘密的《资本论》问世以后，人们开始考虑如何建立一个既能克服市场经济所存在的不公平和不稳定的缺陷，又能像市场经济那样能获得高效率的新体制。首先构思和实行这一改革的是苏联，他们从20世纪20年代末开始在全国范围内推行人类第三个经济体制——计划经济体制。1949年革命胜利后的中国，由于实行一边倒向苏联的政策，也顺理成章地从20世纪50年代开始，通过"一化三改造"的所有制改革，不遗余力地推行计划经济体制，使计划经济体制以摧枯拉朽之势迅速席卷全国，并且在最初阶段的确取得了令人称道的成就，使得原本落后的国家不仅实现了社会分配的相对公平，而且在经济上也有了长足的发展。一时之间，人们似乎相信计划经济比市场经济更具有优越性。但是，随着急风暴雨式的"公平"革命所带来的初始冲动日益减弱，人们依靠所谓"觉悟"支撑的生产积极性也随之溃退，人类自利性的本能却在觉悟的溃退中迅猛增长，以致吃"大锅饭"的计划经济不可避免地在生产力全面萎缩中，暴露出其内在低效率的致命弱点。而此时仍然坚持市场经济的西方国家却由于实践中注重市场经济体制的完善，不仅通过建立社会保障制度克服了分配不公的问题，而且变宏观经济自由放任为政府干预有效地克服了世界性的经济大危机，解决了国家经济宏观稳定问题，从而使日臻完善的市场经济体制重新显现了强大的生命力。随着20世纪90年代初期苏联解体，东欧巨变，世界上几乎绝大多数国家都转而采用了市场经济体制。

中国为了跟上世界各国的前进步伐，根据邓小平"发展是硬道理"的要求把效率作为中国选择经济体制的唯一标准。1992年中国终于向全世界宣布走市场经济之路，推行市场经济体制。此后中国的多项改革就是在这一大背景下展开的。只不过中国当前不但处于计划经济向市场经济转轨变型之中，而且市场经济还处于政府推动的阶段，没有真正走上市场推动的彻底的市场经济之路。因此很多改革呈现出形似神不似的奇特现象。如人家竞争的岗位，我们不竞争，人家不竞争的岗位，我们却实行竞争上岗；城市拆迁本来是一个商业行为，按市场经济原则应该让拥有产权的拆迁户与开发商直接对话，而不少以"经营城市"为口号的地方政府却成了开发商的代理人直接介入了其中的纠纷，引发了不少可以避免的不幸事件……等等。再加上中西文化的差异其难度更大，中国文化基于农业社会，由于其国土的平均海拔高出世界各国平均高度2倍多，且西高东低，水流湍急极易发生自然灾害，为了治水，不得依靠集体行动建立了一个强调等级与和谐的复杂社会，产生了人际式的思维取向和辩证的思维方式，西方文化基于希腊文明，他们由于狩猎和捕鱼的社会对个人的特征要求较高，自然而然地产生了个人式的思维取向和逻辑的思维方式。前一种文化讲综合强调集体主义，后一种文化讲分析强调个人主义。作为张扬个性、实现自我价值的市场经济与后一种文化较为合拍，与前一种文化却相距甚远。而前一种文化要向后一种文化转变也非易事，因为文化源于各自的传统，它们之间只能互相影响，不可能互相代替，正如一个人不可能把自己托起来一样。因此中国要真正走上规范的市场经济之路还有一段相当长的文化转型过程，不过我们也不能因为完善市场经济是一个漫长的历史过程就可以不改革，等大家都改好了我们再改，那也是不现实的，因为任何事物都有一个渐进的过程，边改边完善，既不能期望一蹴而就，更不能坐等其成。

20. 综合就是创造,渗透就是突破

ZONGHE JIUSHI CHUANGZAO

SHENTOU JIUSHI TUPO

某日,我与一位来自北京的专家就"人皆有真知灼见"的话题闲聊。我首先谈及人类早期的创造皆系单项之创造,如牛顿发现万有引力,爱因斯坦发现相对论;随着岁月的推移,单项创造逐步完成,开始走向综合,如瓦特发明蒸汽机,爱迪生发明电及其初步应用;到了日臻发达的现代社会,一般综合的创造已完成,进入了高度综合才有创造的时期。因此今天谁能高度综合,谁就具有创造力,如通过机电一体化的高度综合,创造出计算机控制的各种数控机床,从而提高了金属切削加工的精度和速度;近百年来人们将内燃机、传导系统、变速系统、转向系统及其他有关驾驶、乘座装置高度综合在一起就成为汽车,而配上安全气囊、电视机、收音机、DVD、卫星定位仪以及豪华装饰等装置就成了高档汽车;至于在创造汽车的基础上再进一步的综合,便创造了飞机,而在普通飞机再进一步综合的基础上,便创造了航天飞机,使人类实现了千百年来宇航登月的飞天梦想。

来自北京、年逾六旬的陈姓专家深有感触地说,他从1956年开始专攻地球物理,深知用物理方法研究地质对于石油及其他矿藏勘探的重要意义,但由于物理方法涉及相当多的数学计算,有些计算甚至一个人一辈子都完成不了,因此勘探技术难以取得突破性的进展。后来随着运算能力超强的电子计算机技术渗透至地球物理之中,便很快地解开了这一难题,使勘探工作有了突飞猛进的发展,由此可见,"渗透就是突破"。

我接着说,刚才我们所举的例子都是自然科学,其实"综合就是创造,渗透就是突破"在一般社会生活中也不胜枚举,例如社会上有很多人都认识3000个以上的汉语单字，但由于缺乏综合能力，便成不了诗人、作家；而同样认识这么多单字的诗人和作家却能写出脍炙人口的作品，也无非是他们能够将这些单字进行不同形式的综合罢了。从这个意义来讲，李白、杜甫的诗歌，罗贯中、施耐庵、吴承恩、曹雪芹的《三国演义》、《水浒传》、《西游记》、《红楼梦》等古典文学小说都是运用文字对人与自然、社会之间的关系进行综合所做出的创造。对于以26个抽象字母组成的英文来说，其创造是更大规模综合的结果，世界级的文豪莎士比亚就是英语世界运用26个字母进行文学创造的综合大师，所以说文学家与常人的差别仅仅是文字综合能力不同而已。倘就使用电子计算机来说，其创造也无非是对键盘上几十个键的操纵加以综合罢了。至于渗透就是突破的例子，更是俯拾皆是，如中国古代将诗歌渗透到散文之中便产生了新的文学形式——赋；将口述话本渗透到小说的文字之中便成了话本小说；将财经渗透到散文之中便成了财经散文。再如戏剧表演自古即有，以前为了衬托出各种不同的场景，提高演出效果，必须绘画制作为数不少的布景，因此，每次演出都要花费大量劳动力，车装船载往返搬运。自从现代声像技术渗透到戏剧之中，演出不仅省却了笨重的布景搬运，而且彩色图像投影背景更加逼真，更加扣人心弦，音响效果更为奇妙，更能感染观众。

同样，"综合就是创造，渗透就是突破"在经济学上的反映也屡见不鲜。如西方经济学认为，人是经济人，时刻在寻求利益最大化。其实人也有其理性的一面，这种有限理性与不同民族的文化背景有关，如西方文化背景是基督教，属于张扬个性的求异文化；以中国为代表的东方文化是儒、佛、道三教背景下的低调不张扬的文化，是求同文化。如果我们不能将西方经济学原理与中国的文化背景综合起来，便难以把握中国的经济发展，成不了中国土地上的经济学家。至于在经济学的科学研究中，如果没有诸多数学知识不断渗透到经济学领域产生计量经济学，经济预测就难以从定性走向定性与定量相结合的科学之路，经济学也不可能产生新的飞跃，获得人们的普遍青睐，以致上升为今日之显学。

毋庸置疑，在国际政治中，2003年美国用反恐名义取得攻打伊拉克萨达姆战争的胜利是美英诸国的武装力量、现代科技、"9·11"事件以后的国际形势以及其他多种因素高度综合所创造的成果，而同年12月13日美军能一举活捉逃遁8个多月的萨达姆则完全是美国中央情报局不断渗透所取得的重大突破。

立身莫被浮名累
涉世应干本色事

——与《浙江工人日报》记者
贝莉莉、蔡妙菊的交谈录

尽管这个世界上有很多晦暗与险恶，但依然存在维护真善美的**可能性**；尽管道路有些歪歪斜斜，但依然可以用个人的方式**去拒绝**混乱和扭曲。

——引子

与浙江省财政厅厅长兼地方税务局局长翁礼华的对话，绝对是一种愉快的经历。

初夏，在西子湖畔的金溪山庄，来自全国各地的80多位专家学者，专门就浙江省财政厅近年成功实施的理财新思路进行研讨。令各路记者饶有兴趣的是，理财专家翁礼华颇具文人气质，谈吐十分幽默风趣，讲话时常引人开怀大笑；他能把枯燥乏味的财税知识、晦涩难懂的官僚制度讲得头头是道；由他主持的浙江的财政改革，改变了全省47个县市预算赤字、省级机关工资发放难的局面，浙江因而成为全国唯一一个各县市全部能正常发放工资的省份。同时，浙江省的财政收入迅速增长，2001年全省财政收入855亿元，比1994年增长3.1倍。更让记者啧啧称奇的是，一个理科出身的人，能从外行到内行，把财政两个字里外吃透，成为专家型的财政官员。而为官之余，又如一眼深井频频"井喷"，频频出书，成为学者型的财政专家。

记者两次"逮"住翁礼华访谈，至今仍意犹未尽。

翁礼华倡导的财政改革新思想是："以人为本，四两拨千斤，建立理财新机制"；理财新思路是："分类指导，补奖结合，鼓励超收，确保平衡"。如对贫困和次贫困县，实行"两保两挂"政策，即：地方财政收入每增长1个百分点，省补助增长0.5个百分点；地方收入每增收100万元，一次性奖励5万元。

对经济发达或较发达的市县，则实行"两保两联"政策，即：地方财政增收上缴100万元，省财政补助11万元，奖励4万元。

而对地方财政收入超过亿元的县市，实行的是上台阶奖励政策，即：首次上亿元一次性奖励 30 万元，此后每年以 3000 万元为台阶；每上一个台阶奖励 20 万元。

记者：翁厅长，您主张的财政改革新路子充分体现了人本思想，请问您是如何理解人文关怀的？

翁礼华：人类的所有学问说到底都是人学，自然科学离不开人，社会科学也离不开。人文关怀就是给人以动力，把他的积极性调动起来。举个例子，每年 4 月份是税收宣传月，20 世纪 90 年代前期，宣传月的标语都是用恶狠狠的口气写的；如"执法必严，违法必究，严厉打击偷税漏税"等，这类标语给人一种感觉：好像人人都是偷税漏税的，一点都没有体现人文关怀。后来，我要求写得温馨、平和一点，于是标语就改成："地税连着你我他，家乡建设靠大家"。

我们的财政改革也是一样，比如说"两保两挂"、"两保两联"，说到底我们没有说不准怎么样，一定要怎么样，而是告诉他：你能做到这一点，应该得到什么鼓励，把激励与约束相结合，以激励的形式体现人文关怀。我参加了好几届党代会，今年的报告既有政治上的宏伟目标，但同时也有许多温馨而平和的话，如"要让浙江人民过上比较宽裕的小康生活"。财政这样很宏观的工作，也可以通过和风细雨的氛围来推进。

记者：你提倡"以经济视角面对历史，以文化视角面对改革"，这当中包括怎样的含义？

翁礼华：历史学家是线状思维，喜欢从朝代沿革考虑问题。你们记者是点状思维，常常是"抓住一点，不及其余"。官员则是面状思维，做事情尽可能要周全些。那么搞财政赋税的呢？我认为不妨跳出财税看财税，可以经济的视角面对历史，即从社会生产方式的更替、财税政策与国家政体、与税收两个角度来观察分析历史，从而将历史更多地表述为生产力不断发展的经济史。

如果完全用财政的办法来管财政，是很难管好的。我认为只有从文化的视角去管理财政，才有可能成功。财政的中心是人，所以中国财政改革的关键问题是对中国人进行充分解读，因为人的经济行为在很大程度上由他的理念所决定，而他的理念由他的文化背景所决定。

角色的转换既痛苦又美丽

翁礼华，浙江临海人，1945年生，1962年考入杭州大学（现浙江大学西溪校区）化学系，1967年毕业，先后当过技术员、工程师、厂长、研究所所长，奉化县、鄞县（现鄞州区）县长、浙江省政府办公厅副主任、省政府副秘书长，现任浙江省财政厅厅长兼省地方税务局局长。中共浙江省委九届、十届委员，九届全国人大代表，浙江大学、浙江财经学院、浙江省委党校兼职教授、浙江省作协会员、中国作协会员。

翁礼华的特点是动脑动手能力极强，他学一行，则穷究其源；钻一门，必深得其要。做学问时他博闻强记，融会贯通；工作上，他独立思考，别出心裁。大学毕业后，他被分配在镇海一个机床附件厂。在别人都忙于"造反"、"革命"或当"逍遥派"时，在多做没什么报酬、少做也没有什么问题的年代里，翁礼华却埋头苦干。

开始他是搞电镀的，后来让他转行搞与化学浑身浑脑不搭界的机械设计，他就自己看书，看制图工艺、力学等。基本上每个月都坐轮船到上海去一趟，偷人家的"拳头"，并活学活用。而且当别的单位来找他搞产品改造时，他都是来者不拒。开始人家让他把煤气机改造成柴油机，他实际上是不懂的，但他很有信心地说："给我一个礼拜。"一个礼拜下来就琢磨成了。

镇海以前有一种高粱饴是很有名气的，最早也是翁礼华帮助做出来的。食品厂的人找到他说：生产的高粱饴太硬，不好吃，给改改软。翁礼华又说："给我一个礼拜。"他发现青岛的高粱饴真正是高粱粉做的，南方那时没有高粱粉，改用番薯粉代替，沿用的又是老配方，势必会发生硬的问题，后来他给调整了配方，一改，高粱饴还真的变软了。

1971年，翁礼华调到镇海江南油脂化工厂工作。初到该厂时，这个厂是个亏损厂。于是他又为这个厂搞技术革新。他从油脂的副产品下脚料中提炼出了米糠类油酸，其化学名叫十八二烯酸，用于选矿、脱模等，这个产品1975年被上海化工进出口公司选中，在广交会上成为抢手货，首次向国外出口，从而为我国填补了一项化工产品出口的空白。亏损厂在短短4年时间里变成了赢利厂，有了20多万元的利润，这个数字在那个时候是个了不得的数字。

另外，他还利用油脂化工的副产品帮别人研制成各种成本低廉的抛光膏、黑油膏、脱模油等化工产品，并解决保温瓶镀银保温、金属表面处理等问题，成为远近闻名的能人。1979年翁礼华被评为浙江省劳动模范。

记者：我们工人报特别关注劳模，作为20多年前的老劳模，请谈谈您的劳模情结。

翁礼华：我是比较早的劳模，除了50年代陈有生他们那一批，就是70年代我们这一批了，我是跟省财贸工会主席章凤仙一起评上劳模的。我们当时的劳模是做出来的，还是蛮硬的。劳模情结一直未断，我还是今年4月刚成立的省劳模协会的顾问呢！

记者：那个时候你动不动就是"给我一个礼拜"。你为什么那么不计报酬地拼命干？

翁礼华：我是这么认识这个问题的——搞一个技术革新那时往往要花几千块钱，有时要上万元。我自己没这个本钱。尽管人家没有报酬给我，但我想这不是我学习本事的好机会吗？于是，不管谁叫我去做，我都愿意的。我跟他说"给我一个礼拜"，因我也不懂，我先去看书，看人家怎么做，如他做坏了，我肯定不能再按他这个思路了，我就看还有哪些路可以走。

记者：您经历了很多的角色转换，这种转换痛苦吗？

翁礼华：我的角色转换可能比你们想像的还要多。我完全是从工业战线上的一个普通工人一步步转到财政税务这一领域的，跨度很大。我的转换首先是专业的转换，我学的是化学，一下子转到机械，又从机械转为化工，然后去搞比较综合的技术，搞研究，然后再去当县长，管理工业，又去做副秘书长，最后让我做财政税务。痛苦是使人进步的阶梯，只有经历刻骨铭心的痛苦，才有长足的进步。我感到不断的角色转换，是让我在新的领域不断地进步，这种感觉既痛苦又美好，就像鲜花是从鸟粪中长出来一样。

1992年，翁礼华担任浙江省的财政"大管家"后，他苦于应付各部门没完没了的要钱报告，倦于应付每天接待贫困县市领导要钱的造访。在上班拦、下班截、星期天上门堵的"围剿"中，他成了人人想吃的"唐僧肉"。他管着数以百亿计的钱，却感到自己成了世界上最缺钱的人。如何改贫困为富有，化无为为有为，变要钱为生财？困境面前，翁礼华心头千转百回。他看到，传统的扶贫只是不断地"输血"，却缺乏增加"造血机能"的机制。于是，他亲自带队，跑了 20 多个贫困县和次贫困县，而后雷厉风行地作出了引起全国关注的一系列改革措施。仅实施"两保两挂"一项，5 年后有 17 个贫困县和次贫困县不仅全部消灭了赤字，而且财政增收 8 亿多元。

1996 年，原财政部部长刘仲藜在全国财政工作会议报告中指出，浙江省对贫困地区实施的"两保两挂"政策，值得专门总结、交流和推广。

1998 年 12 月 29 日，财政部部长项怀诚肯定了"两保两挂"是结合浙江实际的创造。1998 年 10 月 23 日，《光明日报》有关"浙江财政改革"的报道引起了国务院李岚清副总理的关注。

记者：浙江财政改革能成功，根本原因是什么？推广得如何？

翁礼华：与省里主管领导的支持、信任、默契是分不开的。另一个原因是浙江经济民主化的进程相对而言快一些。江苏去年学了，现在推行得挺顺利。当然也有难学的，因为我们先"革"自己的命，有人可能会认为"犯不着"。

记者：财政对于您，原本是陌生的。人家一开始说您是不懂的，但现在没人说您不懂了，就连专家教授都挺心悦诚服。如今您这个财政厅长做得内行又很轻松，这种变化是怎么实现的？

翁礼华：我刚到财政厅时，可以说是个外行。外行可以当领导，但领导不能永远是外行。

我开始时是很痛苦的。我姓翁，"翁"字，上面是一个公家的"公"，下面是一个羽毛的"羽"，公家的羽毛，可不能乱拔啊！可是在以前，贫困县的头头们人人都想来"拔"，想多"拔"，天天都有人来"拔"。到财政厅任职之初，一个礼拜有四五天我是要穷于应付的，贫困县来讨钱，各部门来要钱，我还要不断地签字，有时真担心这种字签出去会不会闯大祸，我想这个地方太危险了，但一时想不出什么办法。贫困县一次次地来，有的贫困县更是派专人住到杭州的招待所打"持久战"向我要钱，而且讲的话都差不多的。我耐心地听，经常是"温故而知新"。我想，这个钱不是我想生产多少就可以生产多少的，所以我尽可能生产良好的态度，生产微笑。对来讨钱的人，我一定从楼上送到楼下，有时还帮他拉开车门。

1993 年 6 月，全国搞财政体制改革，这对我的工作来说是一个转机。因为所有的财税体制这时都要翻箱倒柜地拿出来，重新理牌。除了实地调查研究，还常常与国家财政部、国家税务局的专家们切磋，我前后用了大半年时间，把各种税种的历史演变过程、财政的纵横状况弄清楚，把本系统很多人也搞不清的东西都弄清楚，包括人的心态。然后我就进入角色，设计方案。我认为所有的政策应该先替人家着想。

以前我们的思维都是逆向思维，贫困县老是动我们的脑筋，我们老是在动贫困县的脑筋，而不是坐在同一条板凳上，不是往同一个方向思维，这样永远解决不了问题。所以只有往同一个方向思维才行。

记者：听说有一次您要到安吉去，人家想您财政厅长要来，立马精心准备了说法儿十分讲究的汇报材料，忐忑不安地在那里等您，结果他们发现您是去送政策的。现在您与下面的关系非常融洽，不知这一点您又是怎么做到的？

翁礼华：我有一条，与其让人家讨出来，不如我主动送给他。这样他不但为你的精神所感动，而且所花的成本也少。财政工作表面看是经济工作，但它同时包涵精神的东西。精神和物质是相辅相成的。

"没有"权才能掌好权

　　在探索有浙江特色的理财新路子时，翁礼华不但务实创新，而且严格遵循"赋权力于制度"这样一条基本原则，突出强调执行制度中的刚性和规范化；在财政资金管理方面，逐步将一些原来的"暗箱操作"变为"阳光操作"，提高了透明度。他从自身做起，主动剥离自己手中的大权，但又不是撒手不管，而是追求更高层次上的把握——"没有"权才能掌好权。

**　　记者："没"权掌权，您怎么操作？**

　　翁礼华：我在厅里不具体分管任何处室，但是我对各个处室的情况都弄得很清楚。怎么管？一句话，"赋权力于制度"。

**　　记者：制度化对个人利益有什么影响？**

　　翁礼华：制度化对谋求非分利益的人来说，没有好处。不少人活在世上总想找到一种感觉，只有把资源尽可能变为稀缺资源，他才会有感觉。比如养猪的人能得到重视，只有猪肉很紧张时才会这样。可我已剥夺了很多人的感觉。应该说，我当时压力很大，内部也有阻力，做到今天这一步很不容易，大家都付出了努力。

记者：听说您到厅里不久就出台了不少制度？

翁礼华：我一到厅里就出台了十几个各种各样的制度，比如干部的晋升制度、学习提高制度、资金管理制度等。我认为很重要的一条是要依靠制度管人，仅仅依靠觉悟管人是不够的，因为觉悟极其有限。

比如周转金制度，1993年还有这种周转金，我发现它风险很大，财政变银行，借钱给企业，这样财政官员很容易出事情，产生腐败。所以，我的第一个措施是，规定1994年7月1日以后，所有周转金不能借给企业，只许借给市县财政局，并且必须由财政局一把手签字方才有效。

我还取消了处里借贷200万元的审批权。开始我把他们集中起来，他们不愿意放权，我就问他们：要帽子还是要这个权？当天下午他们全部屈服。实际上我救了一些人。

记者：取消了那么多人的权，您是出于什么考虑？

翁礼华："常在河边走，怎能不湿鞋"，这是古训。我常告诫他们，在管钱的单位，你的处境其实是很危险的，你随时随地都可能掉到河里去。还有一比，好比你是在没有窨井盖的马路上行走，处处是陷阱，而且可能有人会从窨井盖里伸出一只手，把你拉下去。

在这种环境里，我就必须给他们设计一种规避危险的方法，即建立一种制度。人这种高级动物需要道德，道德从哪里来？道德是恐惧的产物。所以光靠道德也是不行的，你要用窨井盖把陷阱全部盖住，这样他就没有掉下去的机会了。

为此，我专门成立了一个资金处，资金的进出通过一台计算机就全看到了，比如谁谁谁签了什么东西，我都一目了然，但有一条，我不分管，我不签。

记者：您怎样看待权力这个东西？

翁礼华：只有没有具体的权力，你才会有权；只有不具体去管，你才能管住。因为你没有权，你才能制订制度；你没有权，你才能超脱。所以在90年代初借周转金十分狂热的年代里，我就从不借周转金出去，因为我没有权，没有人来找我。

记者："没"权掌权是怎样一门高深的学问？

翁礼华：我永远保持裁判员的态势，而不是做运动员，要不你会因为一个球的得失而耿耿于怀。但有一条，全场的运动规则、运动方式，我要比所有的运动员都清楚。假如做不到这一点，就会有人对我不服气，所以我很懂自己的业务，你不懂是不行的，你光靠权力是没有用的，你首先要有人格力量，还要有学识力量，这种无形的力量要比有形的力量强大。

记者：听说您只准由你们埋单？

翁礼华：我们厅里规定，只准我们请人家吃饭，不准吃请。我们专门有个餐厅请来找我们的人吃饭，这个办法看来很客气，实际上是很婉转地拒绝吃人家的饭。这样一来，我们班子一方面可以有较多的时间集中精力学习。去年，浙大100个ＭＰＡ中，我们厅就有12个，省地税1个，一共13个。考省第一名、全国第二名的学员就是我们办公室的小伙子。另一方面我们的人不会由于欠了一些人情账，而做那些违规违法的事情。

中国的文化中，喝酒是表示热情，但所有的阴谋诡计也都是在酒桌上形成的。比如说"杯酒释兵权"，比如说"鸿门宴"。请人家吃饭就有一个好处，转了一个弯子。所以我对我们的处长们说，与企业的关系要"亲密有间"，不要到企业吃来吃去，人家是"四两拨千斤"，你犯不着去冒风险。除了一些必要的会议，我也不去剪彩，过这节那节，不去出头露面搞应酬，也不去上电视。

十年面壁图破壁。在过去的岁月里，翁礼华从外行到内行，从不懂到懂，成为他所管的行业的专家，更令人钦佩的是，他还是学者型的专家，文

有底蕴才能"井喷"

史哲样样精通，且能融会贯通。他在近五年里写了近300万字的专著及论文，出了7本书。他讲的课深入浅出，风趣幽默，深得各大高校大学生和党校学员们的喜爱和欢迎。他去浙大给MBA学员讲课时，MBA学生会的人将贴有"热烈欢迎"等字样的长长的条幅从高高的教学楼顶上挂下来，他们为他的精彩讲座长时间鼓掌；到省委党校、省军区、浙江财经学院去讲课时，他都没什么讲稿的，他的脑袋像台计算机，人家调一个目录出来，他就满脑袋的东西，他会问你们要听什么，然后滔滔不绝地开讲，说好只讲两个小时，但听的人总是不过瘾，非要他再讲一个小时不可，就像演员唱歌唱完后，听众齐喊"再唱一个"一样。他们觉得听这样丰富又有趣的课，实在难得。他到中央财经大学讲课时，可容纳四五百人的大教室里坐满了人，后面通道上还站满了人。

翁礼华深知行政领导财税知识缺乏，需要有合适的专业书籍供他们阅读。但现有财政类书籍大都晦涩难懂，连他这个理科出身的人都感到"不忍卒读"。何不写他几本！一念既动，笔到文成。1993年，他的第一篇财政论文发表，即《管人管事管协调》。当然他不轻易写，因为他不敢违背"五十岁后著述"的古训。自1997年后，翁的写作才出现"井喷"，他相继出版了《中国历代赋税和当前税制改革》、《财政·赋税·官吏·俸禄——中国历史漫谈》、《五十而知天命——财税改革随笔》、《以经济的视角面对历史——财税新视野杂谈?(上、下)》、《礼华财经历史散文》及《长河东去》等。

　　在渐进的写作中，他创造了一种新的文体，即用经济的视角、文学的形式、哲理的语言表述财税理念和历史。他以财税为写作的切入点，以经济视角面对历史，面对传统文化，面对全社会，作品别开生面，使生涩难懂、阳春白雪般的财税知识"飞入寻常百姓家"。原财政部部长刘仲藜称他的书"融历史性、知识性和趣味性于一体"，国家税务总局局长金人庆则赞其"文史经济知识底蕴深厚"；浙江县市领导干部和财税干部更是争相传阅，江山市副市长何蔚萍称，读翁的书"有轻舟随波而下一览两岸万千风光之感"。浙江省作协不但主动吸纳他为会员，还先后三次为其作品举办专题研讨会。中国作协也主动吸纳他为会员。著名作家黄亚洲称他是一眼"深井"——作品深刻、视角独特，几年里利用闲暇时间写作出版几百万字，令专业作家也望尘莫及。作家们一致认为，用文学手法反映财政，翁乃中华第一人。浙江省大型文学杂志《江南》第一次在"文学比邻"栏目，用两万多字的篇幅，刊登了翁的财政宏文《第一帝国四百年》。

　　读翁的作品，你不能不叹服身为财政厅长的他，却有如此深厚的文字功底和如此渊博的知识面。他出口成章，报出的数字比老专家还快；一些很特别、很有价值的思索，他表述时文采斐然。如在《五十而知天命》一书中，形容当时各县市领导跑财政补助的现象时，便引用旧时财神庙前的一副对联作比："颇有几文钱，他也求，你也求，给谁是好？不做半点事，朝也拜，夕也拜，教我如何"，真是再贴切、再生动不过，活画出要钱的尴尬与给钱的窘迫。更让人惊奇的，是翁礼华高昂的写作状态。写作本来是一件苦事，但他却乐此不疲，思如泉涌，灵感频发。即便是到域外考察和外地开会，他也总是利用一切空余时间，悉心观察了解当地人文历史并立马成文。有一次他到土耳其考察，在飞机上写了两三万字；有一次他到巴西考察，在飞机上写了5万字；有一次在墨西哥考察，住的旅馆房间没有凳子，他就坐在马桶盖上写。他还有这样的本事——在行驶的小车上，他可以在膝盖上写书。

记者：您为什么这么乐于写作？

翁礼华：好多人在寻找做官的感觉，我也在寻找自己的感觉，只不过我的感觉在书里、在创作中。一个人总有追求，我的追求不在于金钱。我也不愿意有人找我解决什么问题。很多人都希望在这种权力的运用中找到这种感觉，而我只是希望别人把我当做一个普通的人。我写文章也不是为了成名，而是追求一种过程。你想，如果我们能写出一种蕴含多种知识、融趣味性和知识性为一体、深入浅出的学术型文学作品，使白驹过隙似的有限生命得以延续，那是一件多么令人惬意的事！

记者：浙大有学生说，您的书让人家感觉到实实在在的"干货"，还有作家写书时，干脆买本您的书，从中寻找旁征博引的资料，请问您是怎么写作的？

翁礼华：中国做学问的大学、党校，搞理论研究的，往往把简单的问题复杂化，而我呢，是把复杂的问题简单化。我的作品有点像可口可乐的浓缩液，可以加点水化开，泡成可口可乐。

记者：您的文史哲知识十分渊博，可以信手拈来，请问是如何积累的？

翁礼华：我认为要当好财政厅长，在一定程度上必须懂点文史哲知识。文学滋润人的心灵，哲学给你一把了解、开启世界的钥匙，懂历史方能知兴替，三者贯通，你才能去做好那些很复杂的工作。

我的父母都是教师，父亲是中学教师，母亲是小学教师。我从小就很喜欢看文史哲方面的书。记得小时侯看过一本孙中山的演讲集，印象很深，那时，字都还认不全。当时，一有空就到临海新华书店去看书。

我这个人的特点就是喜欢把不搭界的东西贯穿在一起。1996年我去浙大研究生院讲课，从小车上下来时不小心摔倒，摔碎的玻璃杯碎片割断了我的手腕静脉、韧带和神经，后来转到上海华山医院连动了 7 个半小时的手术，从腿上取了一段神经，才把手腕上的两根侧神经接上；那时手不能动，但脑子里浮想联翩。有几个气功师见我伤得厉害，来给我做气功，结果他们说你这个人是不可以做气功的，因为你这个人脑子转得太快。于是我给他们总结：什么叫气功?气功就是发呆。我坐在汽车里，看到什么东西，脑子里就会联想开来。

记者：您的阅读习惯如何？

翁礼华：我什么书都看，不过，有时看书不是从头到尾，而是倒过来先看尾巴。我认为书也跟数学一样，数学是由几个点连成一条线的，书也是有几个要点连成一根曲线，一根曲线就表示从头至尾的过程。我把结果看好，再倒过来看，就知道它在讲什么，再看里面精彩的部分，书中会发亮的也就那么一两点，我看个亮光就可以了。这样看书，效率很高，自己的判断力也就越来越强。

我看书看得很多，眼睛倒不近视。眼睛也是用进废退的。我在自己书房里看书，很多时候是躺在地板上看，不用枕头的，我觉得这样看书蛮适意的。我也没有什么颈椎病、腰椎病。

记者：您现在是不是经常买书？

翁礼华：买的，买得蛮多的，我不惜血本买书，但看完后一般就送给身边的人看，不保存的，除了有些书要保存待查。有些嗜好藏书的人，实际上是体现了他的一种占有欲，实际上他脑子里没有东西灌进去。有些人书买得很多，堆放得很整齐，分门别类的，这些人实际不是真读书，有时就像没读过书一样，学问、修养、做事、为人，一点也没长进。

记者：那您是不是做大量的笔记？

翁礼华：恰恰相反。我有一本工作笔记本用了一两年，你们可能会感到很奇怪吧？一般的人是主张好记性不如烂笔头，当领导的话，我认为烂笔头不如好记性，因为有人会给你记的。关键是你要像电脑缩印做成软件一样记在脑子里，脑子里记的东西多了，你才会博闻强记，才会融会贯通。你记不牢，有健忘症，老"死机"的话，就糟糕了。

记者：您的财经散文跟梁凤仪的财经小说、张五常的经济散文和余秋雨的文化散文，有什么相似及不同之处？

翁礼华：我的作品有三个特征：一是可读性比较强；二是知识面比较广；三是反映人生哲理，客观地讲社会、历史，绝不媚俗。梁凤仪的文章重情节虚构，张五常的文笔有点西化，余秋雨的散文则长吁短叹的东西比较多。而我的作品还有定量概念，比如数字对比你看后会觉得蛮有道理的。我有的文章还重考证。我有一条，尽量使业内的人认为我写的是可读性强的论文，而社会上的人看时，能让他觉得我写的是有定量概念的散文，从而达到"横看成岭侧成峰"的效果。文学是把明白的东西弄糊涂，科学是把糊涂的东西弄明白，我的文章是以科学的精神写的，因此要把糊涂的东西弄明白；把复杂的东西简单化。

做一个大写的人

　　记者：我们发现您的著述中，有约 20 万字是写关于怎么认识人的内容，感到很多事您都想得很明白，似乎是在以出世之心干入世之事？

　　翁礼华：没错，我曾专门写过一篇题为《以出世之心干入世之事》的杂文。我认为人在这个世俗社会上，是有七情六欲的，但假如你把七情六欲作为一种需求，放在领导工作当中，那肯定是搞不好的。干工作，还是要有点理想。

　　我比较提倡以出世的态度做入世的事，但是你对人家可不能提这种要求，你假如要让每个人都变成这个样子，把它当做一种经济政策，那肯定要失败的。所以我认为以出世之心做入世之事是对自己的要求，对人家你还得体现人文关怀，还得有利益导向，人文关怀是个精神鼓励，利益导向是个物质基础，我认为要从两方面去考虑这个问题，如果用佛教的话来说就是"定（精神）慧（物质）双修"。

　　记者：您这样做内心感受如何？

　　翁礼华：我认为还是蛮愉快的。首先你要有这样一个思想基础，认为人生是很短暂的，人生只是一个过程；其次，人生不带来死不带去，人生个体的物质需求实际是十分有限的，财富一多往往成了包袱。

　　我对这个问题认识是很透彻的。古人云："家有良田千顷，日食白米一升"，在体力劳动大为减少的今天，不少人一天连半升也吃不了。还有古人云："家有华屋千间，惟六尺床一张"，说的是：你家里即使有 1000 间很漂亮的房子，你实际上仅仅需要一张六尺床而已！在现代社会我们也可以说："家有良车千辆，只坐轿车一辆"。当然对贪得无厌的人来说，自然是欲壑难填。

记者：作为一个厅级干部，您把做官与做人结合得挺好，您的人生哲学是什么？

翁礼华：首先要学会做人。一个人要追求过程，不要去追求结果。人一追求结果，他就会很痛苦。中国作协主动邀请我成为会员，但作协在北京的门朝哪开我事先都不知道，我也不认识谁。我是很低调地去做事情的。蒲松龄给了我很大的启发，他从20岁考到70多岁都没考上举人，但他在失意中写本《聊斋志异》却出了名，他去世半个世纪后，浙江严州（今建德）府知府赵杲把他的著作刻版印刷，让它走向全世界。

你不可能名利双收。你看阔叶林的树种不挺拔但很茂盛，而针叶林挺拔但不茂盛。你要么做针叶林，要么做阔叶林，要作出选择。人生在世，要实实在在做点事情，要讲操守，要做一个清白的人。

先人后己，你的利益也自然会有；先己后人，你的利益则即使得到也会复失。

要知道以柔克刚的道理。杭州南高峰的树藤很厉害，它可以把参天大树活活缠死。做人也一样，要洁身自好，不能去沾黑的东西，一沾上你就倒霉了。

记者：官场腐败人人痛恨，您是如何坚持操守的？

翁礼华：满则亏是个很好的古训。有些记者总会说：啊呀！官场太腐败了，我们记者多好。但如果让你去当官，你可能还要腐败。你看到非经济管理部门掉进去的人不少。因为这些干部平时光抓人家的问题，本身缺少恐惧感，个别人甚至从嫖娼开始，一直到拿回扣、贪污，都全了，为什么？他不知道这其中的危险，他一到那个岗位就以为：啊呀！这么多好的东西在等着我！就像一个人看到花园里花朵这么多这么好看，于是赶快去采两朵来。这花不能采的。你身在这种岗位，你不明确地表示，你不严厉地拒绝，则意味着离你掉下去的时候也就不远了。因为人家都是想千方百计利用你，他也是"四两拨千斤"嘛，他就是用最少的贿赂来获取最大的利益。而你呢? 可能随时随地用"千斤拨四两"，因为你为了得到"四两"，就会不惜"千斤"，用公家的东西换取私人的利益。台州民间俗语就叫"大路石板送人情"。很多人就是这么一个过程。

毛泽东讲阶级斗争"树欲静而风不止"，我认为讲得很正确。现在不讲阶级斗争，但腐败与反腐败也是一个道理。在这个社会里，形势有时很险恶，你之所以不会犯错误，那是你没有这个机会，没有这个条件，否则你也会立即掉下去。有些人掉下去了，其中一个原因就是人文知识比较少，他不知道社会的东西不会白给你的，你稍微有一点过分的东西，就会被要回去。好比一桶水很满，就有危机了，你这桶水稍微浅一点，才行。中国的中庸文化中庸之道是很有道理的。你声誉很高名气很大，你是很危险的; 当你不太有声誉，社会上也不太有名气，但你努力地干，那你就一点儿也没有危险。所以在领导岗位上，稍微有点松懈，你就立即掉下去。我之所以追求写书，从这一角度来讲，其实是在为自己寻找一条出路。

记者: 在仕途上行走，您还有哪些心得?

翁礼华: 做领导，要么是会搞关系，要么是靠实干。我不去搞关系，但我对人很诚恳的，无论他地位高低。我认为人字的含义就是一撇一捺相互支撑。但人与人的差距是很大的，可能有的人是吐鲁番盆地，有的人是喜玛拉雅山。杭州的历史上有过很多位市长，但是最有名气的，还是白居易、苏东坡，为什么?他们靠实干、有文采。除了有位置以外，他们的文学才华无可企及。

如果是在一个由少数人来决定干部人选的体制下，就永远有人会去搞关系; 如由多数人来决定的，那就不会有这种情况了。因为对少数人，你是可以去搞关系的，但你若要去搞13亿人的关系，那是不可能的。如果能办得到，恐怕也是联系群众的典型了?

记者：大家都称您是"财神爷"，对"财神爷"的家庭充满了一种好奇心。请谈谈您的婚姻家庭观。

翁礼华：我认为家庭是一种功能配置，犹如桌子和椅子，如都是桌子或都是椅子，夫妻双方会感到很别扭、很痛苦的。他们之间的关怀只是危机下的关怀、一种不对称的过程中的一种关怀。这种关怀是人为的，而不是很自然的。

家庭的这种功能不配套需要作内部调整，虽然这种调整很难。因为人是有伦理道德的动物，他不能离开这个去调整，要是完全按照他的爱好、他的喜怒哀乐去改变，那肯定不行的。

比如讲工厂的设备，它也是个功能搭配的过程，比如水泵、水管还有水塔，也是功能搭配的，假如互相不适应的话，还可以进行技术改造的，如水管不够大就换水管，水泵不够大的可换水泵。家庭实际上也有这个问题，而家庭的这个问题由于受到伦理道德的限制，它不能进行技术改造，它的设备不能随便去更新。

记者：夫妻之间怎样才能和平共处？丈夫应该如何对待妻子？

翁礼华：她发火的时候你要坐在边上，好像很痛苦地接受她的喋喋不休。你要了解她的特点，然后去骗取她的劳动力。我本人从来不做家务事的，因为做这些事老要出差错的，我不洗衣也不拖地板。你只有不做事，你才不会做错事，并且永远只有一个缺点，那就是"懒"。女性的特点就是这样：边干活，边唠叨，这是一种必要的发泄，只要你掌握她的特点，她就情愿做牛做马。然后你愿意给她做出气筒，而且是很诚恳地给她做出气筒，做一支烟囱。一旦她发火了，你就不好发火，也不可"退避三舍"，更不可"逃之夭夭"，因为这时她这个煤球火炉肯定发旺了，你这支烟囱拿掉的话，她就真的要火冒三丈，一发不可收了。

记者：您是如何教育子女的?

翁礼华：他们反正都大学毕业了。我认为有一条：你要让他做一个自食其力的普通人，而不能希望他去做什么伟大的事情。比如当官，70%靠机遇，30%靠水平。可能你70%的机遇也没有，30%的水平也没有，那么你就不能去当官了。如你要当艺术家，要当体育运动员，那么你要有70%的天赋，你只有30%的机会也没用。比如说占旭刚，假如说他没有举重能力，他就成不了举重冠军，但反过来，如果谁也没发现他，他可能还坐在那个开化山区里边，他就是有再大的力气也没用。

而且，你不能给孩子灌输一种思想：只追求结果不追求过程。什么结果都不能追求的，你只能追求过程，很多结果都是在过程中实现的。过程是很重要的一环，而结果往往只是很简单的一种。

有些干部子弟为什么没教育好?他就是起点定得太高，他认为下一代要青出于蓝而胜于蓝，一定要比老子好，其实不一定的。众所周知，一个家族，一个家庭，它可能是在几代人、很多人当中才能够遴选出一两个人才。有天赋的人还要有机会。单有天赋是没有用的，单有机会也没有用。人才是天赋与机会的黄金结合。

（原发表于2002年7月17日、18日《浙江工人日报》）

附录二

翁礼华：
中国财政文化的大写者

翁礼华，宁波人曾经很熟悉的一个名字。

他，1962年考入杭大化学系，1967年毕业，是镇海大学生当厂长的第一人，苦干加巧干，业绩显著，20世纪70年代被评为"文化大革命"后的第一批省劳模。而后，风正一帆悬，他历任奉化、鄞县县长、浙江省政府办公厅副主任、省政府副秘书长、浙江省财政厅厅长兼省地方税务局局长和省国资办主任。

20年的从政生涯，红红火火。睿智通达的他，认为做官只是一个过程，是发挥自身价值的一个高级平台。他不仅把浙江财政工作搞得有声有色，而且独辟蹊径，以经济视角面对历史，写出了大气磅礴的系列财政文化散文，成为令人瞩目的专家型、学者型官员。

中国财政历史源远流长，浩瀚庞杂，当把财政思想演绎成一部部著作后，他觉得还不够承重，于是，在其创意并致力下，中国财税博物馆诞生了。如今，开馆伊始，作为一馆之长的他，正一心运筹在财政的帷幄中。

中国财政散文
第一人

认识翁礼华在 14 年前，那时，他任省政府副秘书长。说话风趣，出口成章，一位颇具亲和力的官员。当初，对翁礼华的印象仅此而已。

后来，从媒体上看到不少有关翁礼华"奇人奇事"的文章，尤其是 1998 年 10 月 23 日《光明日报》有关"浙江财政改革"的报道，引起了国务院常务副总理李岚清的关注。且不说他"财政改革以人为本"开拓创新的政绩，也撇开其侃侃而论的"'没有'权才能掌好权"的种种为官之道，令人最感新奇的是，身居要职的他居然著作等身：《中国历代赋税和当前税制改革》、《财政·赋税·官吏·俸禄——中国历史漫谈》、《五十而知天命——财税改革随笔》、《以经济视角面对历史——财税新视野杂谈（上、下）》、《礼华财政历史散文》、《长河东去》等等，这些书深受读者的喜爱，并得到行家的赞赏。原财政部部长刘仲藜赞赏他的书"融历史性、知识性和趣味性于一体"，著名作家黄亚洲说他是一眼"深井"，作品深刻、视觉独特，在短短的几年里写出几百万字，令专业作家望尘莫及。省作协多次为他的作品举办专题研讨会，中国作协主动吸纳他为会员，翁礼华被称为"中国财政散文第一人"。

为官是热闹的，而为文却是寂寞的，在纷扰嘈杂的行政工作中，他是如何营造出一方宁静之地，来放牧广博的思想与文化？

前不久，记者到杭州采访了翁礼华先生。

在翁先生的寓所里，记者看到他新出版的厚厚一大叠专著：《纵横捭阖》、《钱财两面》、《钱眼读书》、《运财帷幄》等。翁先生拿起装帧十分精美的《纵横捭阖》说:"这曾是一本白皮书,50万字,共九章,是我专门为浙江大学研究生讲授《财政文化研究》课程而撰写的教材,后来流传开了,被中国财政经济出版社发现,他们认为此书可读性非常强,就编辑出版了。"

对整个中国财政史,翁礼华可谓烂熟于心。而当初转到财政领域,对他来说却是陌生的。做一行钻一行是他一贯的作风。他说,为官仅靠权力是没用的,必须懂行,才能让人服气。翁礼华作为财政厅长,其最大的魅力是具有渊博的学识。

"以史为鉴,可以知兴衰"。他发现一些行政领导缺乏财税知识,而现有的财政类书籍又太枯燥、艰涩,连他这样阅读兴趣甚广的人都感到"不忍卒读"。于是,就萌发了写书的念头。

写作需要天赋。翁礼华在大学时,读的是理科,但遇到做出头露面的文章,中文系的学生都得找上他的门。当鄞县县长时,《宁波日报》到他那里开副刊笔会,知道翁能写,便约他撰稿。翁县长立马成文,笔会一散,稿子当场被编辑带去刊发。

当然,天才也出自勤奋。翁礼华好学是出名的,在镇海基层工作时,他晨起常到公园去朗读英语;鄞县县长任上时,星期天独自一人在图书馆看书到深更半夜,这是为不少鄞州人所熟知的事。

财政厅长是"大管家",忙不用说。创作在工作之余,那时,他的作息时间通常是这样安排的:早上6时起床,爬山,7时到办公室洗澡,吃早饭,8时上班;中午休息一刻钟,然后看报,20多份报纸,包括香港的。晚饭后散步几分钟,再处理半小时公文。7时半开始创作,11时半离开办公室。睡眠一般只5个多小时。他见缝插针地写,并能在各种环境中进入状态。如去开会途中的小车里,可拿个本子在膝盖上写;出国考察更是大做文章的好时机,去一次国外,就能在飞机上、汽车里、旅途的间隙中写出洋洋数万言。

系列财政著作过程,就这么举重若轻?佩服之余记者不禁问道。翁先生说,当初他感到困惑的是切入点。面对漫漫的中国历史长河,该如何用简洁的文字来揭示纷繁复杂的财政文化全貌？有一天，他终于从中医针灸治病的原理中受到启发，刺一穴而动百骸！正如他在著作的自序中所言："以经济视角选择若干历史文化关节点，运用以小见大、化繁为简的随笔形式进行剖析，只有这样才能'窥一斑而知全豹'，以较少的篇幅和较短的阅读时间来洞察极为深厚的历史文化，事半而功倍。"

豁然开悟后，翁礼华的创作犹如"井喷"，在短短的七八年间写出了16本著作。这些著作深入浅出，打破了以往财政类书籍晦涩难懂的格局。

翁礼华在宁波整整工作生活了20年，他的著作中自然也留下了明州痕迹。《运财帷幄》一书中，就有专门篇章：《宁波帮：与国人交止于信》，其中谈到宁波帮创立的一种独特的信用制度——"过账制度"，即钱庄对客户的经济往来不支现款，采取划账的办法，类似于后来新式银行的票据交换制度。他说"宁波帮"讲诚信，一向把信誉看作企业的生命线。"企"字的部首为"人"，附件为"止"，有儒家经典《大学》中"与国人交止于信"的意蕴，即与他人交往要达到有信用的高度。明末崇祯年间镇海人庄市英远赴南洋经商致富后，回故里建造了一座命名为"止所"的楼房，意思是"知其所止"，即"为人君止于仁，为人臣止于敬，为人父止于慈，与国人交止于信"。"止于信"是"宁波帮"得以成功的诀窍之一。接着，他举了许多"宁波帮"商人诚信的例子，生动而富有知识性。

世界第一座财税博物馆的始作俑者

那天在翁先生家小坐后，他说陪你去看看中国财税博物馆吧。当时很诧异，杭州什么时候冒出了这么个馆。

财税博物馆坐落在西子湖畔的吴山脚下，占地27亩，建筑面积1.2万多平方米。整个建筑外形看上去酷似古代尖足布币，很有历史感。

听翁先生介绍，博物馆从1999年2月18日选址，到2004年11月9日正式开馆，历时5年多。致力于财税文化研究的他无疑是这座博物馆的始作俑者。记者问到创意，他回答："是著作的启发。我把思想写成了书，我也可以把书变成博物馆。尽管世界上还没有一个大型的专题性财政博物馆。但中国文化积淀深厚，有4000多年的财政史，这是世界各国无法相比的优势。"

翁礼华关于造财税博物馆的建议，得到了当时财政部部长项怀诚和国家税务总局局长金人庆的支持，最后决定在杭州吴山创建博物馆。这座融实体建筑与虚拟数字化为一体的中国财税博物馆，是中国财税历史文化展示中心、学术交流中心和财税信息中心，它是面向社会各界进行财税历史文化知识宣传、教育和交流的一个平台。

极其现代化的博物馆大厅，自然采光，感觉气势恢宏。翁先生指点着边上的电梯及宫殿式的朱漆柱子说："建筑融合了古代传统设计思想和后现代设计理念。"城墙式的门道上方，一枚形似古鼎和钱币的中国财税博物馆徽标，及周围墙壁上点缀的几个抽象图案的雕刻，营造出了一份浓郁的财政氛围。

其实，理财是一种思想，很抽象。而博物馆往往是具象的，要靠许多物品来展示。可翁礼华有本事把复杂的问题简单化，抽象的东西形象化。他说："人家博物馆以文物为主，我搞的财税博物馆以故事、以线索为主，文物只是作佐证。"

在财税历史陈列馆中，展示卖官鬻爵的财政收入时，就有 "衣冠禽兽"作佐料。清朝官员在官服的前胸后背有两块纹饰，文官的图案为禽类，如仙鹤、锦鸡等，武官的图案为兽类，如狮子、老虎等。古代卖官按等级，本来衣冠上的禽兽是区分官员职别大小的标志，后来人们出于对官吏腐败的不满，就将其理解成了贬义。再如，讲到历史上盐的专卖时，就形象地举出一个"敲竹杠"。为了不使盐税流失，国家对盐实行专卖。但有人偷偷摸摸卖私盐，把竹杠节头打通，盐藏在里面。古代有缉私队，若有人抬着箩筐过关时，缉私盐的人一看箩筐里没破绽，他们就会拿木棍敲一下竹杠，听听实心还是空心。这就是"敲竹杠"的来历。

财税博物馆吸引人之处，除了故事性，还有动感。如展示漕粮运输时，墙壁上的船都会开动；在民间财富崇拜展馆中，用多媒体形式来反映正月初五迎财神等习俗，这些都是靠高科技手段来实施的。

文如其人，馆如其文。读翁礼华的财政著作与参观其主持创建的博物馆，有一共同感受，就是生动形象。

其实，风格一脉相承的还有翁先生的课。早听说他课讲得精彩，无论是到浙大、北大、中央财经大学上课，还是给上海浦东干部学院、上海财经大学、上海国家会计学院上课，都会赢得掌声、笑声一片。他风趣幽默、旁征博引，上课没有条条框框，常从丰富的工作经验中拈出活色生香的例子。他形容当时各县市领导向自己要求财政补贴时，就拿旧时财神庙前的一副对联作比："颇有几文钱，他也求，你也求，给谁是好？不做半点事，朝也拜，晚也拜，教我如何？"他还说："我姓翁，'翁'字，上面是公家的'公'字，下面是羽毛的'羽'字，公家的羽毛，可不能乱拔啊！"真是形象之极。有研究生听了他的课，提出大学要多聘请象翁这样具有实践经验的教授来上课，并以此作为考试论文的选题。

人说翁礼华的脑袋像计算机，出什么题目就能讲什么。真如此神？那天，与翁先生面对面，记者求证。他不以为奇，笑说熟能生巧。接着他举了个例子，今年7月，世界银行和财政部联合在乌鲁木齐举办政府间财政关系国际研讨会，与会者来自全国各地和世界各地。当时原定翁礼华上两课，财政部部长助理讲一课。结果后者遇事不能来了，世界银行主持者宝云先生要翁礼华应急救场，并临时想了个题目，请他讲《中国行政职能形成的文化背景和当前的职能转变》，这题可出得不浅。而此时，离上课只有10分钟时间。毫无准备的翁礼华思考一下，就开讲了，现场英语同声翻译。他滔滔不绝，融会贯通。结果反响热烈。

近水楼台，作为财税历史文化知识宣传教育基地，博物馆有个设施先进的多媒体报告厅，今后自然少不了翁馆长生动的课。

那天参观后，已近黄昏时分，在博物馆顶楼的露天大平台上和翁先生一起喝茶，面对青山、斜阳，他感怀道：人生如白驹过隙，惟有文化是永恒的。从传承意义上来说，博物馆是流芳百世的事业。

年届60的翁礼华，充实、从容，他说人要有一种爱好，有所追求，就不会空虚。2003年翁礼华从财政厅卸任后，改任浙江省政府经济建设咨询委员会副主任、财政部中国财税博物馆馆长，而且他还是浙江大学特聘教授、财经文史研究中心主任，以及诸多大学兼职教授，从这些头衔中可以想见他的另一种忙碌了。

临别时，翁先生送给记者一大摞他的著作，其中一本的扉页上，他题写了赠言：把工作做成作品，将幸福融入人生！

（原载：《文化交流》杂志 2005年第6期 记者 包丹虹）

附录三

新人本主义实践、第三种经济学、大写一个"政"字

新人本主义实践
——浙江财政改革综述之一

引子 新中国成立50多年来，标明政府理财要"以人为本"的，浙江省是第一家。这是一个实实在在的第一。作表面文章，招摇过市，眩人耳目，历史上，有关浙江这方面的纪录不多。浙江财政乃至浙江经济蒸蒸日上的劲头，为这个第一提供了绝好的注脚。"以人为本"本身并不新鲜。浙江复提这个口号居然成为第一，是因为它用旧瓶子装了新酒。为着解释新酒和旧瓶子之间关系的便利，我们将它改写成"新人本主义"。

庖丁解牛以神遇——理财之道人为先

1993年7月，浙江省财政厅在莫干山开办了第一期处长学习班，主题看起来有点淡，不是讨论抓收入，而是讨论处长如何抓好工作。会上，

厅长翁礼华作了《管人管事管协调》的报告，主要篇幅大谈学习，味道也不浓。

与此形成强烈反差，浙江财政其时正处在四面楚歌声中。全省县和县级市64个，47个赤字。财政厅门口，要钱的人终日络绎不绝。地市一级也不好过。杭州素为浙江龙头，此时也失去了老大的矜持，发工资不得不求告于省财政厅。财政厅的办法多吗？不是，其招数无非一个"借"字。不借，他们也无从解省级机关工资发放的燃眉之急。

不是浙江人不会理财。说近的吧，清代与山西票号并称双雄的宁绍钱庄，以及由此繁衍而大的民国浙江财团，决非不善理财者所能成就。改革开放以来民间财富的快速膨胀，更是突出地表明了浙江人理财艺术的胜出一筹。有人研究过浙江地域文化中的财神崇拜现象，认为作为外来户的范蠡之所以在浙江影响明显，以至于其人虽终老于陶，而鄞县诸暨等县却争相流传他退隐其地教人致富的故事，更多地与范氏精于理财而又仗义疏财有关。财神崇拜所折射的，其实是这一特定观念元素。所以，浙江地域文化，重理财善理财可谓一大特色。

民间理财有术而政府理财无方，只能说明当局在这个问题上有所蒙蔽，不求有所学而导致理财能力不断退化，对蕴藏在地域文化传统中的理财术的开发，远不及民间来得有力。财政问题，实际上是人与钱的矛盾问题。财富靠人创造，在这对矛盾中，人显然是矛盾的主要方面。不能指望不会理财的人能够创造出更多的财富，唯有从人入手，强化学习，激发其理财潜能，提高其理财水平，财政困难才有可能尽快得到有效缓解。浙江财政厅在形势吃紧的情况下却悠闲地办处长学习班，翁礼华不厌其烦地谈学习，决不是他们理财不得要领，而恰恰应该归结为他们对人钱矛盾关系的准确把握。如同庖丁解牛，所用的不是刀，而是神。理财，不提高人的理财水平而先抓财，必将欲速则不达。这就使得浙江财政改革，从一开始就表现出注重"人"的因素，特别是注重通过学习激发人的理财潜能这一特色来。

事实也正是如此。自本届学习班后，重视理财知识的学习，在浙江财税系统内蔚为风气。1997 年金华增值税发票案发生后，强化学习更是摆在了系统内的重要议事日程上。有统计为证：从 1997 年到 2001 年的几年间，省财政厅和省地税局联手开展基础业务培训，培训人数在 2000 人次以上。而各市县的自行培训人数，则又当数倍于此。据相关人士介绍，这次基础业务培训，其普及面之广，持续时间之长，在浙江历史上堪称空前。

政府理财水平如何，还有一个环节。1990 年，以生产低压电器著名的乐清柳市镇，制假售假猖獗。中央六部委联合发文查处，翁礼华出任省政府工作组组长，当时，他还是财政圈外人。经过整顿，柳市的电器销售秩序大有好转，而生产形势则严重萎缩。这当然不是整顿查处的目的，工作组当即提出详细的建议。按照这一建议，地方政府采取积极措施，柳市经济才得以恢复发展。这段经历给翁礼华以后的工作以深刻的教训：政府决策者疏于理财，其对财政经济状况的影响更大。从某种意义上说，这种影响甚至具有决定性作用。因为他们是政策制订者，是当家人，而财税系统不过是政策执行者，充其量只能是参谋，是伙计。理财问题，只有伙计的学，而没有当家人的学，不行。

自 1986 年以来，浙江财政系统有一个每年必开的会议，叫"财政收入亿元县（市）会"，几年来的与会者一直是各相关县（市）财政局长。在 1994 年 5 月 20 日召开于乐清的第九次亿元县市会上，与会主角变成了相关县（市）的党政领导，财政局长只作为随员参加，会议遂成为县（市）长理财论坛。随后，这一办法又推广至所有相关会议，并成为定例。1998 年 8 月 5 日，《光明日报》以《让县市长成为理财的行家》为题，头版头条报道了浙江这一经验。

用定量法分析其学习效果是困难的，但浙江财政 10 年改革成绩不俗，不能不说与此密切相关。1998 年底，国家体改办主任刘仲藜前往丽水调研。8 个县市长的汇报，着实让这位前财长吃了一惊：说起财政工作，无一人不侃侃而谈，大有专家之风。仲藜同志很感慨地对随行人员说，这种现象，其他地方少见。

捅破一层窗户纸——人是利益的动物

在触动和打开新人本主义改革思路的标志性事件中，有一件事特别值得一提。

1992年下半年出任财政厅长不久，浙江省委办公厅主管财务的副主任向翁礼华谈了自己的很多疑惑，包括：为什么机关行政经费支出增幅每年居高不下？为什么支出结构中公用经费的比例不断扩大，而人员经费比例却不断缩小？为什么财务制度变相鼓励浪费，却不愿适当提高个人收入？等等。潜台词可以归结为一句话：为什么财政资金用在行政开支上，浪费了也视为合理，而不肯将浪费的钱节省下来用于个人收入的提高？其后，不少省级机关负责人相继对翁礼华提出了类似的意见。

症结何在呢？财政厅得出的调查结论表明，现行财务制度对单位，尤其是干部个人毫无利益可言，是诱发上述现象的现实因素之一。财政厅为此修改了相关制度，单位行政经费全年包干结余部分，一律不上交，1/2用于干部福利和奖励一条，在新制度中有了明确规定。

今天看来，这一规定可能新意无多，当时却有惊世骇俗的意味。决策者也很开明，浙江省委书记办公会用会议纪要的形式颁布了新制度。省财政厅就1993～1997年的情况统计证实，这一措施理财效果明显。如，行政经费增幅比例逐年下降，1993年为21.65%；1994年为33.65%；扣除工资上涨因素，实为13.46%；1995和1996两年同为14.9%；1997年为11.62%。5年间，省级机关行政经费节约数达3000多万元。与此相反，个人收入则逐年上升。1997年，省财政用于省级机关个人部分的人均支出，为11193元，比1992年的3432元增加了7761元，增幅为226.14%。更为可贵的是，各单位民主理财风气日盛，财政工作环境浙趋好转，浙江驻京办事处一负责人例行返杭乘飞机而不坐火车，受到办事处工作人员的同声批评，就是一例。

　　这项改革留下了极可贵的经验。承认政府官员个人的合理利益，不仅必要，而且有利。在对县（市）的改革政策中，这一原则很快就一一得到了实行。

　　最先运用这一原则的政策是针对发达县的。在前文已经提及的乐清会议上，省财政厅修改了对亿元县的奖励政策。此前的规定，是凡上亿元台阶，奖励奥迪小车一部，价值30万元。修改后的政策有两大变化，一是变奖车为奖钱，在上台阶的基础上，每增加3000万元，加奖20万元。二是扩大奖励范围，变一人坐车为县市领导和财税系统全体工作人员一起享受。理由很简单，奖车，只有坐车的人一个人有感觉，而财政工作孤掌难鸣。奖励面的扩大，会让很多人找到感觉。

　　接着对欠发达县和贫困县实施类似政策。为进一步证实其可行性，省财政厅曾试探性地征求了意见。1994年下半年，翁礼华亲自带队，就已拟就的"两保两挂"方案在衢州、丽水等地进行调查。在17个县的调查过程中，翁礼华不止一次发问，"你们要什么？就是要奖金也行嘛！终于，有些坦率的人说了，我们的工资待遇太差，做这么大的官，拿这么点钱，比电力局、银行的人都拿得少，实在太可怜了"。调查结论坚定了省财政厅的改革思路，从第二年起至今，在长达8年的"两保两挂"政策实施过程中，有关增收部分的5%用于个人奖励的规定始终未变。据介绍，在新一轮为期5年的财政体制中，这个规定继续有效。

　　有人认为，承认政府官员个人的合理利益一条，取自新制度经济学派的制度理性选择学说，此说不假。作为针对县市转移支付的一种制度设计，两保两挂政策在研究变输血型扶贫为造血型扶贫的最佳方法上的确颇见功力，从中不难发现它与这一学派的有意理性、有限理性诸论之间的线索。比如，有限理性论认为，人的理性是有限的，本性应该假定为自私自利，存在追求自身最大化的动力。一旦有机会，人就会实施规避责任、寻租等等有利于个人利益而不利于公共利益的行为。而翁礼华谈及其对人的认识时，用的正好是"有限理性"一说，这不能以偶然来解释。

但仅强调新人本主义与新制度学派之间的联系，则有抹杀浙江决策者认识人和观察人的能力，进而否定他们对中国传统文化所进行的深刻批判之嫌。而在国家已经明确提出建立社会主义市场经济体制的1994年，所谓解放思想、转变观念，其实质内容，不仅包含要破除计划经济观念的束缚，更包含要破除几千年来根深蒂固的小农经济思想束缚的内容，非如此不能加快改革开放的进程。新人本主义在个人利益问题上表现得颇为通脱。其理论认为，人是一切工作的出发点和归宿，世界上一切学问，皆为人学或为人学服务之学，财政管理学也不例外。制定政策，必须认识人，研究人，了解人。要认识到，如同世界上一切事物一样，人也有两重性。人既是利益的动物，又是有理性的，由此决定人的理性是有限理性，即人既有属于思想范畴的理智修养和道德，又有为追求利益最大化的难填欲壑。但以儒家思想占主导地位的中国传统文化，只突出强调了人的理性一面，而避免承认和限制理性的有限性一面，由此造成了中国人人格的习惯性分裂。比如，到人家家里做客，主人请茶，明明想喝，客人嘴里却不说，以示谦恭有礼。明明客人说不喝，主人却一定要斟上，以示待客热情，就是最常见的现象。这种人格习惯性分裂渐次演进，发展成普遍的社会心理，进而发展成制度文化的一部分。中国制度文化中认认真真搞形式主义的痼疾，即来源于此。自秦汉以来，政府官员名义上的俸禄较少，而制度外收入很多，也根源于此。正是从这个理论出发，翁礼华不仅没有批评贫困县部分领导同志关于钱的内心期待，反而将这种个人利益诉求通过制度予以肯定和固定。在这个问题上，浙江财政改革捅破了一层窗户纸——人其实是追求利益最大化的，在合理的限度内，公开给他就是了，何必遮遮掩掩。

承认并保护个人的合理利益的政策，如果仅限施用于政府官员的层次，新人本主义可称道的价值将不多。事实上，新人本主义的内容不止于此。近 5～6 年来，浙江财政改革致力于建立城乡一体化的最低生活保障体系，并在这方面再开全国风气之先，即可证明这一思想的民主精华所在。关于这一点，下文将陆续有所述及。

制度第一——改革不要异化为利益的剥夺

10 年前上任伊始，翁礼华就得到一个外号，叫铁公鸡。受赠者付之一笑，以至 10 年后其名依旧。

这件事大有可究之处。至少，它从一个侧面反映着新人本主义实践的方向。人的理性是有限的，约束经济人行为中的利益最大化追求，制度是最有效的工具，舍此别无他法。重视规范，强调制度建设，由此成为浙江财政 10 年改革的主旋律，须臾未曾放松。

发轫之作是周转金管理改革，其初衷，大体出于堵塞漏洞和防范风险的需要，而无更多理论上的考虑。据有关人士回忆，和全国绝大多数地方一样，改革前浙江周转金管理相当混乱。看着科长、处长手里有几十万乃至几百万资金的审批权而制度无力约束，翁礼华极为不安。10 年后，他用两个比方向记者描述了当时的恐惧感。一比，一群人在没有窨井盖的马路上赛跑，处处是陷阱，随时有可能掉下去，甚至随时会有手从井里伸出来，拉人下去。另一比更形象，大家在没有栏杆的楼梯上奔跑，无人掉下去，反倒是怪事。作为一种防范措施，1994 年 7 月 1 日，浙江新的周转金管理制度付诸实施。其时，国家关于清理整顿周转金的计划和方案，尚在酝酿讨论过程中。

作为政府主管部门，财政的一项核心工作，是处理好财政资金纵横两个方向上的预算分配关系，即上下级政府间和同级政府各部门间的分配关系。分配即意味着权力。和理论上表现为对人的有限理性的约束相联系，新人本主义制度建设实践上的内容，则表现为对特定权力即预算分配权的制约。浙江财政系统向来引其"还权力于制度"之举为自豪，原因在于这很难。削除自身权力，革自己的命，非有绝大勇气，不能成行。

浙江财政系统的自我革命，在纵向分配关系上取得了辉煌的成功，标志性事件，是1998年初以两保两挂政策为基础的新一轮5年财政体制投入运转。此前，浙江纵向分配制度还是有缺口的，进入规范管理的财政资金，除体制本身的内容外，还只限于省对下的补助与奖励，为数不小的专项尚在制度框架之外。新体制实施后，林林总总的专项资金，能纳入体制分配的，悉数纳入。不能纳入，纳入后有损体制科学性的，如天然林保护专项等，由省财政厅根据实际情况决定，但数目极少，不过几项。至此，浙江财政的纵向分配关系基本理清，就财政厅自身而言，还权力于制度的任务完成大半，办公室内一度人来人往你求我拜的热闹不复存在，门前冷落车马稀成为一大景观。

分税制后，浙江第二轮财政体制今年到期。从时间上看，这一时期恰与近5年间国家部署的公共财政制度改革相始终。因此，在理清纵向分配关系的同时，浙江财政同样面临着横向分配关系上的制度改革。

此项改革任务更为艰巨。如果说，纵向分配制度的改革，毕竟转移支付资金的运动途径是自上而下而不是自下而上，主动权在我，那么，横向改革就不是财政一家所能独掌机衡的了。其难有三：第一，分配改革同时涉及预算内外两大领域，情况更加复杂，特别是预算外；第二，这次改革在翁礼华称之为"脚碰脚"的同级单位间展开。要在权力相当的对象间实施切割，调整其业经20年来积累而成的利益格局，和与虎谋皮无大异；第三，中国行政管理体制的条块结合，决定了脚碰脚单位之上往往有上级，改革不可能不对上级有所触动。一旦处理失当，局面不可收拾。历史上王安石"熙宁新政"所以失败，就是由变法组织者对各阶层利益调整斟酌得不够，变法操之过急等等原因引起来的。殷鉴在前，不得不慎。

新人本主义在处理横向分配关系问题上有非常明确的指导思想：着眼于以部门预算为中心的制度建立，不强求利益的剥夺。一味强求利益的剥夺，在新人本主义那里被视为改革的异化。如同一条凳子，不平，是因为凳脚有长短。解决不平的办法有二，一是锯掉长脚，使之与短脚齐；一是垫短脚，让短脚逐步达到与长脚一样的高度。两种办法各有优劣，锯长法快，但损失大，垫短法慢，但阻力小。新人本主义选择了后者，并把这一方法叫"垫凳脚"政策。要垫凳脚，改革进展势必相对迟缓。以省级改革为例，"抓大放小、包奖结合"的财务管理制度自1993年初实行以来，迄未做大的调整，至2002年方才出台"削峰填谷"法，用部门预算原则平衡各机关间不均等的福利待遇。但强调稳妥并不意味着犹豫。从现实情况看，以收支两条线，部门预算，国库集中收付等为内容的横向分配关系改革，正在浙江各级政府间坚决而有力地展开着。尤其是市县两级，不少经验在全国产生影响，如金华预算外管理改革，等等。限于篇幅，这里不一一叙述了。有专家认为，多年来的制度化建设成就，为其横向分配关系改革奠定了坚实的基础，浙江的公共财政改革，此后可望快速得到推进。

对别人送来的铁公鸡外号，在付之一笑的同时，翁礼华常常自我解嘲。很有趣，不妨抄录博读者一乐。翁礼华说，本姓翁。翁者，上面一个公家的公，下面一个羽毛的羽。公家的羽毛，岂容乱拔。毛不可拔，不是铁公鸡，又是什么。

（原载：《中国财经报》2002年9月18日　闫采平　蒋晓波）

第三种经济学

——浙江财政改革综述之二

一条红线贯串了浙江财政10年改革。10年间，用"四两拨千斤"之法，浙江财政走出了一条效率和公平并重的改革之路。

（一）邓小平同志南巡讲话发表后，"发展才是硬道理"成为全国人民的共识。新一轮发展高潮勃然而起，浙江也不例外。

新的形势需要有新的发展战略。1993年11月，中共十四届三中全会开始讨论"九五"规划，并确立了"效率优先、兼顾公平"的发展原则。次月，中共浙江省委召开第九次代表大会。会议的一个成果，是提出了"依托中心城市和交通干线，逐步形成各具特色的经济区域"这一新的发展思路，以取代10年前制定但已不合时宜的发展计划。两年后，突出区域经济发展的这个新思路具体化为"中心集聚、轴线拓展、内外接轨、分类推进"的发展战略，并最后在分别召开于1995年底和1996年初的中共浙江省委九届五次会议和浙江省八届人大四次会议上得到确认。

新发展战略必然涉及财政政策特别是转移支付政策问题。在新战略酝酿成型的几年间，浙江省的县域经济呈现出两头大中间小的不对称哑铃状。大的一头是发达县，另一头是欠发达和贫困县。如果以财政收入过亿元为标准，则1993年的发达县是37个，1994年是38个，大体上占浙江总县数的60%。"两保两挂"政策的适用对象是欠发达和贫困县，1995年圈定的范围是17个县，约占全省总县数的30%。大的两极相加，所占总县数的比例为90%。针对这一现状，浙江财政厅确立了"抓两头、带中间、分类指导"的政策制定原则，以呼应省委省政府的新发展战略。所谓抓两头，即指抓发达县一头和欠发达及贫困县一头。所谓带中间，即指带动介于二者之间的那个10%。所谓分类指导，即指针对不同的情况，实行不同的政策，如亿元县上台阶、两保两挂、两保两联、三保三挂、三保三联，等等，不搞"一刀切"。各项政策中，以针对欠发达和贫困县的政策为重点。

上述几项政策，都渗透着一个基本观念，即"四两拨千斤"。

"四两拨千斤"论其实非常简单，以最小的代价换取最大的收益，一句话就可以概括。简单归简单，却是对财政基本职能特别是分配职能的准确表达。财政分配包括两次分配。在第一次分配中，相对于社会所创造的财富，国家汲取的只是四两，财政必须以这个四两，去拨动社会再生产能力这个千斤。在第二次分配中，相对于有限的国家财力，国家机器和社会事业的发展对国家财力的需求态势是无限的，财政必须以有限财力的四两，去平衡需求无限的千斤。表面上，"四两拨千斤"论体现了一种商业精神，实质上，却凝结着政府理财观念的要害。二者的相同之处，在于追求收益最大化。不同的是，政府理财的收益，着眼于社会发展和社会公平，远不是商业眼中的利润。即就利字而言，市场经济条件下的公共财政，也绝不准备与民相争。

转化为财政体制的实践表明，"两保两挂"政策，是"四两拨千斤"论的集大成之作，其精髓，是约束与激励并重机制的建立。

约束与激励并重之法，在此前的改革中已经有所实验。省级机关行政经费包奖结合政策是一例，亿元县收入上台阶政策又是一例。各单位只有确保经费不超预算，结余部分才可以不上交，以各50%的比例用于结转下一年度和奖励给个人。亿元县也只有在收入不断上台阶的基础上才可能得到奖励，包括对财政和对个人的奖励。在这里，约束和激励构成有机的整体，一切为着以小钱换来大效益，账算得非常明白。比如，亿元县收入上台阶政策，过亿之后，每超3000万，加奖20万，两者的比例为150∶1。前者绝对是大钱，后者绝对是小钱。

"两保两挂"政策当然有其特殊处。奖励包干结余，奖励发达县，都是可以理解的作法，惟独对贫困县，历来只有补助，现在却要加以奖励，尤其是还要把二者与完成任务挂起钩来，这是一个突破。既为突破，就要冒风险。在政策确定之前，翁礼华为此向当时的主管副省长柴松岳作了专题汇报。翁对省长说，我们先去干，干一年试试看，行，你肯定，不行，你就说是我们干的，也就了了。可见，事前决策者也无把握，难以断定效果如何。市县一级也是如此。在可行性调查过程中，能对这一政策内涵及其价值作出准确判断的人不多。听了省里的解释和说明后，半信半疑者有之,感觉大限将至者有之。只有丽水地区副专员吕子春看出了道道,劝告其所属的几个县市负责人说,这个对策是好的,不要弄不明白。

弄不明白者,在于只知其一,而未知其二。所谓其一,是贫困地区已经习惯了补助,学会了在争补助问题上的斤斤计较和千方百计。现在,政策把补助和"两保"目标挂起钩来,粗想想,完成任务谈何容易!完不成,别说奖励,连正常的补助也拿不到了,岂不坏大事!所谓其二,则有几方面的意义。首先,传统的扶贫办法,已经走入越穷越补,越补越穷的死胡同。受补者双手向上,相沿成习,很少考虑眼睛向内,加快自身发展。而着眼于发展,用经济的办法开发人的潜力,调动多方发展经济的积极性,正是政策设计者的目标之一。其次,传统的扶贫办法,助长了会哭的孩子多吃奶,在补助问题上,分配严重不公。在促进发展的同时,实现必需的公平,不仅是分税制财政体制改革的精神,也是浙江财政改革一以贯之的价值取向。至于补助,当然还是要补的,两保两挂政策,不是补助数量的减少,随着经济的发展,数量只会越来越多。所不同的是,补助方式来了个大幅度的改变,受补者只能跳将起来,才可以摘着果子。

(二)"两保两挂"政策的实施,收到了发展和公平两相兼顾之效。

先看发展。

1994年,浙江省财政对17个县的补助总数为5500万元,换来的是赤字1.2222亿元。"两保两挂"政策实施的1995年,补助额度是5095万元,17个县,当年全部收支平衡。最突出的是文成县,即明朝开国宰相刘基原籍,后来以其谥号命名的那个浙东南山区县,财政收入增长124.7%,不仅实现了财政收支平衡,还一举削掉累积赤字700余万,使历史欠账的剩余额仅为300万元。冉把衡量的尺度拉长6年,按最初老口径计算,到2001年底,当年的17个县,已经有14个县进入亿元县行列。浙江亿元县(市)的总数,因此达到52个,占全省总县(市)数的比例为近90%。增长幅度最高的,如景宁县,1994年的财政收入是1300万元，而 2001 年达到 1.134 亿元，增长了 7 倍多。亿元县（市）队伍的持续扩大，使得亿元县（市）年度会议的主办者不得不一再提高准入资格。继 1995 年改为地方财政收入过亿元后，1998 年，再改为地方财政收入过双亿元，当年参加会议的正式成员单位是 12 个，另有接近这一标准的非正式成员 3 个。2002 年，三改为地方财政收入过 4 亿元，会议成员单位 12 个，另有非正式成员单位 5 个。到 2001 年末，地方财政收入上亿元的县（市）为 48 个，占全省县（市）总数的 77%，同口径比 1994 年增加了 31 个。

说"两保两挂"政策是"四两拨千斤"，这有数据支持。据统计，1994 年，17 个县的财政收入总额为 6.75 亿元，1997 年增至 11.27 亿元，绝对值增加 4.52 亿元。省的转移支付补助也有增长，1994 年为 2.02 亿元，1997 年增至 3.42 亿元，绝对值增加近 1.4 亿元。对于贫困县来说，三年间可用财力增加了 5.92 亿元，即自身增长的 4.52 亿元加上转移支付增长的近 1.4 亿元之和。这 5.92 亿元中，省补助只有 1.4 亿元，占贫困县增长财力的 23.53%。另外的 76.47% 依靠贫困县自身发展得来。

应该指出，"两保两挂"政策实施之初，其宗旨在于改变扶贫方式，即强调发展。就是时至今日，浙江财政改革决策者仍然认为，发展为第一要务，文明史的发展，就是财富的绝对增长和相对集中。在这个意义上，他们对小平同志"发展才是硬道理"的主张极为推崇。他们认为，没有这一条，就没有今天改革开放的大好局面。几千年来，中国历史上，小平同志之前，提出过类似口号的，惟宋朝开国皇帝赵匡胤一人而已。

强调发展，并不意味着忽视公平。公平的实现途径有二，一是结果公平，一是机会公平。前者表现为绝对地均贫富，后者表现为重视制度建设，用制度保证条件公平。绝对平均主义是小农经济的产物，它不仅与市场经济凿枘不合，而且是逆潮流而动，开历史的倒车。浙江财政改革选择了第二条路。以 1998 年为界，此前，虽然浙江政策的目标主要是为促进发展，但借政策本身设计的科学合理，公平随之成为政策题中应有之义。此后，随着"两保两挂"政策演变为财政体制和全国性公共财政改革的推进，公平问题越来越得到凸现。浙江财政改革对于公平的重视，也因此呈现出由政府而企业而个人这样三个层次来。

话题再回到省级机关行政经费实行包奖结合的办法上来。当年的这项改革，当然未尽公平。包奖结合的部分，只涉及预算内，而大头恰恰在预算外，不公平主要是由这部分引起的。所以，包奖结合法并不能认定为公平分配法。但它又实实在在地包含着公平的因素，那就是对预算刚性的强调。所以，这一办法所实现的公平目标，达到了包干制财政体制所能达到的最大限度。正是因为这一政策具有突出了预算刚性的制度要义，它的生命才得以延续了近10年。

如前所言，"两保两挂"政策虽然是一种鼓励发展的政策，同时也是一种重视公平的政策，其公平体现在它保证了竞争条件的公平，没有例外。1998年，磐安县遭受特大洪灾，"两保"任务未能完成。决算会议上，磐安提出要照顾，办法为三，即动基数、动系数和发红包。经过再三研究，省财政采取了第三种办法。理由是，基数和系数决不能动，动，就是对制度的破坏，也是对公平的破坏。但由于磐安的未完成任务归结于不可抗拒的自然因素，不补，于情不合，于理也有欠公允。磐安是省财政厅的扶贫联系点，在磐安县委书记刘树枝的记忆中，多年来，这是省财政厅发给的唯一一次红包。

"两保两挂"政策对于第一次分配过程中公平的保障作用，也是值得书上一笔的。

"两保两挂"政策实施的第一年，贫困县（市）收入形势陡然改观。17个县（市），平均增长率为39%，高的超过100%。有人说话了，说这是挖地三尺，企业将不堪重负。有一组数据可以证明这个结论之为武断。论财政收入、地方财政收入和人均财政收入三项指标，近5年来，浙江排序不断前移，2001年均进入全国前5名之内，年增长率在20%以上。毫无疑问，连续多年的高增长绝不可能靠挖地三尺所得。绍兴县的情况更可以作为分析的案例。在60多个县（市）中，绍兴财政收入和地方财政收入均列全省第三，2001年分别达到18亿和9.8亿元。在收入问题上，绍兴坚持两条，一是杜绝减免税，二是预算外收入准税收化。对这两条，县财政局长兼地税局长鲍永明的解释是，杜绝减免税，既是《税法》的规定，也是现行税收征管体制的要求，不存在在这上面做手脚开口子的问题。为什么？得不偿失，开口子者个人冒的风险太大。既然不能减免税，政府给企业的优惠，就只能在预算外收入上作文章。所谓准税收化，说穿了，就是在规范征管的同时，坚决削减和取消对企业的收费，以为企业创造一个公平的竞争和发展环境。从1998年以来，绍兴一直在致力于做这个工作。每年削减和取消的量是多少呢？鲍永明说，2001年的数量大致为3个多亿，占当年财政收入总量的18%，地方财政收入的30%。

将公平目标的实现范围扩展到全社会特别是农村，是浙江财政改革的最大闪光点。1998年，浙江提出建立城乡一体化的养老保险体系，成为全国此项改革的开路先锋。几年间，纳进保障范围的低保对象逐年增加，1998年为46000人，2001年达到30万，今年可望达到40万，基本实现应保尽保。为实现这一目标，浙江一条重要措施开始付诸实施，即在全省自费推行农村税费改革，一举减轻农民负担63%的同时，将社会保障纳入新一轮财政体制之中，用"两保两挂"政策来提高基金的征缴筹集力度。有意思的是，今年7月中召开的浙江省第15次财政收入亿元县（市）会议不仅名称变了，变为浙江省第一次地方财政收入4亿元县（市）会议，主题也由近年来的泛论公共财政改革，改为集中讨论社会保障问题。

（三）财政是国家的产物。为公共权力服务，是国家对财政的本质要求。有史以来，有两个基本目标都是任何国家所希望同时实现的，这就是效率和公平，而这两个目标之间永远都存在着矛盾。强调效率和发展，必然损害公平，导致社会的不稳定。追求公平和稳定，又注定要以牺牲效率放慢发展为代价。从经济学的角度看，人类文明史的发展过程，实质上表现为这对矛盾的运动过程。国家的兴衰存亡，无一不与其对这对矛盾的处理程度如何密切相关。所以，经济学研究要解释和回答的基本问题无非为二，即效率和公平。所谓世界上只有两种经济学，即效率经济学和公平经济学云云，乃由此而来。人类文明史的实践同时证明，矛盾无望得到根本的解决，只可以在一定程度上得到缓和，实现二者之间的理想均衡。中共十四届三中全会确立"效率优先、兼顾公平"的原则，出发点和理由即在于此。浙江财政改革的实践，对这个原则的可行性作了生动有力的演绎和证明。

（原载：《中国财经报》2002 年 9 月 21 日　闫采平 蒋晓波）

大写一个"政"字
——浙江财政改革综述之三

探索"省管县"

浙江财政改革，省管县一条曾经备受质疑。

财政管理体制上的省管县，并不是浙江近 10 年来的创新，改革开放以来，这一制度格局一直稳固未变。分税制财政体制改革以前，各地自行确定管理框架不足为怪。此后，从国家相关制度的角度考察，这一管理体制可能有所省略。浙江因袭这一格局，客观上反倒使其体制有些卓尔不群的味道，透露出一些创新的意思来。

质疑者的理由大体有二。一是与"一级政府一级财政"的《预算法》规定不合，于市级政府的宏观管理权限有所削弱。二是不利于中心城市的城市化进程。比较而言，第一条理由言之凿凿，非有充分的把握，不能应答。

实事求是地说，对于"一级政府一级财政"这一条，浙江改革决策者采取了不争论的态度。也正因为如此，在制定对地级市的政策，即"三保三挂"政策时，省财政更多地表现出了让步，这种让步体现在加大了对地级市城市化建设的支持力度上。

不能说浙江实行省管县体制是武断决策的产物，其根据至少有下面几条。第一，浙江地域相对狭小，全省国土面积10.18万平方公里，列不包括港澳台在内的全国各省（区）的第29位。即便不考虑交通通讯因素，其省会杭州与各县市之间的空间距离都较其他省（区）为小，这意味着省政府的行政权力覆盖范围相对较小。第二，经过改革开放以来一段时期的发展，县域经济实力已经颇为强大。据统计，1993年，30多个发达县（市）的财政收入，已占全省财政收入总量的70%，比较而言，地级市在全省经济总盘子中的份量，反不如其他省（区）那样重要。在财政管理体制的链条中将（地）市与县（市）放在相同位置，固然有可能削弱（地）市的城市化扩展能力，但也有可能强化其发展自身经济的积极性，把蛋糕做得更大。第三，也是最为重要的一点，随着经济民主化进程的推进，浙江决策者越来越清醒地认识到，在市场经济条件下，行政区域间的关系，实质上是一种空间格局上的竞争关系。在这种关系中，起决定作用的是各行政主体的自身利益。这种建立在利益基础上的竞争关系，就是在上下级政府之间也不能避免。二者之间，既有行政上的领导与被领导关系，又有利益的竞争关系。因此，各行政主体在制定政策时，就难免不出现使政策向有利于自己一边倾斜的情况，从而产生（地）市与县（市）之间的矛盾，影响县级经济的发展。在中国经济问题主要是县级经济不发达，财政困难主要是县级财政困难的情况下，要解决县（市）一级的问题，作出维持省管县体制的决定，其实也是有充分理由的。

由此看来，实施省管县体制所带来的客观问题有三：一是对行政权力结构的影响；二是对城市化进程的影响；三是对县域经济发展的影响。

回答第一条，非本文力所能及，留待政治学研究去解决。这里要说的是，自秦汉立郡县制以来，中国地方行政权力结构的沿革，有常有变。通常是两级为常，三级为变，县治为最基本的行政单位，2000 多年来迄无变化。而(地)市一级，往往多由监察单位演变成行政单位，这是史实，可留与研究者作为参考。

还需要指出，省管县体制没有否定现行行政权力结构，也没有取消市一级财政。从后一个方面来看，浙江的 11 个(地)市政府，除一块外，其财政基本上是完整的。缺的一块，或者说省政府从市政府手中所接管的一块，是本应由市政府所承担的转移支付任务。现实表明，这个任务在很多地方是(地)市一级政府所难以承担或承担得不够理想的任务，否则，就不会出现县一级财政的普遍困难。今年 5 月，财政部科研所、浙江省社科联和《光明日报》联合召开浙江省财政改革研讨会。会上，前财政部长刘仲藜就此发表了自己的看法。他认为，"全国各省(区)的财政大体上都是省管到市(地)，市管到县，中央转移支付给省，省转移支付给市，市再分配到县。我调查过一些县，普遍反映是不足的。"可见，县级财政困难是当前财政状况的现实，而这一困难，不能说与转移支付的形式没有关系。所以，说省管县体制与"一级政府一级财政"的规定不完全合拍，最多只能说到这个地步。至于这一改革对现行地方行政权力机构和政治体制改革产生了何种影响，或在多大程度上产生着影响，那完全是由改革引出来的客观效果，而非决策者的初始动机和本意。关于第二条，也是仁智各见。历史不能假设，究竟这一体制对地级市的城市化扩张影响多大，不便妄测。退一步说，如果是负面影响，也不妨碍浙江全省城市化进程在全国处于领先地位。到 2001 年底，浙江全省的城市化程度已达 42%，高于全国平均水平。不少县(市)的发展规模已经十分可观。如金华市属下的义乌，其城市规模，已达到了 40 万人的水平，其财政收入也有了 12.4 亿元的总量，总体上呈现出追赶金华的趋势。换句话说，浙江省管县的体制，可能影响了地级市的城市化进程，但却大大加速了县级市的城市化步伐。全面地看，也是得大于失。

　　关于第三条，浙江省内的公认结论是省管县比市管县有利。当事者最有发言权。杭州市政协副主席马时雍曾任杭州市常务副市长多年。当年，他一度是省管县的持异议者之一。而现在他对这一体制的评价则是，省级财政的宏观调控能力强，调控余地大，更有利于县级经济发展。欠发达地区更持相同看法，丽水市财政局长何赤峰可以作为代表。何赤峰说，省管县体制有力地改变了贫困地区的面貌。没有这一条，贫困县居多的丽水，日子肯定难过。无论是市委市政府，还是市财政局，对这一点的体会都很深。

和中央保持一致

　　如果说，在财政管理体制的问题上，浙江改革走了一条比较特殊的路，那么，在更多的方面，浙江财政坚持了和中央保持一致及为中央财政分忧的大局观。

　　工资发放问题就是一例。

　　浙江决策者是从两个方面来认识这一问题的。

　　首先，工资统发是消灭拖欠，进而消除不稳定因素的必要措施。有关方面统计，到2001年7月，全国不能正常发放工资的县已达1200余个，欠发数额超过250亿元。若不及时采取措施，情形会更加严重。迁延不决，危及稳定并不是耸人听闻。在这个问题上，可资援引的历史成例很多，最有代表意义的，是明王朝和李自成大顺政权的垮台，均与其包括薪饷制度在内的赋税政策举措失当极有关系。翁礼华曾著《财政·赋税·官吏·俸禄》一书，对包括此一节史实在内的历史进行了研究。据他的研究，明末，随着土地兼并加剧，赋税来源日见枯竭。明王朝无以维持浩繁的军费开支，致使欠饷严重。如崇祯元年，陕西欠兵饷30个月。崇祯二年，延绥、宁夏、固原三镇欠饷36个月。计穷力尽的明王朝用加派辽饷、剿饷和练饷的办法应付财政支付危机，加征总数达2300万两之巨。农民无法忍受沉重的苛捐杂税负担，纷纷流亡，致趁食人数高达600万，占全国总人口的1/8，农民起义随之爆发。大顺政权走了另一个极端。即便在政权建立后，李自成仍实行均田免税的赋税政策，一如既往地用追赃助饷法来支付军饷。史载大顺军仅在进入北京后的10天内，就劫掠7000多万两，终致民怨沸腾，不得已仓惶退出北京。由此可见，薪饷通过正常渠道筹集并且保证发放，实在是一个政权保持稳定的基本条件。国家之所以把确保工资发放当作一件大事来抓，绝不是小题大做。

其次，工资统发也是公共财政改革的必要措施。自秦汉以来，政府官员的薪俸即已成为问题，其收入，更多地来自制度外，即来自对民众利益的侵夺。所谓"三年清知府，十万雪花银"之类民谣，不仅是对历史上大大小小的贪官污吏的讽刺，也是对造成这些贪官污吏的制度的嘲弄。如前所言，人的有限理性，表明腐败现象的产生有着内在的心理动力。扼制它，只能靠制度。这就是中国的公共财政改革，何以在相当长的一段时期内须承担反腐败任务的原因，也是公共财政改革所以要包含工资统发内容的原因。当然，在市场经济条件下，不能指望一个工资统发制度就能杜绝权力寻租等等腐败行为的产生，但这一制度毕竟是整个反腐败制度中的重要环节，它不仅有助于说明公职人员的合法收入，更有助于将部门之间单位之间待遇的不均衡现象公开化，进而使之逐步得到规范和公平。

工资问题在浙江本来不存在困难。实行工资统发制度以前，浙江消灭工资拖欠现象已经多年了。分税制财政体制改革以来，浙江财政实力迅速壮大。1993年，其财政总收入是166.6亿元，2001年，激增至855亿元，8年间增长了4倍多。随着财政实力的壮大，从1994年，特别是"两保两挂"政策实施以来，浙江就已经用自身财力确保了工资的正常发放。在全国各省（区）中，像浙江这样不借外力消灭工资拖欠的，并不多见。所以，当2000年7月浙江财政厅按中央统一部署，布置工资统发工作时，省内不少人对此不理解，认为是多此一举。正是基于上述认识，浙江财政厅力排众议，坚决推行了这一改革。

"社保"问题又是一例。在社保工作上，浙江决策者的认识十分清醒，行动也相当有力。

"社保"工作的突出问题是资金来源不足。就是在财力相对充裕的浙江，不少县（市）财政本质上还是吃饭财政，要实现公共财政包括社会保障在内的全部目标，目前条件下远非易事。所以，一些县（市）政府也曾不同程度地流露出畏难情绪来。

资金来源不足固然是现实，认识错位更是问题的关键所在。浙江决策者认为，所谓认识错位，主要表现为中央和地方政府间对社保工作重视程度的差异，而这种差异，根源于中央政府和地方政府间不同的行政目标。比较而言，中央政府更重视社会公平，以保持稳定为其第一位的任务。而地方政府更重视经济发展，视经济繁荣为其最大的政绩。就现实情况看，重视社会公平的中央政府因为财力不够，一时拿不出更多的资金用于社保，不得已将社保任务分解到地方政府头上。在实现社会公平目标上内在动力不强的地方政府，恰恰又被要求将一部分本可以用于发展的资金用到社保上，认识错位由此而生。在浙江决策者看来，解决认识错位的办法，一是要加快发展，更重要的是，地方政府应该毫不犹豫地摒弃利益问题上的本位主义，从大局出发，高度重视公平对于维护社会稳定和保持国家长治久安的巨大作用，为中央政府分忧，抓好社会保障工作。就是对发展而言，公平的实现也是必不可少的，二者互为因果，相辅相成。浙江5年前就率先提出在全省建立城乡一体化的最低生活保障体系，继去年9月以省长令的形式颁布《浙江省最低生活保障条例》，再次率先推出相关法规后，今年7月，常务副省长吕祖善又与13个贫困县（市）长签订责任状，将社保工作纳入政绩目标考核范围。浙江社保工作的力度如此之大，没有和中央保持一致的大局观，是断乎不可能的。

认识问题解决了，钱的问题也可以找到办法解决。今年，浙江省财政仅用于低保的专项补助资金就有5000多万元，比去年的1460万元增加3000多万元。此外，两项相关措施将在社会保障工作中得到实施。一是社保基金的征缴任务，由地税系统承担，目前，这一措施已在全省推开。另外一个，是新一轮财政体制于2003年投入运转后，社保资金的筹集发放，将实行"两保两挂"政策，为全面强化社会保障工作提供可靠的制度保证。

几句结语

财与政的关系是一个大题目。人就人在，财政之财，任何情况下都必须服从并服务于国家的政治制度、政治目标和政治任务，舍此并无其他。财政的这个特点，决定了我们当前正在推进的公共财政改革，必然会对政治和政治体制改革产生或大或小的影响。这是事实，无法回避，客观上也是回避不了的。浙江财政改革没有回避。他们按照国家的总体部署，坚持"实事求是"、"实践是检验真理的唯一标准"的认识论原则，积极地、稳妥地推行了公共财政改革。整个改革历程，无不呈现出他们大写一个"政"字的努力。限于篇幅和水平，本文不能对这一历程进行全面的描述，而只能作一两个点的观察。

（原载《中国财经报》2002年9月24日 闫采平 蒋晓波）

注：中共中央政治局常委、国务院副总理李岚清2002年9月27日批示：（项）怀诚同志：

《中国财经报》这篇文章不知你看过否，我仔细阅读后感到作为记者对国家重大政策作出比较深入的探讨提出自己的见解，这种精神值得提倡。浙江实行省管县的财政体制有创新的思路，值得深入研究。请你们将研究的结果告示我。

附录四

行走的心灵

——访中国财税博物馆馆长、原浙江省 财政厅厅长翁礼华

运财帷幄，纵横捭阖；以经济的视角面对历史，用快乐的态度改变人生——这就是翁礼华，一位中国财政文化的大写者。

一件花格衬衫，满脸奕奕神采，年逾花甲的翁礼华，在北京的冬日里，益发显得风雅、倜傥，卓尔不群，一如他那灵动而睿智的思绪。

任心灵在浩瀚无际的历史与现实中行走，翁礼华的感悟深邃而通透：人生如白驹过隙，唯有文化永恒。

功夫在诗外

1994年的德宝会议，成就了翁礼华在财经界的名气。

1993年，全国财政新增收入900多亿，但中央因返还地方基数过大，净得收入没能达到预定要求。于是财政部考虑调减返还基数，额度大概在300亿元，约占增收总额的三分之一。

1994年7月，北京德宝饭店。11个省市、计划单列市的财政厅局

长，单枪匹马参加了在此召开的座谈会。之所以说单枪匹马，是因为谁都不能带助手到会。

在一个多小时的报告中，时任财政部长刘仲藜，将返还基数过大的难题和盘托出，随后指定浙江省财政厅长翁礼华首先发言。

翁礼华的发言长达一个小时，通篇一个主旨：同心同德向前看，"使中央和地方从利益的对立面，变成利益的共同体"。为此他提出了两条建议：其一，将中央两税的增收指标下达各省市，没完成的，如数赔补；其二，超出基数部分的返还，跟全国平均增长挂钩改为同各省市挂钩，以调动省市的积极性。

翁礼华的意见得到与会厅局长的赞同，并被财政部接受。有关领导随即向时任国务院常务副总理朱镕基作了汇报，原则上取得同意。在此基础上，经过进一步的充实和调整，有关财政政策就此形成。

事后，国税总局局长金人庆在《中国当代税收要论》一书的《自序》里这样回忆道：一位来自沿海地区的财政厅长出了个好点子，与其"争"基数，"砍"基数，不如"同心同德向前看"。我很受启发。看起来，解决财政税收问题，还得从做大"蛋糕"入手。于是大家注意力转向如何做大"蛋糕"保基数上来了。

翁礼华从此声名大噪。用金人庆的话说："你给国家出了主意，立了大功。"

事实证明，这一政策的确效果显著：1994～1997年，国家税收每年增收1000多亿。

而为国家财政政策立下汗马功劳的翁礼华，就在此前两年，还基本上是个与财政接触不多的门外汉。

1992年6月，浙江省财政厅厅长翁礼华走马上任。在这以前，他当过厂长、做过县长，任过省政府副秘书长，唯独没有在财政系统的工作经历。好在1993年开始的财税体制改革，使翁礼华这个财政新人有了"温故而知新"的绝好机会：整个财税体制的历史和变迁，都被翻箱倒柜般地整理出来; 同时与此相关的每一个重要会议, 包括由朱镕基或刘仲藜组织召开的一些小型会议, 他都有幸成为亲历者。

翁礼华很快进入角色, 并像组织上希望的那样, 作为一个曾经的旁观者和专业外人士, 在工作中少了一些旧的束缚, 多了一些新的思路。

1994 年, 翁礼华上任不到两年, 就提出了"以人为本、四两拨千斤"的财政改革思路。

他说: "财政看上去是钱的工作, 实际上是人的工作, 其本质是跟人的关系, 因为钱最本质的也是跟人的关系。"所以他所有的政策都是以人为中心, 都是围绕着调动人的积极性。

2002 年, 《中国财经报》以《新人本主义实践》、《第三种经济学》、《大写一个'政'字》系列报道了由翁礼华倡导、主持的浙江财政改革。本文只摘录其中的几个数字:

"两保两挂"实施的 1995 年, 浙江 17 个贫困县当年全部实现收支平衡; 到 2001 年末, 地方财政收入上亿元的县市 48 个, 占全省县市的 77%, 比 1994 年同口径增加了 31 个; 2001 年, 其财政总收入由 1993 年的 166.6 亿元激增至 855 亿元, 8 年间增长了 4 倍多; 随着财政实力的壮大, 从 1994 年起, 特别是"两保两挂"政策实施以来, 浙江用自身财力确保了工资的正常发放, 在全国各省区中, 像浙江这样不借外力消灭工资拖欠的, 并不多见。

1996 年, 时任财政部长刘仲藜在全国财政工作会议报告中指出, 浙江省对贫困地区实施的"两保两挂"政策, 值得专门总结、交流和推广; 1998 年, 时任财政部长项怀诚肯定"两保两挂"是结合浙江实际的一项创造; 此后, 有关浙江财政改革的报道引起了时任国务院常务副总理李岚清的关注。

而浙江的财政工作和财政改革, 正像 2002 年《中国财经报》的编后所言, "更大的程度上在财政之外"。

成事在天谋事在人

翁礼华成了名副其实的理财专家。但让很多人没有想到的是，这位专家型的财政官员，竟然曾是一位学化学出身的工厂技术人员。

文化大革命中，于1967年毕业于杭州大学化学系的翁礼华被分配到宁波镇海机床附件厂。报到那天，一位工作人员一脸轻蔑地说："你们这种人呀，没什么用的，还不如个一级工。"这个人的话，深深刺痛了翁礼华的心："大学生怎么这样被人瞧不起。"翁礼华不服气，"我一定干出个样子来，有朝一日给他们看看。"

机床附件厂是家新办企业。进厂伊始，翁礼华干的倒是本行，搞电镀。可随着电镀车间投入生产，厂里又派他去搞机械设计，这就与他学的化学有些风马牛不相及了。但翁礼华没有丝毫畏缩。凭借着叔叔毕业于浙江大学机械系的优势，他从叔叔那儿拿来力学、机械制图、金属工艺等专业书，没日没夜地"啃"起来。几个月下来，已经能够进行设计了。这当中，隔三差五地坐上轮船跑到上海偷偷学艺，拿到自己这里活学活用。

两年后的1971年，翁礼华调入镇海江南油脂化工厂。在这里，翁礼华以既能搞产品也能搞设备的专长脱颖而出。

当时的油脂化工厂是个亏损企业，翁礼华埋头技术革新，修旧利废，为厂里做出不少产品。他从下脚料里提炼出十八二烯酸，曾在当时的广交会上十分抢手。短短4年时间，工厂扭亏为赢，并且有了20多万元的利润，这在当时是个了不得的数字。

以后，附近一些工厂遇到什么解决不了的难题，也来找他，他一律来者不拒："一个礼拜之后你再来找我。"这一个礼拜，他翻书，做实验，直到能够帮助人家解决问题。用副产品制成抛光膏、脱模油，解决保温瓶镀银保温、金属表面处理，把煤气机改造成柴油机，提供自制电视机、收音机的底板、线路图……翁礼华一时成为远近闻名的技术能人。一本《油脂副产品化工利用》，一半内容由他执笔。因为总是和化学药品打交道，翁礼华穿在身上的工作服常常千疮百孔。

那时候，帮助别人做这些事是没有报酬的，翁礼华却并不计较：搞一个技术革新少则几千块多则几万块。人家花那么多钱，为我提供一个大实验室，我何乐不为。至今他还常常跟人们讲：很多事，你看上去是给人家干的，实际上最终都是给自己干的。

为此，翁礼华工作得十分快乐。在他的《点击人生（新编版）》一书的《代序》中，翁礼华曾写下这样一段文字："年轻人干是干不死的，不干是要死的。""由心而生的快乐既是物质的更是精神的，它不是得到的多，而是计较的少。如果既能张大自己的心眼，有效地控制自己过高的欲望，又能有张有弛地学习，有声有色地工作，有情有义地交往，有滋有味地生活，有苦有乐地体验，就一定能与快乐相伴终身！"

"文化大革命"结束。1977年翁礼华入党，随后不但成为当地大学毕业生当厂长的第一人，还于1979年7月当选为粉碎"四人帮"后的第一批省级劳动模范。1983年的浙江省党代会上，有一对代表格外引人注目，他们就是翁礼华和他1982年获得省劳动模范称号的同胞弟弟。

谋事在人，成事在天。翁礼华对这句话深信不疑：你能不能成功，有很多客观因素，但你如果不去努力，一定不会成功。

理解中国的文化背景

1983年底，翁礼华担任奉化县县长，由此开始了为时20年的从政生涯。

这是他人生中的一个重要转折点。在不断地思考与感悟中，翁礼华完成了从一个技术人员到行政官员的跨越。

一开始，不知道工作应该怎么做，他就先听，先看，然后指出行与不行。"这就譬如研究物理学的原理，成千上万的物理学家证明了此路不通，一个物理学家在此基础上成功地找到另外一条路，他就是那个诺贝尔奖的获得者。我的工作，我认为同理。失败是成功之母，就是要不断地去了解人家为什么失败，然后避免失败，找到自己成功的路子。"

由于奉化是个很特殊的县份，翁礼华得以接触不少海内外人士，包括国家领导人，包括国民党将军，从他们身上悟出不少东西。"我很希望也很愿意与人交谈，交谈的过程也是了解别人、学习别人、启迪自己的过程。"

翁礼华对中国的传统文化、中国人的乡情观念有着深刻的理解。他认为，"中国是个用情感关系联系起来的人情社会，亦即熟人社会。熟悉了，才能办事情。"所以，他就利用这一点推动当地的经济发展，通过本地人与宁波籍上海人的横向联系，请来技术人员、退休师傅到奉化创业办厂，发展地方工业。

随着接触范围的日益广泛，翁礼华对社会、文化的认识越来越深入。他清楚，由于不同的社会和文化背景，很多改革在西方行得通，在中国却行不通，有些效果还会适得其反。中国文化对中国社会的作用，不可小觑。"所以，当我们设计政策时，是不能偏离中国的文化背景的。"

"比如，一种做法，一段时期可能是思想解放，但是到了另一个历史时期，可能就是违规违法。搞得早的人是领风气之先，搞得晚的人照着干，就会落后于社会，甚至成为被处分的改革代价。"翁礼华常给人讲起这样一个有趣的故事：宁波有条最繁华的街道叫中山路，路口的交通牌上赫然提示着，拖拉机、大卡车禁止通行。一天，一个牛贩赶着群牛走到这里。警察说，这条路你不能走。牛贩说，我老远就看过来，那牌子上明明写着拖拉机和大卡车不能走，没写我的牛群不能走。你没写的我就能走嘛。

翁礼华说，我们的很多工作也应该具有这样的思路：规定不能做的你不要做，没规定不能做的事情你就大胆去做。当年，翁礼华先后担任县长的奉化、鄞县两县经济发展较快，就是得益于"黄牛走大街"的启示。

"物以稀为贵，市场经济是竞争经济。所以很多工作，都要想人家所未想，包括后来的财税工作。"这是翁礼华为官的一条重要体会。

唯有文化永恒

的确，在翁礼华 20 年的从政经历中，思想与文化始终影响着他的每一项工作、每一项政策。特别是在担任了财政厅长以后，他更把中国的财政文化推向了极致，被誉为中国财政散文第一人。

"我所以能写这么多东西，还得感谢几位老领导的支持。"提起老部长，翁礼华的语气里充满感情。

德宝会议以后，大家对翁礼华刮目相看，感到他不但见解独到，而且讲话风趣，富有哲理。所以每次开会讨论，厅长们都会把他推到前面。

"你把你讲的这些写出来不是挺好嘛。"领导们对他说。于是翁礼华算账之外又拿起了笔。这一写，便是一泻千里，不可收拾。从 1998 年 3 月出版第一部书算起，不到 10 年的时间，翁礼华出版的著作已达 24 部，计 700 余万字。

刘仲藜、金人庆为他的书先后作序；项怀诚花一个晚上读了他的《中国历代赋税与当前税制改革》，由衷地表示：只用 10 万字左右，便把中国的税赋写得如此清楚，实属不易。

而在这之前，一个更大胆的想法，已经在翁礼华的脑海里渐渐成熟。

1998 年元旦刚过，当时的国家税务总局局长项怀诚到浙江慰问税务干部。1 月 4 日，和项局长一起吃过早饭，兼任浙江省地税局局长的翁礼华便建议道，"我们到吴山看看怎么样。"吴山脚下，二人边走边谈。"我们在这里搞个博物馆好不好？"翁礼华说出了两年来他一边写书一边萦绕于心的这个念头，他坚信项怀诚能够理解这件事对于中国财政界所具有的意义。

果然，在以后的很长一段时间里，项怀诚不遗余力为此做了大量工作，直到博物馆建设获得批准并正式动工。

2003 年春节，项怀诚再到浙江。即将卸任的财政部长对翁礼华说：

"老翁你放心，我保证帮你把博物馆做完。财政博物馆你一定要干，否则没有比你更合适的人了。"面对熟知自己的老领导，也将离任的翁礼华同样情真意切："你放心，人大、政协我都不去，我就做你这个博物馆。"

2003年3月，从浙江省财政厅厅长职务上卸任的翁礼华，担任了中国财政博物馆馆长，同时任浙江大学财经文史研究中心主任、特聘教授。

这一年，金人庆由国税总局局长调任财政部长。11月，人民大会堂举办财税论坛，开坛前一天晚上，金人庆致电翁礼华：老弟，明天我到你杭州去一趟吧。刚一结束在论坛上的讲话，金人庆便直抵机场，下午两点就到了杭州。我们这个财政博物馆，好不好改成财税博物馆？一下飞机，金人庆直奔主题。可以啊。财政本来就包括税嘛。翁礼华的回答不假思索。于是，中国财政博物馆的匾额，又请薄一波老人改写成为中国财税博物馆。

我们博物馆跟人家最大的不同，就是故事性。比如讲民间的财富崇拜，我们就请来最好的工艺美术大师，用几年时间，把财神出巡的场景雕刻出来，100人的仪仗、900多人的背景，十分壮观。

所有布展的指导工作都由翁礼华来做。懂历史懂文学懂财政，又能把这些东西编成故事，翁礼华在这里如鱼得水，得天独厚。为了博物馆的持续发展，翁礼华不停地讲课，不停地写书，讲课与写书相辅相成，互为因果，不但成为博物馆工作最扎实的基础，更成为博物馆最有特色的亮点。在已出版的24本著作中，2003年担任财税博物馆馆长以后的短短4年间就有15部。财经工作的逻辑思维与历史文化的形象思维，被他难能可贵地结合在了一起。

很久以来，翁礼华常问自己这样一句话：除了当官你还能干什么？

令他欣慰的是，正像几位老部长说过的那样，除了当官，他还能做很多事情，而且可能范围更广，意义更为深远。

自古英雄出少年

翁礼华的成长，离不开国家命运的变化，用他自己的理论而言，也离不开他的文化与社会背景。

1945年翁礼华出生在浙江临海县一个教师家庭。三岁那年，父母便把他送到学校读一年级。由于学校附近有家棺材店，小礼华心里害怕，所以只念了一个学期。尽管如此，却已零零碎碎认识了一些字。

5岁那年，翁礼华第二次迈进小学校门，看书从此成了他的一大乐趣。做教师的父母颇有一些藏书，他便把家里的书翻了一个遍，虽然很多书还念不下来，大都看得半懂不懂。家里的书看完了，就去父亲任教的回浦中学图书馆和街上的新华书店。赶上书店有特价书卖，也会用手里的零用钱买上一两本。每每家里烧好了饭菜叫他吃饭却找不到人，奶奶、妈妈便知道他又跑到新华书店看书去了。翁礼华会常常坐在书店的门槛上，抱着本书看得津津有味。书店的人也都见惯了这位五六岁的小读者，出来进去胡噜胡噜他的小脑瓜，觉得这个小朋友十分可爱。

妈妈也会讲些悬梁刺股、囊萤夜读、凿壁偷光等苦读的故事给他听。翁礼华却不以为然："读书是件很愉快的事啊，他怎么还要弄到把头发挂在梁上，用钻子去钻屁股呢？这个人肯定不喜欢读书，只是做出样子来给人看。"翁礼华对妈妈说得有理有据，"像我就不是这样的。你总是说，别看了，睡觉啦，可我还是要看，因为我喜欢。"小小的翁礼华，已经开始用发散型的思维，从另外一个角度看问题。

做事情也是这样。翁礼华上学早，年龄小个子矮，坐在教室的第一排。下课了，人家从桌边走过去，他却吱溜一下从桌子底下钻出去，于是就总比别人先到门口一步。

读书上瘾，其他的事便不放在心上。11岁上初中，父母让他寄宿，衣服裤子常常不翼而飞。那时候，统购统销，做衣服要布票，妈妈便把他的每件衣服都绣上"翁礼华"三个字，这个传统一直延续到翁礼华大学毕业。

1957年，临海县总工会组织职工子弟少先队夏令营，全县一个大队，翁礼华任大队长。孩子们乘上火轮，参观工厂，然后大队长代表同学讲话。

别看只有十一二岁，个头也不高，翁礼华却讲得头头是道，以其出众的表达能力崭露头角。

1958 年春天，全国开展扫盲运动，交通要道的路口都挂上黑板，念不出上面的字就不能过去。翁礼华被派到五六公里以外一个山坳里的许市村帮助扫盲，吃住在农民家里。晚上，村里小学校的教室坐满了农民，讲台高，个子矮，翁礼华站在凳子上，举手投足，颇有教师风范。四五月份，正是产杨梅的季节，村旁的杨梅，果实累累，鲜艳欲滴。扫盲运动结束，翁礼华被评为临海县少先队员中唯一一位扫盲积极分子。

初中三年，翁礼华在年级六个班中一直名列第一，却因他的知识分子家庭，与保送高中的 13 个名额失之交臂。但他并不灰心。参加中考，他以地区第一名的成绩考进在当地历史最悠久的回浦中学，除了作文丢掉两分，其余科目均为满分。

大跃进如火如荼，班主任经常要在大会上发言，班长翁礼华就成了班主任的兼职"秘书"。一天，班主任又要在全校大会汇报除"四害"的战果，却发现打死苍蝇的数字忘了统计。这可怎么办？"秘书"翁礼华计上心来。

大会开始，班主任拿着翁礼华准备好的发言稿，走上台来，发言的语调恰到好处。他先讲打死了多少老鼠、多少麻雀，随后，忽然稍稍提高了声调，朗朗念到："打死苍蝇——不计其数。"忆及当初，翁礼华依然一脸"坏"笑："我没说假话，数字就是没有计算出来，但给人的感觉是很多啦。"20 世纪 90 年代，翁礼华已经做了省财政厅长，在杭州见到当年的老校长。老人笑着对翁厅长说，"你还是个小朋友的时候，写的东西就挺有技巧的啊。"

1962 年 9 月，翁礼华考入从老浙江大学分离出来的杭州大学化学系，但他的文字专长时不时仍会小露锋芒。那时常要写些声援、决心之类的政治文章。班里有个姓贺的同学写得一手漂亮的毛笔字，于是翁礼华口述，那个同学动笔，两人珠联璧合，一篇文章，无需修改，一气呵成。

"文化大革命"初期，翁礼华利用"大串联"的机会，饱览大好河山、遍游名胜古迹，印证了许许多多他在书上读到过的东西，阅读的想像变得具体而真切。

读万卷书，行万里路。多少年后，翁礼华正是从这样的一个人生坐标出发，把纵向的历史和横向的空间在财经文化的层面上有机地结合起来，使心灵行走于更加广阔的天地，从而达到了一种令人钦敬的智慧与境界。

愿承系着翁礼华文化与思想的通灵之鸽如长河东去，跨越时空。

链接：翁礼华的另类思维：

一个人不是利用自己，就是被人利用，有条件的还要利用别人，而其中能够和善于利用自己则是一切利用的基础。

人要有所畏惧，什么都不怕的人最可怕。

对多数人来说，知识就是力量；对领导者来说，智慧就是力量，要用智慧来组织和统领我们的知识。

看不出工作方法的方法是最好的方法，因为最好的衣服是天衣，你看不出它是怎么缝制的。

没有具体的权力，你才会有权；不具体去管，你才能管住。

我永远保持裁判员的态势，而不是做运动员，否则会因为一个球的得失而耿耿于怀。但有一条，全场的运动规则、运动方式，我要比所有的运动员都清楚。做不到这一点，就会有人对我不服气。你首先要有人格力量，还要有学识力量，这种无形的力量要比有形的力量强大。

中国的文化中，喝酒是表示热情，但所有的阴谋诡计也都是在酒桌上形成的。比如说"杯酒释兵权"，比如说"鸿门宴"。

当官七分机遇，三分才能。有这三分才能的人很多，但有七分机遇的人不多。

不断的角色转换，是让我在新的领域不断地进步，这种感觉既痛苦又美好，就像鲜花是从鸟粪中长出来一样。

眼睛也是用进废退的。我在自己书房里看书，很多时候是躺在地板上看，不用枕头，我觉得这样看书蛮适意的。

我不惜血本买书，但看完后一般就送给身边的人，除了有些书要保存待查。有些嗜好藏书的人，实际上是体现了他的一种占有欲，他脑子里没有东西灌进去。

我有一个工作笔记本用了一两年。一般的人主张好记性不如烂笔头，当领导，我认为烂笔头不如好记性。关键是你要像电脑缩印做成软件一样记在脑子里，脑子里记的东西多了，你才会博闻强记，才会融会贯通。

功夫在专业之外，能力寓思辨之中。

文学是把明白的东西弄糊涂，科学是把糊涂的东西弄明白，我的文章是以科学的精神写的，因此要把糊涂的东西弄明白，把复杂的东西简单化。

我什么书都看，不过，有时看书不是从头到尾，而是倒过来先看尾巴。我认为书也跟数学一样。数学是由几个点连成一条线，书也是有几个要点连成一根曲线，一根曲线就表示从头至尾的过程。我把结果看好，再倒过来看，就知道它在讲什么，再看里面精彩的部分，书中会发亮的也就那么一两点，我看个亮光就可以了。这样看书，效率很高，自己的判断力也就越来越强。

你不可能名利双收。你看阔叶林的树种不挺拔但很茂盛，而针叶林挺拔但不茂盛。你要么做针叶林，要么做阔叶林，要作出选择。

先人后己，你的利益也自然会有；先己后人，你的利益即使得到也会复失。

如果是在一个由少数人来决定干部人选的体制下，就永远有人会去搞关系；如果由多数人来决定则不然。因为你若要去搞13亿人的关系，恐怕也是个联系群众的典型了。

有些干部子弟为什么没教育好?就是起点定得太高，一个家族，一个家庭，可能是在几代人、很多人当中才能够遴选出一两个人才。单有天赋和单有机会都是没有用的。人才是天赋与机会的黄金结合。

办事要做到"四两拨千斤"，就是用最少的钱办最大的事。"千斤拨四两"，花大钱办小事得私利，那是贪官污吏干的事。

读万卷书，不如行万里路；行万里路，不如阅人无数；阅人无数，不如高人指路；高人指路，不如自己领悟。

（原载《中国财经报》2008 年 1 月 24 日　孟秀敏）

图书在版编目（CIP）数据

点击人生：新编版/翁礼华著 . —北京：经济科学出版社，2008.4

ISBN 978 - 7 - 5058 - 6724 - 6

Ⅰ. 点… Ⅱ. 翁… Ⅲ. 小品文 - 作品集 - 中国 - 当代 Ⅳ. I267.3

中国版本图书馆 CIP 数据核字（2007）第 179357 号

责任编辑：刘明晖　张　力
责任校对：张长松
装　　帧：刘　炜
插　　图：赵　洋

点击人生

翁礼华　著

经济科学出版社出版、发行　新华书店经销
社址：北京市海淀区阜成路甲 28 号　邮编：100036
总编室电话：88191217　发行部电话：88191540
网址：www. esp. com. cn
电子邮件：esp@ esp. com. cn
中科印刷有限公司印装
787×1092　16 开　20.5 印张　200000 字
2008 年 4 月第 1 版　2013 年 6 月第 2 次印刷
ISBN 978 - 7 - 5058 - 6724 - 6/F・5985　定价：46.00 元